RALF STRACKBEIN

Tristan Irle
Wo ist Marlowe?

In dieser Reihe bereits erschienen:

Tristan Irle und der Rubensmord; Tristan Irle - Eine Leiche auf der HTS; Tristan Irle - Mord Pur; Tristan Irle - Die Abseitsfalle; Tristan Irle - Das sexte Gebot; Tristan Irle und das Rathauskomplott; Tristan Irle - Der Braumeister; Tristan Irle - Gegen den Strich; Tristan Irle - Tödliche Doktorspiele; Tristan Irle - Siegener Maskerade; Tristan Irle - Eisenhart; Tristan Irle - Die Fürstenjagd; Tristan Irle - Lokalzeit; Tristan Irle - Baum fällt!; Tristan Irle - Die zitternden Tenöre; Tristan Irle - Der Killersteig; Tristan Irle - Locht ein!; Tristan Irle hat Lampenfieber; Tristan Irle und der Grabräuber.

Außerdem erschienen:
Der Billy-Code, Mord im schwedischen Möbelhaus

Der Autor:

Ralf Strackbein studierte Literaturwissenschaft, Politikwissenschaft und Angewandte Sprachenwissenschaft. Er beendete sein Studium erfolgreich als Magister of Arts (Magister Artium). Der ausgebildete Technische Zeichner holte auf dem zweiten Bildungsweg sein Abitur nach und schrieb während des Studiums als Freier Mitarbeiter Reportagen und Filmkritiken für eine große Tageszeitung. Gegen Ende des Studiums veröffentlichte er seinen ersten Kriminalroman „Tristan Irle und der Rubensmord". Die Romanreihe umfasst mittlerweile 20 Tristan-Irle-Krimis. Nach dem Studium arbeitete Ralf Strackbein als Pressereferent in Frankfurt am Main, bis er sich 1996 als Presse- & PR-Berater selbstständig machte. Der Autor lebt in Siegen.

Ralf Strackbein

Tristan Irle

Wo ist Marlowe?

Ein Siegerländer Kriminalroman

Magolves-Verlag
Siegen

Deutsche Erstveröffentlichung
1. Auflage
Oktober 2010
Magolves-Verlag, Siegen

Umschlag-Gestaltung: Michaela Becker
Satz und Buchherstellung:
Vorländer GmbH & Co. KG, Siegen

ISBN: 978-3-935378-29-1

Das Buch wurde auf chlorfrei gebleichtem Papier gedruckt.

Zum Buch:

Mit diesem Tristan-Irle-Roman ermittelt der Privatdetektiv zum 20. Mal. Als vor zehn Jahren der 10. Fall gefeiert wurde, konnte man nicht ahnen, dass die Leserinnen und Leser den eigentümlichen Privatdetektiv aus der Altstadt Siegens so mögen und ihm so die Treue halten würden. Damals schrieb ich: „Vor dieser Treue verneige ich mich mit einem ehrlichen ‚Dankeschön' und betrachte sie als Herausforderung, um in der Zukunft weiterhin interessante und spannende Kriminalfälle zu schreiben. Natürlich mit dem gewohnten Augenzwinkern über unsere Siegerländer Verhältnisse."

Heute möchte ich hinzufügen, dass in den letzten Jahren hinterhältige Attacken dafür sorgten, dass der Held über die Stadtgrenzen hinaus ermitteln musste. So rückten das Wittgenstein und ganz besonders die Fürstenstadt Bad Berleburg mehr in den Mittelpunkt. Dies wird in Zukunft auch wieder geschehen. Denn aus dem Siegerländer-Kriminalroman ist längst ein Si-Wi-Krimi geworden.

Zum Schluss sei angemerkt, dass es sich bei dieser Geschichte um Fiktion handelt, dass beschriebene Charaktere erfunden sind, dass jede Ähnlichkeit mit realen Tatbeständen, lebenden oder juristischen Personen, Örtlichkeiten, Körperschaften, Unternehmen, Gesellschaften oder Organisationen, natürlichen und übernatürlichen Hierarchien, rein zufällig ist.

Siegen, September 2010
Ralf Strackbein M.A.

Kreis Siegen-Wittgenstein

Übersichtskarte

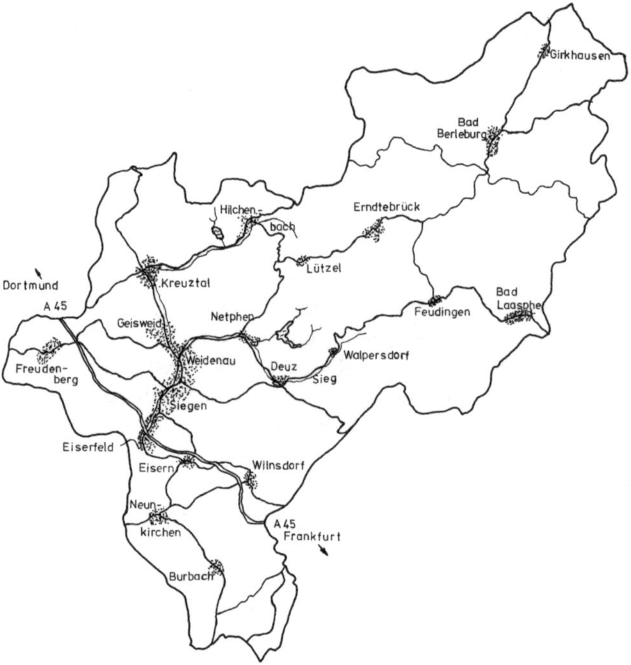

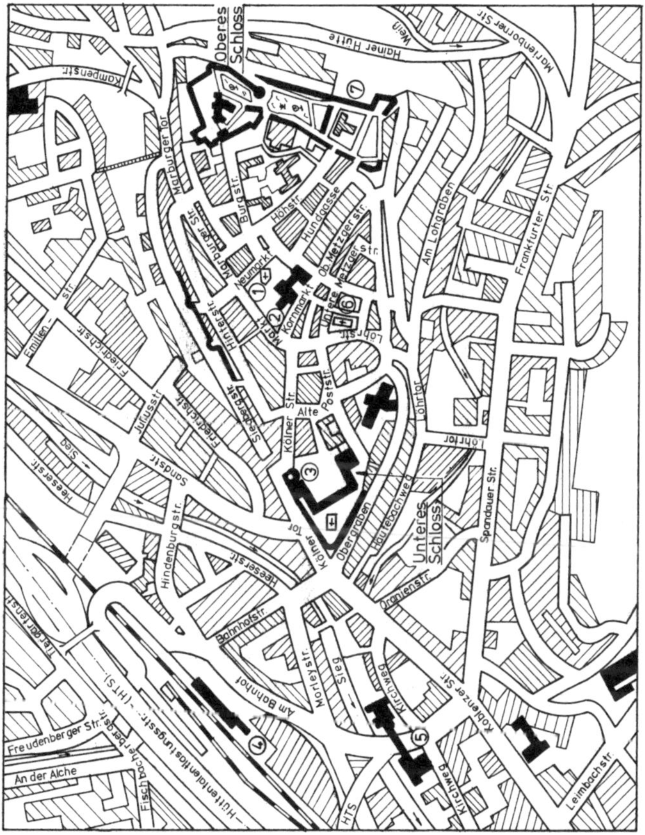

1 Nikolaikirche

2 Rathaus I und Marktplatz

3 Dicker Turm mit Glockenspiel

4 Hauptbahnhof

5 Landgericht

6 Marienkirche und Tristans Zuhause

7 Schlosspark

Vorbemerkung:

Dieses Verzeichnis von Personen, die sich mehr oder weniger in das Geschehen einmischen, soll dem Leser (der Leserin) eine praktische Hilfe sein. Das Verzeichnis ist als Vereinfachung und nicht als Täuschung gedacht. Da der Leser (die Leserin) höchstwahrscheinlich bei der geheimnisvollen Jagd nach dem Mörder den einen oder anderen Charakter aus dem Auge verliert, empfiehlt der Autor, des Öfteren dieses Verzeichnis zu konsultieren. Das Verzeichnis ist streng hierarchisch aufgebaut, analog der auftretenden Personen.

Die mehr oder weniger aktiven Personen:

Peter-Paul Bach, das bedauerliche Opfer.

Tristan Irle, Detektiv, wird bedroht.

Helga Bottenberg, Freundin in Urlaub.

Sina Santes, Computerexpertin, mit Hang zu hohen Absätzen.

Der Wisse Ohm, Ex-Agent, und immer noch auf der Höhe der Zeit.

Erich Roth, Diakon und Tristans Freund, stets mit hilfreicher Hand bereit.

Matthias Geiger, Organisationsleiter, mit einer Menge Stress.

Betty Block, Assistentin, behält den Überblick.

Juliane Brückenberg, Marktmeisterin, neu im Job, schlägt sich tapfer.

Hans-Jürgen Mühlenbach, Marktmeister, kennt sich aus.

Nicolaas Brant, Illusionist, mit magischer Show.

Katrin Becker, Pressesprecherin, nutzt die Festtage als Image-Gewinn für die Stadt.

Bürgermeister, gewählter Boss in Siegen.

Norbert Pfeiffer, Hauptkommissar mit Vorurteilen und emotionalen Konflikten.

Werner Holzbaum, Kommissar mit Durchblick und klarem Verstand.

Wilhelm Flender, Polizeidirektor, dieses Mal in Uniform.

Dr. Herbert von Hufstein, Landes-Polizeiinspektor, kommt sich vor, als kämpfe er gegen Windmühlen.

Tatjana Lauter, Bombenexpertin, macht eine tolle Figur.

Marlowe, Kakadu und gute Seele, auf Abwegen.

1. Rauchschwalben jagten …

Donnerstagabend

Rauchschwalben jagten im Tiefflug über die Rasenflächen des Oberen Schlosses. Der schwere Geruch frisch gemähten Grases lag in der schwülen Luft der einbrechenden Abenddämmerung.

»Das ist nicht gut«, kommentierte Peter-Paul Bach den Flug der Schwalben, während er einmal kräftig an seiner Zigarette zog. »Wenn die so tief jagen, dann wird es noch ein Gewitter geben.«

Der Mann trug eine zerschlissene Jeans, Sportschuhe und ein sichtlich verschwitztes T-Shirt. Es war für Mitte September eindeutig zu heiß in der Geburtsstadt Peter-Paul-Rubens'. Doch Stöhnen half dem Marktmeister nicht weiter. Er musste für die anstehenden zwei Festtage den Schlosspark und die Fläche rund um das alte Schloss beaufsichtigen. Die kleine Großstadt Siegen richtete den diesjährigen Nordrhein-Westfalen-Tag aus, der kurz NRW-Tag genannt wurde. An dem kommenden Wochenende würde man in Siegen mit der Feier an die Gründung des Bundeslandes Nordrhein-Westfalen am 23. August 1946 erinnern. Das war eine große Sache, da durfte nichts schiefgehen.

Peter-Paul Bach stand neben seiner Kollegin Juliane Brückenberg, die als Marktmeisterin für die Altstadt zuständig war. Neben der Beaufsichtigung der ihnen zugewiesenen Flächen waren die Marktmeister auch dafür zuständig, den Aufbau von Buden, Bühnen und Fahrgeschäften wie Karussells nach einem vorgegebenen Plan zu organisieren. Gerade das Volk der Schausteller hielt einen bei diesem Job auf Trab. Juliane hatte Schwierigkeiten mit einem dieser Schausteller und war zu Bach gekommen, um sich einen Rat zu holen. Peter-Paul, der seinen Vornamen nach dem berühmtesten Sohn der Stadt erhalten hatte, war mit knapp fünfzig Jahren ein erfahrener Mann im Umgang mit diesem Gewerbe. Er hatte schon mehrere große Feste als Marktmeister koordiniert und wusste, wie man Probleme löste.

»Also, was meinst du«, fragte Juliane, »soll ich dem Typ nachgeben?«

»Auf keinen Fall«, antwortete Bach entschieden und drückte seine Zigarette in einem kleinen Handaschenbecher aus. »Wenn du einem nachgibst, dann ist das, als würdest du einen Riss in einen Staudamm sprengen. Dann bricht alles über dich herein.«

»Eigentlich will er ja nur ein paar Meter näher an den Hydranten heran«, meinte Juliane.

»Einen Meter hier, einen Meter da und schon hast du zwei Meter, die den ganzen Organisationsplan durcheinanderbringen können.« Bach sah die junge Kollegin an.

Juliane reichte ihm gerade bis zur Brust. Ihre zierliche Figur ließ ihn sich fragen, ob sie genug zu essen bekam. Er schüttelte den Kopf, manche

Entscheidungen seiner Vorgesetzten blieben kryptische Rätsel. Einzig wenn er Juliane direkt in die Augen sah, erinnerte ihn sein Stammhirn daran, dass der Schein täuschen kann.

»Wenn die Bude einen Meter näher zum Hydranten rückt«, fragte er nachdenklich, »bleibt dann noch genügend Platz, um mit einem Krankenwagen durchzukommen?«

»Das müsste ich nachmessen«, antwortete Juliane. »Aber das könnte eng werden.«

»Dann hast du eine plausible Begründung, es ihm zu untersagen. Zufahrten müssen für den Notdienst offen bleiben«, nickte Bach und grinste. »Übrigens, Juliane, diese Karte lässt sich immer gut ausspielen.«

»Danke«, sagte die zierliche Frau und wandte sich dem Parkausgang zu. »Kommst du später noch zum Brunnen? Wir treffen uns da auf einen Absacker.«

»Mal sehen«, antwortete Bach nachdenklich und wandte sich dem Schloss zu. »Hier gibt es noch eine Sache zu klären.«

»Ärger?« hakte Juliane nach.

»Wünsche«, lächelte Bach, doch das Lächeln wirkte aufgesetzt. Schnell fügte er an: »Es gibt kein Problem, das sich nicht lösen lässt.«

»Okay.« Juliane ließ es dabei bewenden. »Wir würden uns jedenfalls freuen, wenn du es noch schaffst.«

Sie verschwand hinter der alten Schlossmauer.

Bach sah nochmals den Schwalben nach, die in abenteuerlichen Flugmanövern über die Wiese jagten, wünschte sich für einen kurzen Moment, so frei zu sein wie die Vögel und grinste schließlich über den kindischen Gedanken. Zum Tagträumen neigte der kräftige Mann äußerst selten, doch der traumhaft angelegte Schlosspark wirkte mit seinen bunten Blumenbeeten, den alten Ahornbäumen und dem saftigen Rasen bei der untergehenden Sonne betäubend auf ihn. Der ideale Ort, um seiner Liebsten den ersten Kuss zu geben oder einen Antrag zu machen. Doch an diesem Abend katapultierte ihn plötzlicher Baulärm in die Gegenwart zurück. Einige Meter von ihm entfernt begannen die Standbesitzer ihre Buden aufzubauen. Sägen kreischten mit dumpfen Hammerschlägen um die Wette. Gaukler übten auf den Wiesen für das anstehende Familienprogramm und einige Fressbuden standen noch mit ihren Zugfahrzeugen in der Einfahrt des Parks. Außerdem waren die Jungs vom Bühnenaufbau spurlos verschwunden. Aluminiumträger, Kabeltrommeln und Scheinwerfer blockierten den Weg.

Zum Träumen blieb jetzt keine Zeit. Es mussten Entscheidungen getroffen und den etwas lahmeren Budenbesitzern Dampf gemacht werden. Er zog einen Plan aus seiner Jeans und verglich ihn mit dem, was sich alles bereits im Park befand. Ein schwarzer Geländewagen quetschte sich an den wartenden Zugfahrzeugen vorbei und blieb neben einem noch nicht aufgestellten Fahrgeschäft stehen.

»He, ihr da!« rief er zwei Männern zu, die aus einem schwarzen Geländewagen stiegen, »da könnt ihr nicht stehen bleiben.«

2

Norbert Pfeiffer, Hauptkommissar, blinzelte gelangweilt durch seine Nickelbrille. Liebend gern hätte der Beamte sich eine Zigarette angesteckt, doch seit die Gesundheitsfanatiker ihren Kreuzzug gegen den blauen Dunst ausgerufen hatten, waren die Nikotinstängel in öffentlichen Gebäuden verboten. In seinem Büro ignorierte der Hauptkommissar dieses Verbot mit einer stillen Zufriedenheit. Sein Anarchisten-Gen blühte in diesen Momenten so richtig auf. Leider saß er nicht in seinem Büro, sondern in einem Besprechungszimmer mit einem Dutzend seiner Kollegen. Und das Schlimmste dabei war, dass er seinem Chef, Polizeidirektor Wilhelm Flender, zuhören musste, der den Einsatzplan für den anstehenden NRW-Tag in Siegen mehr schlecht als recht referierte.

Irgendwie schien der Polizeidirektor mit der modernen Technik auf Kriegsfuß zu stehen. Die Charts, die ein Computer über einen Beamer auf die Leinwand hinter Flender warf, hatten mit dem, was er sagte, so gar nichts gemeinsam. Die ganze Vorstellung erinnerte den Hauptkommissar an einen Kinofilm, bei dem die Tonspur verrutscht war.

»Also am Samstagnachmittag findet der große Umzug statt«, erklärte der Polizeidirektor, während hinter ihm die Aktivitäten auf der Sportmeile am Sonntag aufgeführt wurden. »Da gelten höchste Sicherheitsmaßnahmen. Die Ministerpräsidentin wird mit ihrem Stab auf der Tribüne ...« er drehte sich zur Leinwand um, in der Hand einen Zeigestock. »... Wo ist die Tribüne?!«

»Die war einen Chart zuvor«, rief jemand in den Raum.

»Einen was?« hakte Flender genervt nach.

»Ein Bild«, beeilte sich der Kollege zu erklären.

»Ach so«, Flender drückte auf die Fernbedienung, mit der er den Computer steuerte, aber statt zurück, sprang er nach vorne.

»Wo bleibt denn dieser Plan?« knurrte der Polizeidirektor.

»Chef«, mischte sich Pfeiffer vorlaut ein, »Sie müssen den anderen Knopf drücken.«

»Seit wann haben Sie denn davon Ahnung?« bluffte Flender zurück, probierte dennoch den anderen Knopf. »Ah, so geht das?! «

Nach einigen Sekunden Bilderbrei auf der Leinwand erschien der gewünschte Chart.

»Da ist sie ja«, schnaufte Flender erleichtert. Er trat einen Schritt an die Leinwand heran und begann mit dem Zeigestock hin und her zu wedeln.

»Das alles haben wir den Briten zu verdanken«, flüsterte Werner Holzbaum, Kommissar und Pfeiffers Partner. Der schwergewichtige Polizist blickte seinen Partner mit einem freundlichen Bulldoggengesicht an.

»Den Briten?« staunte Pfeiffer. »Ich dachte, das Landesparlament hätte beschlossen, den Gründungstag im Land zu feiern.«

»Schon«, nuschelte Holzbaum leise, »aber ohne die Briten gäbe es gar kein Nordrhein-Westfalen.«

»Meine Herren«, mahnte Flender ernst. »Pfeiffer und Holzbaum, passen Sie auf! Sie werden den Landrat und die Ministerpräsidentin abschirmen.«

»Seit wann gehören wir denn zum Personenschutz?!« maulte Pfeiffer hörbar ungehalten.

»Seit ein paar irrsinnige Banker Milliarden versenkt haben und das Land mit genauso irrsinnigen Summen dafür eingesprungen ist.« Flender fixierte die beiden Beamten, als hätte er ein Zielfernrohr vor seinen Augen. Der Polizeidirektor war ein leidenschaftlicher Jäger und verfehlte sein Ziel äußerst selten.

Pfeiffer und Holzbaum nahmen automatisch eine steife Haltung an. Sie kannten ihren Chef gut genug, um zu wissen, wann es mit Scherzen vorbei war.

»Also zurück zum Plan«, Flender drehte sich zur Leinwand, »die Ministerpräsidentin trifft morgen Abend in Siegen ein. Es gibt einen offiziellen Empfang im Sieg-Carré, danach wird sich die Landeschefin zurückziehen. Die Jungs vom LKA werden bei ihr sein. Darüber müssen wir uns keine Gedanken machen. Dennoch wünsche ich«, er sah Pfeiffer an, »dass Sie sich mit den Kollegen vertraut machen. Ich erwarte Sie also morgen Abend ebenfalls im Sieg-Carré.«

»Klar, Chef«, antwortete Holzbaum laut.

»So eine Scheiße«, zischte Pfeiffer, »auch das noch.«

»Was hast du?« stöhnte Holzbaum, der eingequetscht zwischen den beiden Lehnen seines Stuhles kaum Luft bekam.

»Sie wird da sein«, antwortete Pfeiffer in einer deutlich panischen Stimmlage.

»Wen meinst du?«

»Na, Katrin«, stieß Pfeiffer aus und griff instinktiv zu seiner Zigarettenschachtel.

»Ach, die Sache. Ich dachte, die hättest du hinter dir gelassen.«

3

Privatdetektiv Tristan Irle saß an seinem Wohnzimmertisch und sortierte Kontoauszüge. Neben ihm stand ein alter Schuhkarton. Darin lagen die während des Monats abgelegten Auszüge. Eine schwache Tischlampe beleuchtete das Wohnzimmer. An der Wand ihm gegenüber stand ein bis zur Decke reichendes Bücherregal. In der Mitte des Raumes dominierten ein viktorianisches Sofa und ein passender Sofatisch. Rechts vom Wohnzimmertisch bewachten zwei Lesesessel einen Wandkamin. Links vom Tisch ging es in die Küche. Hinter dem Detektiv befand sich eine Reihe von Sprossenfenstern, von denen zwei offen standen. Laute Stimmen drangen von draußen herein. Tristans altes Fachwerkhaus stand gegenüber der Marienkirche und irgendjemand war im Hof hinter der Marienkirche am werkeln.

Tristan Irle ließ sich davon nicht stören. Aufmerksam nahm er einen Auszug nach dem anderen aus dem Karton und legte ihn auf den passenden Stapel.

Der Privatdetektiv konnte von seinem Job gut leben. Außerdem hatte ihn vor Jahren eine Erbschaft in die glückliche Lage versetzt, nicht jeden Fall annehmen zu müssen. Auf den Gang in dunkle Kaschemmen, um irgendwelche Ehebrecher zu beschatten, konnte er verzichten. Deshalb war es ratsam, die Finanzen im Blick zu behalten. Durch die weltweite Finanzkrise waren die Zinsen in den Keller gegangen. Zum Glück hatte der Detektiv keine riskanten Anlagen getätigt und so war die Krise an seinem kleinen Vermögen vorbeigeschrammt, ohne nennenswerten Schaden zu verursachen. Damit das so blieb, verlangte die momentane Situation, die Festgeldkonten fast täglich zu kontrollieren.

Leider hatte er sich nie für ein anderes Ablagesystem erwärmen können, als diesen alten Schuhkarton. So sortierte er nun die Auszüge nach den entsprechenden Kontonummern. Dabei wurde er von zwei neugierigen Knopfaugen beobachtet, die zu einem weißen Kakadu gehörten, der links neben ihm auf einer Kletterstange saß.

Marlowe, der Kakadu, wippte immer dann mit seinem Kopf hin und her, wenn Tristan mal wieder einen dieser Papierzettel auf einen Stapel legte. Der Vogel liebte es an Papier herumzuknabbern. Eigentlich liebte es Marlowe, alle möglichen Dinge mit seinem Schnabel zu zerkleinern. Da spielte es keine Rolle, ob es sich um einen Schnürsenkel oder um eine unachtsam hingelegte Schatzkarte handelte. Der weiße Kakadu bearbeitete alles mit seinem Schnabel mit der gleichen intensiven Hartnäckigkeit. Deshalb schielte Tristan immer mal wieder über den Rand seiner goldenen Halbbrille zu seinem langjährigen Haustier hinüber.

»Das ist nichts für dich«, brummte der Detektiv.

Marlowe sträubte seinen Kamm. Er schien genau zu wissen, was sein Herrchen ihm sagen wollte. Kakadus gehören zu der Sorte von Lebewesen, die sich nur einmal im Leben einen Partner suchen. Sie leben monogam und das bis zu ihrem Tod. Tristan hatte den Vogel als Jungtier von seinem alten Pfarrer geschenkt bekommen.

Weshalb der Kirchenmann ihm gerade einen Kakadu schenkte, blieb Tristan bis heute ein Geheimnis. Jedenfalls, als der Vogel in das Alter kam, sich eine Partnerin zu suchen, entschied sich Marlowe für die Person, die ihn mit leckeren Keksen und Marmeladenbrötchen versorgte. Das Schicksal wollte es so, und weil man gegen sein Schicksal im Allgemeinen nichts ausrichten konnte, freute sich Tristan im Speziellen über die bedingungslose Liebe, die ihm der Kakadu entgegenbrachte. Da die Spezies der Gelbhaubenkakadus neben ihrer ständigen Neugier auch überaus lernfähig ist, wagte Tristan ein Experiment und las Marlowe Zitate deutscher Dichter vor. Das Ergebnis konnte sich hören lassen. Der Kakadu schaffte es, zu allen möglichen wie unmöglichen Situationen einen Spruch loszulassen.

Die Stapel auf dem Tisch hatten eine Höhe erreicht, wo sie ein Windstoß vom Tisch fegen konnte. Tristan stand deshalb auf, um etwas zum Beschweren zu holen.

Das hätte er besser bleiben lassen.

Kaum war er einen Schritt vom Tisch weggetreten, stieß sich Marlowe von der Kletterstange ab und flatterte auf die Tischplatte. Die sorgsam zusammengetragenen Kontoauszüge wirbelten in die Höhe.

»Mensch Marlowe!« schimpfte Tristan und scheuchte ihn fort. »Jetzt kann ich von vorne anfangen.«

Marlowe flog zu den offenen Fenstern und landete auf einer der Fensterbänke. Er sah Tristan neugierig zu, wie der sich nach den heruntergefallenen Auszügen bückte und brabbelte:

»Hund, Hirt und Herde stehen stumm / Um diesen Unglücksfall herum.«

Tristan schüttelte den Kopf und fragte sich, ob diese Art von Kunststück für eine Fernsehshow geeignet wäre.

Marlowe unterdessen bemerkte, dass es draußen etwas zu erkunden gab. Die lauten Geräusche aus dem kleinen Hof hinter der Marienkirche lockten ihn an. Ohne sich weiter um Tristan zu kümmern, stieß er sich ab und flog in den Hof. Für den Detektiv war dies kein Grund, sich Sorgen zu machen. Marlowe flog öfters um das Haus herum. Kakadus waren in den meisten Fällen äußerst anhängliche Geschöpfe und kehrten immer zu ihrem „Nest" zurück.

Tristan war sogar froh, den kleinen Teufel für eine Weile los zu sein. Jetzt konnte er sich den Auszügen widmen, ohne weitere Zwischenfälle zu riskieren.

Nach gut einer halben Stunde lagen vier ordentliche Stapel auf dem Tisch. Der Detektiv blickte nochmals in den Karton, in dem nun kein loser Auszug mehr zu finden war. Beim Sortieren hatte er darauf geachtet, dass die Auszüge vollständig waren. Dazu hatte er die Auszugs-Nummern immer wieder kontrolliert. Nun nahm er einen Stift sowie ein Blatt Papier und notierte sich die jeweiligen Endbeträge, denen er die einzelnen Konten zuordnete. Die Endbeträge würde er seinem Steuerberater durchgeben, der zugleich so etwas wie sein Finanzberater war. Die Zahlen stimmten den Detektiv zufrieden. Er ging in die Küche und nahm ein Weinglas aus dem Schrank. Eine offene Rotweinflasche atmete bereits seit einer Stunde auf der Küchenplatte.

Der Detektiv sah kurz auf eine kleine Küchenuhr, grinste spitzbübisch, drehte sich nochmals zum Schrank um, nahm ein zweites Glas heraus und ging mit der Flasche und den Gläsern zurück ins Wohnzimmer. Der Lärm von draußen ebbte langsam ab, was ihn veranlasste nachzuschauen, was dort eigentlich los war. Den Wein und die Gläser nahm er mit. Er schlenderte durch die kleine Diele auf eine alte Eichenholztür zu. Mit dem Ellenbogen drückte er einen altmodischen Türgriff nach unten und betrat den Hof.

»Was ist denn hier los?« brummte er verärgert, als er fast über einen Bühnenträger gestolpert wäre.

Im Hof hinter der Marienkirche wimmelte es von jungen verschwitzten Männern, die mit allerlei technischem Kram bewaffnet umherliefen. Zwei mächtige Geländewagen mit Anhängern blockierten die Zufahrt zum Hof und schienen die Quelle der vielen technischen Geräte zu sein, die die Männer über den Hof zu einer fast fertig aufgebauten Bühne trugen.

Die Bühne stand vor einem Brunnen, der am anderen Ende des Hofs an sonnigen Tagen mit seiner halbrunden Bank für Entspannung sorgte. Von Entspannung war dieser Ort jedoch in diesem Moment so weit entfernt wie der Papst von der Ehe.

Das alles hätte den Detektiv nicht weiter aus der Ruhe gebracht, man hatte ihn darauf hingewiesen, dass im Zuge des NRW-Tages auch in seinem Hof ein *kleines* Programm stattfinden würde. Doch von Beschlagnahmung seines Eigentums und einer professionellen Bühne war nie die Rede gewesen. Die Jungs begingen den Fehler, seine kleine Holzbank, die neben der Haustür stand, als Ablagefläche für ihr Mischpult zu nutzen. Wäre in diesem Augenblick nicht ein zwei Meter großer Mann aus dem Nebeneingang der Marienkirche getreten, der ansonsten friedliebende Detektiv hätte die Rotweinflasche ungeachtet ihres teuren Inhaltes ganz sicher zweckentfremdet.

»Erich«, rief Tristan aufgebracht über den Hof, »wir werden überfallen!«

»Was meinst du?« fragte Erich Roth, Diakon der Marienkirche, laut, während er sich beeilte zu Tristan zu gelangen.

»Na, sieh dir die Rabauken an«, erwiderte der Detektiv und deutete auf einen jungen Mann, der gerade dabei war, den Bühnenträger vor Tristans Eingang wegzuräumen.

Erich Roth erreichte seinen Freund und Nachbarn.

»Der sieht doch nicht wie ein Rabauke aus«, antwortete Erich beschwichtigend. »Der gehört doch zu den Bühnenarbeitern.«

Tristan blinzelte Erich von der Seite an. Dabei musste der Detektiv seinen Kopf merklich nach hinten kippen. Eine Geste, die er ganz langsam ausführte und die von einem Regisseur sicherlich als absolut perfekt beschrieben worden wäre. Schließlich wütete Tristan: »Natürlich gehört der Mann zu den Bühnenarbeitern. Meine grauen Gehirnzellen arbeiten noch einwandfrei. Aber du hast mir nichts von einem Bühnenprogramm vor meiner Haustür gesagt, Herr Diakon!«

Erich, der als Missionar durch Schwarzafrika gewandert war und sich dort mit allerlei schwierigen Situationen auseinandersetzen musste, spürte plötzlich, wie sein Gehirn den Power-Buzzer drückte. Was zur Folge hatte, dass das Nebennierenmark mit Hochdruck seinen Blutkreislauf mit Adrenalin überflutete. Bei einem Spaziergang durch die Savanne hätte ein plötzlich auftauchender hungriger Löwe die gleiche Reaktion ausgelöst. Bloß, dass er im Hof hinter der Marienkirche nicht einfach wegrennen konnte. Dabei lag das schützende Kirchenschiff nur einige Meter hinter ihm.

Sein ansonsten perfektes Römergesicht verformte sich zu einer leidenden Maske. Sie verriet Tristan sofort, dass Erich das schlechte Gewissen plagte.

»Hast du mir etwas zu sagen?« lächelte der Detektiv, wobei sein Blick alles andere als amüsiert wirkte.

»Nun ja«, begann der immer in Schwarz gekleidete Mann, »als ich dir von dem Programm erzählt habe, wusste ich noch nicht, dass die Gemeinde sich nicht lumpen lassen würde.«

»Lumpen lassen?!« Tristan zog eine seiner Augenbrauen nach oben.

»Bei den knappen Kassen in der Kirche«, Erich wedelte unbedarft mit seinen Händen herum, »bin ich von ein paar Gitarrenspielern und einem Chor ausgegangen. Stattdessen ...«

»Ich höre«, unterbrach ihn sein Freund.

»... stattdessen haben sie ein wirklich ansprechendes Bühnenprogramm auf die Beine gestellt.«

Tristan blickte zu den riesigen Lautsprecherboxen, die wie zwei mächtige Obsidianblöcke neben der Bühne standen. »Du willst damit sagen, dass es laut zugehen wird.«

»Nicht das ganze Wochenende hindurch«, versicherte Erich. »Es gibt auch die Show eines weltberühmten Illusionisten.«

»Einen Illusionisten?!«

»Du weißt schon, so eine Art Zaubershow«, erklärte Erich und versuchte zu lächeln.

»Die bauen hier ein Varieté auf?« staunte Tristan. »Tanzen auch halbnackte Frauen dort oben?«

»Um Gottes willen«, entrüstete sich der Diakon, »das ist eine katholische Veranstaltung.«

»Das hättest du mir doch gleich sagen können«, brummte Tristan ein wenig versöhnt.

»Ich habe es selbst nicht gewusst«, stöhnte Erich. »Ganz ehrlich, sonst hätte ich es gesagt.«

»Hm«, überlegte Tristan, blickte auf die Weinflasche in seiner Hand und dann zur Bühne. »Wenn meine Bank von diesem Gerät befreit ist, dann haben wir wohl so etwas wie Logenplätze.«

»Ganz exklusive Logenplätze«, beeilte sich Erich zu antworten.

4

Die Sonne versank, umrandet von rosa Wolken, im Westen. Die Luft war merklich abgekühlt, was ein Gewitter unwahrscheinlich werden ließ. Eine leichte Brise streichelte die Baumkronen und trug die viel zu warme Septemberluft fort. Der Marktmeister Bach fühlte sich seit einigen Minuten besser. Er spürte die Luftveränderung an seinem Körper, doch das allein sorgte nicht für sein entspanntes Auftreten. Die Probleme des Aufbaues waren fast alle beseitigt, jetzt blieb nur eine Sache übrig, die noch zu erledigen war.

Er befand sich im südlichen Teil des Schlossparks und blickte über die alte Schlossmauer hinunter über die Stadt. Am Horizont funkelte kurz der alte Schlackenberg in Geisweid auf, dann verschwand die Sonne hinter dem Horizont.

»Nun denn«, schnaufte Bach und spazierte den Parkweg an der Schlossmauer entlang hinauf zum Schloss.

Der Park hatte sich mit all den Buden, kleinen Bühnen und kindergerechten Fahrgeschäften zu einem bunten Vergnügungsareal entwickelt. Einige Budenbesitzer dekorierten noch ihre Auslagen und nickten Bach wohlwollend zu, als er sie passierte. Viele hegten die starke Hoffnung, in den nächsten zwei Tagen gute Geschäfte machen zu können. Die Wettervorhersage sah vielversprechend aus und jeder wusste, dass gutes Wetter die halbe Miete war.

So traf Bach auf Menschen, die sich erwartungsvoll für einen möglichen Ansturm rüsteten. Leider gehörte eine kleine Gruppe von Schaustellern nicht zu diesen zufriedenen Menschen. Mit denen musste er jetzt noch eine Lösung finden. Das Heikle war, dass es sich bei dieser Gruppe um die Hauptattraktion des Festes handelte.

Der Marktmeister erreichte den „Hexenturm“, vor dem der Rubensbrunnen stand. Hermann Kuhmichel hatte diesen Brunnen 1935 gestaltet, der drei Frauen mit einem Kind darstellt. Die Frauen stehen für die Städte Siegen, Antwerpen und Köln. Alle drei beanspruchten für sich, die Geburtsstätte von Peter Paul Rubens zu sein, doch seit 1861 stand Siegen als Geburtsstadt fest.

Bach schmunzelte bei dem Gedanken, dass sich dies vielleicht einmal ändern könnte. Er blickte zum Schloss, das im warmen Laternenlicht eine imposante Erscheinung bot. Plötzlich fühlte er sich noch nicht bereit, die anstehende Auseinandersetzung zu meistern. Daher entschied er, den Park noch eine Weile zu genießen. Er durchquerte das Tor neben dem „Hexenturm“ und ging zu einer Plattform, die auf den Grundmauern eines nicht mehr vorhandenen Turms stand. Wieder hatte er einen prächtigen Blick über das Tal.

»Hier verstecken Sie sich«, hörte er jemanden hinter sich sagen.

Bach drehte sich um und sah zwei der Männer, mit denen er das Problem lösen musste.

»Verstecken?« grinste Bach den älteren der beiden Männer an. »Ganz sicher nicht.«

»Haben Sie sich das Problem mal angesehen?« fragte der Mann ruhig.

»Ja, und ich sehe keine andere Lösung, als dem Plan zu folgen«, antwortete Bach und sein Ton ließ keinen Zweifel daran, dass seine Entscheidung endgültig war.

»Das ist bedauerlich«, erwiderte der ältere der Männer und gab dem jüngeren ein Zeichen.

Der stürmte unerwartet auf Bach zu, schlug ihm in den Magen und packte ihn von hinten. Der ältere Mann trat Bach zwischen die Beine, dass dem Marktmeister vor Schmerzen schwindelig wurde. Ohne sich wehren zu können, tastete der Angreifer Bachs Taschen ab, bis er Bachs Handy in der Hosentasche fand. Schnell nestelte der Mann das Gerät heraus, hantierte daran herum, um es dann wieder in die Hosentasche zu stecken. Der Mann nickte dem Jüngeren zu, worauf der Bach an die Brüstung der Stadtmauer drängte und mit einem Judogriff von den Beinen hebelte. Als Bachs von Schmerzen vernebelter Verstand wahrnahm, was die Männer vorhatten, war es schon zu spät. Er spürte, wie der Griff locker wurde, dann stürzte er die hohe Schlossmauer hinunter.

5

Der Bürgermeister der Stadt Siegen lehnte sich staatsmännisch zurück. Die Geste hatte der jugendlich wirkende Mann voll drauf, trotzdem hätten ihn wahrscheinlich seine Amtsvorgänger in den Kindergarten geschickt. Schließlich konnte der engagierte Politiker nicht einmal ein halbes Jahrhundert an Lebenserfahrung aufweisen. Für dieses alte Denken trug er ja sozusagen noch kurze Hosen. Aber mit seiner Wahl brachte er frischen Wind in die Amtsstuben des Siegener Rathauses. Und wie das so ist mit Wind in den Bürofluren: Für die Einen war es nur Durchzug, der Türen knallen ließ, und für die Anderen eine willkommene Brise, die neue Energie freisetzte.

Der Bürgermeister hätte es ja gerne jedem recht gemacht, doch dazu brauchte man in den meisten Fällen Geld und das hatte er nicht. Denn auch die Siegener Stadtkasse war so ausgetrocknet, dass die Sahara hätte neidisch werden können. Und so beschäftigte er sich mit Dingen, die er mehr oder weniger beeinflussen konnte.

Das anstehende Fest gehörte ganz eindeutig zu den Dingen, die er mehr beeinflussen konnte. Als indirekter Gastgeber – der offizielle Gastgeber blieb natürlich die Ministerpräsidentin – wusste er genau, was er wollte. Das kleine Ärgernis, dass die Ministerpräsidentin der falschen Partei angehörte, ignorierte er einfach. Was er ganz und gar nicht ignorierte, waren die Vorbereitungen zum NRW-Tag. Zusammen mit seiner Pressesprecherin Katrin Becker und dem Organisationsleiter Matthias Geiger, der seine Assistentin Betty Block neben sich sitzen hatte, saßen sie in einem kleinen Besprechungszimmer im Oberen Schloss. Aufmerksam hörte sich der Bürgermeister an, wie weit die Vorbereitungen gediehen waren.

»So wie es aussieht«, sagte Matthias Geiger, »haben wir von allen Marktmeistern grünes Licht bekommen.«

Die zierliche Betty Block tippte ihrem Chef an den Arm und deutete auf das Blatt Papier, das vor Geiger lag.

»Oh, wie ich sehe«, lächelte der Mittdreißiger freundlich, »haben wir doch noch nicht von allen Bescheid bekommen.«

»Wer fehlt denn noch?« hakte der Bürgermeister nach.

»So wie es aussieht, hat sich Peter-Paul Bach aus dem Schlosspark noch nicht gemeldet«, stellte Geiger nachdenklich fest.

»Haben wir da nicht die Hauptbühne?« fragte der Bürgermeister.

»Eigentlich nein«, mischte sich Katrin Becker ein. »Die Hauptbühne steht beim Unteren Schloss.«

»Das stimmt nicht ganz«, erwiderte Geiger diplomatisch. »Wenn ich die Konzeption richtig verstehe, soll im Schlosspark das große Familienprogramm stattfinden.«

Der Bürgermeister nickte: »So habe ich das auch in Erinnerung. Familien sind mir, Frau Becker, äußerst wichtig.«

»Das wissen wir«, lächelte die Pressesprecherin, die aus Berufssicht die Hauptbühne favorisierte, ließen sich doch mit den angekündigten Popstars richtig gute Pressemeldungen formulieren.

»Also, wenn der Schlosspark aus der Zeitplanung fällt, was sitzen Sie da noch hier rum?« Der Bürgermeister stand auf. »Die Unterstadt ist voll im Zeitplan?«

»Ja«, nickte Geiger und stand ebenfalls auf.

»Gut, dann beenden wir dieses Gespräch. Ich muss noch etwas an meiner Rede zur Eröffnung feilen.«

Die beiden Frauen standen ebenfalls auf. Zusammen gingen sie durch das als Museum genutzte Obere Schloss zum Ausgang.

Als sie den Innenhof des alten Schlosses erreichten, blickte der Bürgermeister in den Nachthimmel.

»Das Wetter soll gut werden«, sagte er.

»Beste Voraussetzungen«, nickte Geiger. »Vielleicht ein wenig zu warm für diese Jahreszeit.«

»Solange uns der Siegerländer Regen erspart bleibt«, grinste der Bürgermeister, »soll uns das alles recht sein. Frau Becker, begleiten Sie mich noch zum Auto?«

Geiger und seine Assistentin blieben im Innenhof zurück. Als der Bürgermeister außer Hörweite war, sagte Geiger: »Betty, bist du sicher, dass sich Bach nicht gemeldet hat?«

»Matthias, ja, ganz sicher«, antwortete Betty etwas genervt.

»Weißt du, das ist merkwürdig, Bach ist unser bester Mann.« Geiger strich sich durch seine vollen Haare und meinte: »Nun denn, lass uns nachsehen, wo sich der Kerl herumtreibt.«

Betty blickte skeptisch in den dunklen Park.

»Es ist bereits Nacht«, sagte sie mit einem Ton des Unbehagens.

»Keine Angst vorm Schwarzen Mann«, scherzte Matthias und drückte seine füllige Brust nach vorne wie in einem archaischen Ritual, wo der Brustkorb als Trommel benutzt wurde. Der Organisationsleiter unterließ es zum Glück, seine Fäuste als Trommelstöcke einzusetzen und sagte: »Wir haben im ganzen Park Sicherheitsleute.«

Das beruhigte Betty zwar nur bedingt, aber andererseits war sie auch kein Angsthase, sie war halt vorsichtig. Zusammen gingen sie in den Schlosspark, um nach Bach zu sehen. Als sie hinter dem Schloss den Park betraten, bemerkten sie sofort, dass etwas nicht stimmte. Mehrere in Schwarz gekleidete Sicherheitsleute liefen zur Aussichtsplattform, gefolgt von einigen bunt bekleideten jungen Männern. Geiger erkannte, dass es sich bei den jungen Männern um die Artistentruppe handelte, die am Wochenende in der Altstadt auftreten sollte.

»Was ist denn hier passiert?« zischte er und eilte zusammen mit Betty zur Plattform.

Als sie dort ankamen, machte man ihnen sofort Platz und Geiger sah, wie zwei Artisten vorsichtig jeweils ein Seil nach oben zogen. Er beugte sich über die Mauer und erkannte im schwachen Taschenlampenlicht der Sicherheitsleute, dass am Ende der beiden Seile ein Brett befestigt war, auf dem Peter-Paul Bach lag.

»Oh, mein Gott«, stieß Betty aus, als sie neben Geiger über die Mauer blickte.

»Machen Sie Platz«, befahl einer der Artisten, und wenig später hievten sie Bach samt Brett über die Mauer.

Jedem Beteiligten war sofort klar, dass der Marktmeister seinen Daseinszustand radikal verändert hatte. Einige bekreuzigten sich und wünschten ihm, dass er aus dem Paradies noch einen Blick auf die Festtage werfen könne. Andere hatten noch nie eine Leiche gesehen und wunderten sich, dass sie gar nicht so spektakulär aussah.

Betty konnte den Anblick nicht ertragen und wandte sich ab. Dann klingelte ein Handy und die Melodie von Frank Sinatras „Fly me to the moon“ plärrte in die Nacht.

Die Leute sahen sich neugierig an. Jeder wartete darauf, dass der andere sein Handy herausnahm, doch keiner rührte sich.

»Das kommt von Bach«, sagte schließlich Geiger und beugte sich zu der Leiche. Er tastete Bachs Hosentasche ab und nestelte schließlich das Handy heraus.

»Hallo«, sprach er in das Mikrofon und erstarrte.

Ganz anders verhielt sich Hauptkommissar Norbert Pfeiffer, als er eine Viertelstunde früher sein Handy zuklappte.

»Du errätst nie, was gerade passiert ist, Holzbaum!« Pfeiffers überraschter Gesichtsausdruck wechselte in blankes Entsetzen. Er zog sich hastig das Jackett über und der Griff zu den Autoschlüsseln floss in die Bewegung makellos ein.

Holzbaum bewegte sich mit seinem fülligen Gewicht nicht so wieselartig wie sein Chef. Dagegen arbeitete sein Verstand jedoch mit erschreckend hoher Geschwindigkeit. Trocken sagte er: »Man hat eine Leiche gefunden.«

»Ganz genau«, nickte der Hauptkommissar und stand schon in der offenen Bürotür, »aber du ahnst nicht, wo! Kommst du?«

Holzbaum schob seinen Bürostuhl zur Seite und machte den Rechner aus. »Ich rate mal«, grinste er, »am Oberen Schloss.«

Pfeiffer musterte verblüfft seinen Partner und nickte. »Wie bist du darauf gekommen?«

»Intuition«, antwortete der Kommissar. Er war zu müde, um seinem Chef zu erklären, dass sich der Fundort in der Innenstadt befinden musste, sonst hätte man jemand anderen angerufen. Schließlich hatte Polizeidirektor Flender klargemacht, dass sie für die Sicherheit der Ministerpräsidentin verantwortlich seien. Des Weiteren gab es an diesem Abend in der Innenstadt nur einen Ort, der nicht von werkelnden Menschen überflutet war, um plötzlich eine Leiche zu finden: das Obere Schloss.

Die beiden Polizisten kannten sich in Siegen bestens aus, obwohl sie nicht in der Krönchenstadt stationiert waren. Eigentlich gehörten sie zur Mordkommission in Hagen. Da Siegen trotz Großstadtanerkennung letztendlich doch überschaubar blieb, schützte man bei Kapitalverbrechen die untersuchenden Beamten vor möglichen Gewissenskonflikten, indem man einfach Kommissare von außerhalb holte. Dass sich die Menschen im idyllischen Kreis Siegen-Wittgenstein nicht anders verhielten als anderswo auch, führte dazu, dass die beiden Beamten bei ihren vielen Einsätzen in der Vergangenheit so oft im Kreisgebiet tätig waren, dass man sie problemlos hätte einbürgern können. Was wiederum die grundsätzlich positive Idee der Dienstanordnung ins Absurde führte.

Pfeiffer verschwendete erst gar keinen Gedanken an solche Überlegungen. Als knallharter Mordkommissar hätte er auch seine Oma mit Handschellen abgeführt. Da kannte er kein Pardon. Seine eigentliche Schwäche war die synaptische Verbindung zwischen Gasfuß und Verstand. Der Hauptkommissar neigte dazu, Indizien als Fakten und Straßen als Formel-1-Rennstrecken zu verstehen. Bremste ihn sein Partner nicht gekonnt aus, konnte es schnell Totalschaden geben.

Auf der kurzen Fahrstrecke von der Kreispolizeibehörde bis zum Oberen Schloss gelang es dem Hauptkommissar nicht, den PS-starken Motor warm zu fahren. Das lag zum einen an einem erhöhten Verkehrsaufkommen und zum anderen an Absperrungen. In den nächsten Tagen würde die gesamte Innenstadt autofrei werden. Die nötigen Gitter und Straßenschilder standen bereits an den Straßenrändern und wirkten auf den Verkehr.

»Morgen wird hier mit dem Auto kein Durchkommen mehr sein«, bemerkte Holzbaum ausgelassen, als sie die Burgstraße hinauf auf das alte Schloss zu rollten.

»Das ist, als käme man in die Hölle«, kommentierte Pfeiffer die anstehenden Veränderungen.

Vor ihnen ragte das alte Torgebäude empor. Es beherbergte die Siegerlandbibliothek und war gleichzeitig der Verwaltungssitz des Oberen Schlosses. Auf der riesigen Befestigungsmauer hatte man ein schmuckes Torgebäude errichtet. Mit seinen Sprossenfenstern und den bunten Blumenkästen davor wirkte es wie ein Schwarzwälder Bauernhof.

Pfeiffer stellte den Wagen an der Straße ab.

»Es gab Zeiten, da konnten wir das Burgtor mit dem Auto passieren«, schimpfte der Hauptkommissar, dem Fußmärsche ein Gräuel waren.

»Die kühle Abendluft tut gut«, antwortete Holzbaum nur.

Dann traten sie durch das Burgtor.

Etwa 500 Meter vom Burgtor entfernt in der Altstadt war Marktmeisterin Juliane Brückenberg mit sich im Reinen. Sie hatte Bachs Ratschlag beherzigt und die Bühne genau dort aufgestellt, wo sie auch laut Plan hingehörte. Nachdem sie so entschieden hatte, gaben die Streithähne erstaunlich schnell Ruhe und so hatte sie die Vorbereitungen ohne größere Schwierigkeiten zu Ende bringen können. Noch einmal brenzlig wurde es, als vor einer halben Stunde einer der Nachbarn auf den Hof stürmte. Der Mann trug eine Strickjacke und eine goldene Halbbrille auf der Nase. Mit einer Weinflasche hatte er kurzzeitig die Bühnenbauer bedroht. Zum Glück war in diesem Moment der Diakon der Marienkirche auf den Platz gekommen, und ihm war es gelungen, den Mann zu beruhigen.

Jetzt saßen die beiden Männer auf einer kleinen Holzbank und prosteten sich zu. Ein skurriles Bild gaben sie ab: der athletische Diakon in seiner perfekt sitzenden schwarzen Kleidung und mit den langen Beinen neben dem viel kleineren, wohlgenährten Mann mit Strickjacke.

Wer trägt heute noch Strickjacken, dachte Juliane und schmunzelte.

Ihr wachsamer Verstand erkannte in diesem Augenblick, dass sie den Anwohner in den nächsten Tagen wohl kaum noch einmal in einer so entspannten Stimmung antreffen würde und entschied, sich dem Mann als Marktmeisterin vorzustellen.

Die zierliche Frau trat an die beiden Männer heran.

»Guten Abend«, lächelte sie freundlich.

»*Got Owend*«, erwiderte Tristan den Gruß, während Erich ihr zunickte.

»Ich heiße Juliane Brückenberg«, sagte sie mit klarer, fester Stimme, »ich bin als Marktmeisterin in den nächsten Tagen für den reibungslosen Ablauf der Feierlichkeiten zuständig.«

»Der gesamten Feierlichkeiten?« hakte Tristan erstaunt nach.

»Oh, nein«, schüttelte sie den Kopf und breitete ihre Arme aus, »nur für den Bereich in der Altstadt. Wenn Sie also etwas anzumerken haben, dann wenden Sie sich bitte an mich.«

»Sie meinen«, Tristan wurde ernst und fixierte sie mit seinen lindgrünen Augen, »wenn man meine Bank besetzt, soll ich zu Ihnen kommen?«

»Das wird nicht mehr vorkommen«, entgegnete sie überzeugt, »dafür werde ich sorgen. Ganz sicher!«

»So?!« brummte der Detektiv.

Juliane wirkte plötzlich etwas verunsichert.

»Machen Sie sich keine Sorgen«, mischte sich Erich ein und stupste seinen Freund an. »Dieser Kerl will Sie nur testen.«

Ihre großen braunen Augen musterten Tristan, der sie schelmisch anlächelte. Sie kannte diesen Jungenblick, der sie herausfordernd fragte: Na, was machst du jetzt? Juliane war mit zwei älteren Brüdern aufgewachsen und hatte sich zu behaupten gelernt. Sie schüttelte den Kopf, wobei ihr eine ihrer schwarzen Locken ins Gesicht rutschte. Die junge Frau strich das Haar in Zeitlupe zurück hinter ihr rechtes Ohr und meinte:

»Dieses alte Auto dort vor der Marienkirche«, sie blickte zu einem Borgward Cabriolet, das mit offenem Verdeck neben einer jungen Kastanie stand, »das gehört Ihnen?«

»Ja«, nickte Tristan und sein Gesichtsausdruck wurde schlagartig wachsam.

»Zu dem Oldtimer gehört doch sicherlich auch eine nette Garage«, lächelte Juliane wie ein kleines Mädchen, dem man eine Zuckerstange überreichte. »Die sollte das Cabriolet schnellstens aufsuchen, bevor die Altstadt dicht gemacht wird. Es wäre doch eine Schande, wenn dem guten Stück etwas passieren würde. Ich meine, bei den zu erwartenden Besuchermengen ist so was ja durchaus möglich.«

»Da haben Sie wohl recht«, nickte Tristan anerkennend und stand auf. »Verzeihen Sie mein Auftreten, aber ich habe mich Ihnen ja noch gar nicht vorgestellt.« Er reichte ihr seine Hand. »Tristan Irle.«

»Irle!« staunte sie und drückte seine Hand. In dem Moment klingelte Julianes Dienst-Handy. »Oh, entschuldigen Sie, da muss ich drangehen, das ist der Organisationsleiter.« Sie zückte ihr Mobiltelefon, das in einer Art Holster an ihrem Hosengürtel befestigt war. »Ja! ... Was! ... Er steht neben mir ... Herr Irle, das ist für Sie.«

Juliane reichte Tristan das Handy.

»Irle«, sagte der Detektiv und mit jeder Sekunde, die er das Handy am Ohr hielt, verwandelte sich seine gesunde Gesichtsfarbe in ein graues Etwas.

Schließlich reichte er Juliane das Handy zurück.

»Erich, hast du Marlowe gesehen?« fragte Tristan leise.

»Nein, er war zwar mal kurz in der Kirche«, antwortete Erich, der des Öfteren als Kakadu-Sitter tätig war, »ist aber nicht lange geblieben.«

Der Detektiv setzte sein Weinglas ab und lief in den Hof, wobei er ständig nach seinem Kakadu rief, doch der weiße Vogel meldete sich nicht.

Erich sah seinem Freund verwirrt zu, schließlich platzte es aus ihm heraus: »Mensch, Tristan, jetzt sag schon, was ist passiert?«

»Ich muss sofort in den Schlosspark«, erwiderte Tristan matt und eilte zur Barstewende. »Fahr du den Borgward weg!«

»Warum? Herrgott noch mal!« donnerte der Kirchenmann hinter ihm her.

»Man hat Marlowe entführt!« rief Tristan und lief los.

6

Pfeiffer betrachtete die zugedeckte Leiche des Marktmeisters und steckte sich gedankenverloren eine Zigarette an.

»Die Brüstung der Mauer ist hoch«, sagte unterdessen Holzbaum und beugte sich extra weit über die Schlossmauer, »da fällt man nicht von alleine hinunter.«

Die beiden Polizisten wurden von einer schaulustigen Menge beobachtet, als handelte es sich um eine Bühnenaufführung. Für Pfeiffer war dies kein Problem, solange er als jugendlicher Hauptdarsteller die Mädchen becircen durfte. Holzbaum tat sich mit so viel Öffentlichkeit schon etwas schwerer. Seine Erfahrung lehrte den Kommissar, dass seine füllige Gestalt auf Mitmenschen wie ein Rauchmelder wirkte. Bloß, dass das Gerät keinen Rauch anzeigte, sondern irgendeinen Gehirnschalter umlegte, wonach die

Menschen ihm die Rolle des gutmütigen Onkels zuschrieben. Würde man es weniger politisch korrekt ausdrücken, dann sahen die Leute in ihm den gutmütigen Trottel mit Polizeimarke.

Holzbaum wusste, dass die Meute zuerst nach oberflächlichen Kriterien urteilte. Da die Leute seine klugen Bemerkungen nicht verstehen konnten – Streifenpolizisten sicherten den Tatort großflächig ab –, blieb ihm nichts anderes übrig, als die gaffende Menge zu ignorieren.

»Man hat den Kerl da runtergeworfen«, sagte Pfeiffer, während er einen tiefen Zug nahm.

»Ganz sicher!« nickte Holzbaum und zückte einen Notizblock.

»Ja, irgendjemandem ist er wohl mächtig auf die Füße getreten. Was denken sich die Leute nur dabei«, brummte der Hauptkommissar und schüttelte den Kopf.

»Ein Scherz war es ganz offensichtlich nicht«, erwiderte Holzbaum traurig.

In der Menge wurde es unruhig und die beiden Kommissare sahen sich nach dem Grund um. Als schließlich ein freundlicher Herr in Strickjacke aus der Menge trat und auf die beiden Polizisten zuging, verfinsterte sich Pfeiffers Blick. Sein Gesichtsausdruck vermittelte folgende Botschaft: Bisher ist es ein mieser Tag gewesen und jetzt kommt *Irle*.

Der Hauptkommissar mochte Privatdetektive im Allgemeinen nicht sonderlich, im Speziellen reagierte er allergisch auf Tristan Irle. Dabei verdankte Pfeiffer gerade dem Privatdetektiv seine spektakulärsten Erfolge. Das hätte der Polizist nie zugegeben, aber insgeheim nagte diese Tatsache an seinem Selbstwertgefühl.

Es war also nicht sonderlich überraschend, dass der Hauptkommissar mit einer gewissen Polarkälte die Anwesenheit des *Schnüfflers* zur Kenntnis nahm. Holzbaum reagierte auf Tristans Erscheinen mit buddhistischer Freundlichkeit. Er mochte den Mann mit Strickjacke. Allerdings fiel ihm auf, dass etwas fehlte.

»Wo haben Sie Marlowe gelassen?« fragte Holzbaum, der Tiere liebte.

»Deshalb bin ich hier«, schnaufte Tristan, nach Luft ringend.

»Wohl außer Puste«, bemerkte Pfeiffer sarkastisch. »Haben Sie Ihr wöchentliches Aikido-Training abgesetzt?«

Tristan schüttelte den Kopf und stieß zwischen zwei Atemzügen aus: »Bin gelaufen.«

»Den ganzen Berg hinauf?« staunte Pfeiffer und etwas Anerkennung schlich heran, wurde aber vom Straßenschlägersarkasmus gleich wieder vertrieben: »Na, wie lange haben Sie denn den Berg hinauf gebraucht? Eine halbe Stunde?«

»Das waren wohl eher knappe fünf Minuten«, mischte sich Matthias Geiger anerkennend ein. »Hallo, Herr Irle, wir haben telefoniert.«

»Können Sie mir mal erklären, Herr Geiger, warum Sie Irle angerufen haben?« zischte Pfeiffer.

Geiger setzte zur Antwort an, doch in diesem Augenblick erklang wieder die Melodie von „Fly me to the moon". Die beiden Kommissare blickten verdutzt auf das Handy, das Geiger aus seiner Tasche zog und sich ans Ohr hielt.

»Hallo«, sagte er, hörte einige Sekunden dem Anrufer zu, nahm dann das Handy vom Ohr und fragte: »Weiß einer, wie man an diesem Gerät den Lautsprecher anstellt?«

Betty hatte die gleiche Marke und kam ihrem Chef zur Hilfe.

»Wer sind Sie denn?« motzte Pfeiffer, doch die Assistentin ließ sich nicht beirren und schaltete das Handy auf Lautsprecher.

»Sie können jetzt sprechen«, sagte Geiger und hielt der Gruppe das Handy hin.

»Guten Abend, meine Herren, nennen Sie mich einfachheitshalber van Veen«, plärrte es aus dem Lautsprecher. »Herr Pfeiffer, Herr Holzbaum und Herr Irle, schön, dass Sie Zeit fanden vorbeizuschauen.«

Der bösartige Klang dieser Männerstimme ließ die Anwesenden schaudern.

»Es ist schon spät, deshalb komme ich gleich zum Wesentlichen«, säuselte es aus dem Lautsprecher. »Wie die beiden Kommissare sicherlich schon festgestellt haben, ist Herr Bach nicht durch einen Unfall ums Leben gekommen. Damit in den nächsten Tagen nicht weitere Menschen vom Fährmann Charon an die Pforten des Hades geleitet werden, sollten Sie jetzt genau zuhören.«

»Sie Spinner, was soll das?« brüllte Pfeiffer wütend und hätte beinahe Geiger das Handy aus der Hand geschlagen. Holzbaum hielt ihn noch rechtzeitig zurück.

»Wenn Sie Ihre Emotionen wieder im Griff haben, Herr Pfeiffer, dann sage ich es Ihnen.« Van Veen amüsierte sich. »Herr Irle, wir haben Ihren kleinen weißen Freund in Gewahrsam.«

Tristan ballte seine rechte Hand zur Faust und fragte: »Was wollen Sie?«

»Was für eine komplexe Frage! Weltfrieden würde ich mir wünschen, Herr Irle. Aber hier geht es nicht um mich!« zischte er. »Ein Mann mit Ihren intellektuellen Fähigkeiten kann die Frage doch sicherlich konkretisieren?«

»Was soll ich tun?« antwortete der Detektiv leise.

»Jetzt kommen wir der Sache schon näher«, freute sich van Veen. »Sie sollen Ihren Kakadu finden. Dafür haben Sie 24 Stunden Zeit. Sollten Sie ihn in dieser Zeit nicht finden, wird er nicht mehr am Leben sein.«

Tristan starrte auf das Handy. Einen Augenblick herrschte gespenstige Stille.

»Da wäre noch eine Kleinigkeit«, sagte van Veen schließlich. »Wenn Ihr Vogel das Zeitliche segnet, macht es einen riesigen Bumm. Er wird nicht alleine gehen.«

»Wie meinen Sie das?« fauchte Pfeiffer.

Doch van Veen ließ sich nicht aus der Ruhe bringen: »Herr Irle, ich bin natürlich kein Unmensch, deshalb gebe ich Ihnen drei Hinweise.

Erstens: Wissen Sie, was Geocaching ist? Na ja, wenn nicht, dann werden Sie es herausfinden.

Zweitens: Nehmen Sie Bachs Handy. Es ist präpariert. Spielen Sie nicht daran herum.

Und drittens: Rufen Sie mich an, wenn Sie das folgende Rätsel gelöst haben. Ich sage das nur einmal:

Was ist heiß und doch kein Feuer?
Steht für Kaufen, ist doch teuer.
Spiegelbild im matten Glanz,
bist das Nest der Goldnen Gans.«

Der Mann, der sich van Veen nannte, beendete das Gespräch.

»Was soll diese Aufführung«, fauchte Pfeiffer genervt. »Wir sind doch nicht in einem Hollywood-Film?!«

»Hat jemand etwas zu schreiben?« rief Tristan, der Pfeiffer ignorierte und sich Hilfe suchend umsah.

Doch Holzbaum hatte rechtzeitig reagiert und kritzelte hastig die Worte des Fremden in sein Notizbuch.

Noch jemand anderes war bei der Aktion hellwach geblieben. Die zierliche Betty trat vor und sagte: »Nicht nötig. Habe das ganze Gespräch mit meinem Handy aufgenommen.«

»Sie sind ein Schatz«, stieß Tristan aus und hätte das Mädchen fast umarmt.

»Das war eine klare Bombendrohung«, erklärte Holzbaum düster. »So verrückt das alles klingt, wir sollten den Mann ernst nehmen.«

7

Besagter Mann nahm ein Bluetooth-Headset vom Ohr und legte es zufrieden neben sein Handy.

»Damit dürften die Herren beschäftigt sein«, grinste er teuflisch seinen Partner an.

»Meinst du?« fragte dieser weniger überzeugt.

»Warum so pessimistisch, mein Freund?« Der Mann klopfte ihm auf die Schulter. »Der erste Schritt war doch ein Kinderspiel.«

Er blickte zu einem Käfig, in dem ein weißer Kakadu saß. Der machte einen sehr verdrießlichen Eindruck. Daran konnte auch der Keks nichts ändern, der unberührt auf dem Boden des Käfigs lag.

»Na, mein neugieriger, dummer Vogel«, lächelte der Mann gehässig. »Gar keinen Appetit?«

Marlowe spreizte seinen Kamm und krächzte:

»Nenne niemand dumm und säumig, / Der das Nächste recht bedenkt. / Ach, die Welt ist so geräumig, / Und der Kopf ist so beschränkt.«

2. Erschreckend leer ...

Freitagvormittag

Erschreckend leer wirkte Tristans Wohnzimmer ohne den Kakadu. Zu allem Überdruss warf Marlowes Kletterstange im spärlichen Morgenlicht einen kalten Schatten auf den alten Eichenboden. Seine Form erinnerte an einen Galgenbaum. Tristan sah weg und schlich in die Küche. Liebend gern hätte er jetzt mit Helga, seiner Lebensgefährtin, gesprochen. Leider befand sich die Pensionsbesitzerin zusammen mit einer Schar Gäste auf einem zweitägigen Wanderausflug entlang des Rothaarsteigs.

Den ersten Kaffee in Stunde Null, dachte der Detektiv, werde ich wohl alleine trinken.

Doch da hatte Tristan eine Kleinigkeit übersehen. Die Kleinigkeit, dass er im Siegerland lebte. Dieser Fleck Erde, der vom Sauerland, den Ausläufern des Westerwalds und dem Dilltal umgeben war, hatte sich seit Jahrhunderten seine Eigenständigkeit bewahrt. Das Leben war in dieser Region nicht immer leicht gewesen. Die Menschen lernten, dass die Gemeinschaft den Einzelnen schützen konnte. Dass Freundschaft nicht nur in Partyzeiten zählte, sondern dann, wenn es dem anderen schlecht ging. Während anderswo die Menschen in Ruhe gelassen werden wollten und man es als Belästigung empfand, wenn der Nachbar aus dem Fenster schaute, achteten die Menschen in den Dörfern des Siegerlandes und auch in der Altstadt Siegens aufeinander.

So kam es, dass der Detektiv seine Kaffeemaschine noch nicht ganz gefüllt hatte, als es das erste Mal an seiner Haustür klopfte.

»Die Haustür ist offen«, rief Tristan durch das Küchenfenster.

Wenige Augenblicke später betrat Erich die Küche.

»*Gemoarje,* Tristan«, grüßte der Diakon. »Wie geht es dir?«

»Den Umständen entsprechend«, antwortete Tristan. Der Detektiv hatte Erich noch in der Nacht über die Ereignisse im Schlosspark berichtet.

Erich quetschte sich auf die Eckbank und suchte Platz für seine langen Beine. Die Kaffeemaschine brodelte vor sich hin, während Tristan seinem Freund eine Tasse hinstellte.

»Das Lokalradio hat heute Morgen über den Mord berichtet«, sagte Erich. »Deinen Borgward habe ich in die Garage gebracht.«

»Danke! Haben Sie etwas über die Bombendrohung erwähnt?« fragte Tristan.

»Nein«, schüttelte Erich den Kopf.

»Dann halten die Eingeweihten noch dicht«, meinte der Detektiv.

»Das ist auch gut so«, antwortete Erich. »Eine Panik im Vorfeld kann das Fest nicht gebrauchen.«

Erneut klopfte es an der Haustür. Wieder rief Tristan durch das offene Küchenfenster, dass die Haustür offen sei.

»Und wer kommt jetzt?« fragte der Detektiv, der ahnte, dass Erich in der vergangenen Nacht nicht gerade dem Schweigegelübde treu war.

»Mal sehen«, grinste der Diakon.

»Morgen zusammen«, rief eine junge Frauenstimme durchs Haus, »versteckt ihr euch in der Küche?«

»Ja, wir sind hier«, antwortete Erich.

Ein lautes Geräusch drang aus dem Wohnzimmer, als leere jemand eine Mülltonne.

Tristan wandte sich zur Küchentür. Es war eine Sache, wenn Marlowe das Wohnzimmer *aufräumte,* aber es war eine ganz andere Angelegenheit, wenn dies eine Fremde unternahm. Doch es war ganz und gar niemand Fremdes.

»Sina Santes!« staunte Tristan, als er ins Wohnzimmer schaute und die junge Frau mit zwei Koffern hantieren sah.

Sina ließ die Koffer fallen, rannte auf Tristan zu und umarmte ihn fest.

»Wie geht es dir?« flüsterte sie ihm ins Ohr.

Tristan, noch völlig perplex von Sinas Überraschungsangriff, stotterte: »Den Umständen entsprechend.«

»Die Schweine kriegen wir«, zischte sie und löste sich von Tristan. »Das Zeug wird uns dabei helfen.« Sie deutete auf die am Boden verteilten Koffer und streifte ihre Fendi-Handtasche ab.

Sina Santes, Computerexpertin mit wechselnder Haarfarbe, hätte locker als Model arbeiten können, wäre da nicht ihr innerer Drang zur Anarchie gewesen. Zum Glück und dank Erichs Fürsorge lebte sie diesen Drang hauptsächlich in der etwas unkonventionellen Kleiderwahl aus. Es gab Zeiten, da hätte ihr Verhalten Sina echt in Schwierigkeiten gebracht. Dabei zählte sie zu den wenigen Computergenies der Republik.

»Was machst du hier?« fragte Tristan, immer noch völlig überwältigt.

»Na, zuerst würde ich gerne einen Kaffee trinken«, grinste sie frech und stöckelte an Tristan vorbei in die Küche.

»Na, deinen Hang zu hohen Schuhen hast du nicht verloren«, bemerkte der Detektiv wohlwollend, »aber was ist mit den kurzen Röcken passiert?«

Sina trug eine Art beiger Chanel-Hose mit weitem Schlag und eine eng geschnürte, knallrote Korsage über einer Bluse, die auf interessante Weise ihrem momentan lila gefärbten Haar glich.

»Die sind im kleinen Koffer«, antwortete sie und begrüßte Erich mit einem dicken Wangenkuss.

»Im Koffer?« staunte Tristan und nahm eine weitere Kaffeetasse aus dem Küchenschrank.

»Ja, im Koffer«, nickte sie und setzte sich neben Erich, dessen Gesichtsfarbe eine Spur mehr Farbe gewonnen hatte. »War gerade auf dem Sprung nach L.A., als mich Erichs Anruf erreichte. – Er meinte, dass du vielleicht eine IT-Expertin gebrauchen könntest.«

Erich nickte und wiederholte: »L.A.?«

»Los Angeles«, antwortete sie betont langsam. »Wollte da an einem IT-Kongress zur Internetsicherheit teilnehmen. Aber die Jungs müssen jetzt ohne mich klarkommen. Also, wo bleibt der Kaffee!«

2

Jetzt haben wir den Salat, dachte Siegens Bürgermeister und warf einen dünnen Papierordner auf den Tisch. Er hatte gerade die schreckliche Nachricht des Tages in einem polizeilich aufgearbeiteten Bericht durchgelesen.

Nur nicht die Orientierung verlieren, mahnte er sich, obwohl er sich liebend gern sein blondes Haar gerauft hätte.

Vor ihm in seinem Büro saßen Organisationsleiter Matthias Geiger und die Pressefrau, Katrin Becker. Während Geiger die Ruhe selbst ausstrahlte, wippte die Pressesprecherin ungeduldig mit den Füßen.

»Das ist eine Katastrophe«, knurrte der Bürgermeister. »Was machen wir jetzt?«

»Das Gleiche wie zuvor auch«, antwortete Geiger, bedacht darauf, möglichst sachlich zu klingen.

»Das nenne ich eine Antwort, Matthias!« Katrin Becker streifte mit finsterem Blick den

Organisationsleiter, dann fixierte sie den Bürgermeister. »Das ist wahrhaftig eine Katastrophe! Das Ganze einen Image-Gau zu nennen, wäre noch untertrieben.« Katrin redete sich in Rage. »Wir wollen dieses Fest dazu nutzen, um unsere Stadt für junge Fachkräfte, die unsere Region dringend benötigt, attraktiv zu machen. Ein Mord und eine Bombendrohung sind wohl das Letzte, was wir gebrauchen können.« Ihr Blick wanderte zurück zum Organisationsleiter.

Dieses Mal hatte Geiger das Gefühl, als mache Katrin ihn für den Schlamassel verantwortlich.

»Ist das Innenministerium informiert?« fragte der Bürgermeister nachdenklich.

»Davon gehe ich aus«, erwiderte Katrin bissig.

»Dann wird es nicht lange dauern und wir bekommen Besuch«, brummte der Bürgermeister. »Wird es wieder dieser schreckliche Dr. Herbert von Hufstein sein?«

»Davon ist auszugehen«, antwortete Geiger.

»Hm, ich hatte gehofft, ihn erst am Samstag wieder zu treffen«, stöhnte der erste Mann der Stadt. »Mir bleibt aber auch nichts erspart.«

»Verzeihen Sie, Herr Bürgermeister«, Katrin richtete sich auf, »aber ich werde wohl oder übel mit dem Mann reden müssen.«

Der Bürgermeister musterte Katrin einen Augenblick schweigend, dann nickte er und meinte: »Da haben Sie wohl recht.«

»Wenn ich anmerken darf«, wagte Geiger zu sagen. »Wir sind in allen Bereichen auf „Go", Herr Bürgermeister. Ich weiß zwar noch nicht, wie ich Bachs tragischen Ausfall kompensieren kann, aber daran arbeiten wir. Was die Bombendrohung angeht: Meine Leute sind bereits auf der Suche. Zudem ...«

»Können die das?« staunte der Bürgermeister und zog eine seiner Brauen nach oben.

»... nun ja, sie suchen nach auffälligen Gegenständen«, erklärte Geiger.

»Als ob die Terroristen einen Koffer vor dem Rathaus abstellen würden«, mokierte sich Katrin. »So blöd werden die wohl nicht sein.«

»Was ich damit sagen will«, ergänzte Geiger ganz ruhig. »Die Polizei ist ja auch noch da und zusammen werden wir das Ding schon finden. Außerdem haben die Terroristen einen Fehler gemacht.«

»So, welchen?« Der Bürgermeister beugte sich langsam zu Geiger nach vorn, dabei nahmen seine Gesichtszüge einen Ausdruck an, der Shir Khans Gesichtsausdruck aus Disneys „Dschungelbuch" verteufelt ähnlich sah.

»Sie haben sich Tristan Irle zum Feind gemacht«, antwortete Geiger tapfer.

»Ach ja«, stöhnte der Bürgermeister, als wäre er enttäuscht über die Antwort. »Wird dieser Irle nicht maßlos überschätzt?«

»Bis jetzt hat er alle seine Fälle gelöst«, entgegnete Geiger mutig.

»Ich weiß nicht«, der Bürgermeister lehnte sich gefällig zurück. »Ein erwachsener Mann, der mit einem Kakadu auf der Schulter durch die Stadt spaziert. Und dann diese altmodischen Strickjacken. Also, ich weiß nicht!«

»Nun ja«, räusperte sich Katrin, »Irle hat schon mal eine Bombe rechtzeitig gefunden.«

»Glück?!« brummte der Bürgermeister.

»Er wird außerdem nicht offiziell an dem Fall arbeiten«, ergänzte Katrin. »Das wird die Polizei übernehmen.«

»Soll mich das jetzt mehr beruhigen?« knurrte der Bürgermeister. »Nein, wir haben da eine Suppe eingeschüttet bekommen, die wir sauber selbst auslöffeln müssen. Es sei denn ...« Zum ersten Mal während des Gesprächs strahlte sein Gesichtsausdruck so etwas wie Erleuchtung aus, »... wir reichen den Teller weiter zum Innenministerium. Die aus Düsseldorf betonen doch ständig, dass das ein Fest der Landesregierung sei. Wir unterstützen sie in allem, was sie brauchen. Aber wir werden uns in die Sache nicht involvieren lassen. Das ist ein Befehl, klar!«

»Und was heißt das konkret?« fragte Geiger.

»Finden Sie es heraus!« bellte der Bürgermeister. »Frau Becker, wir sprechen jetzt mit diesem von Hufstein. Lassen Sie uns aufbrechen.«

Geiger fand die letzte Bemerkung seines Auftraggebers nicht besonders hilfreich. Nachdenklich verließ er das Büro des Bürgermeisters, schlenderte eine alte Treppe hinunter, bog einmal nach rechts und dann nochmals nach links ab und trat schließlich ins Freie. Der mächtige Turm der Nikolaikirche warf einen langen Schatten nach Westen.

Geiger gähnte und sah auf die Uhr. Die Sonne war erst vor wenigen Stunden aufgegangen und sein Körper rebellierte gegen diese Morgenstunde. Als Event-Organisator hatte sich sein Biorhythmus an die Arbeit in der Nacht gewöhnt. Morgendliches Funktionieren widerstrebte seinem Verstand und sein Körper sandte genügend Pheromone aus, um eine ganze Armee das Fürchten zu lehren. Der kleine Spaziergang zu seinem *Hauptquartier* würde den Hormonhaushalt wieder ins Gleichgewicht bringen.

Das *Hauptquartier*, wie er sein Büro liebevoll nannte, befand sich in der ehemaligen Jugendherberge der Stadt. Das Gebäude stand in einem kleinen Park, der sich südlich an den Schlosspark anschloss. Gemächlich ging er die Hundgasse entlang und fragte sich, welchen Grund es geben könne, Bach umzubringen. So wie er wahrheitsgemäß dem Bürgermeister berichtet hatte, gab es keine Verzögerungen. Dennoch glühte ein leichter Zweifel in seinem Verstand auf und er beschloss, einen kleinen Umweg zu machen.

Statt direkt ins Hauptquartier zu gehen, bog er von der Hundgasse in die Hirtengasse ab, die ihn auf die Höhstraße führte. Von dort zweigte eine kleine Zufahrt zur Turnhalle der Realschule ab. Er spazierte an der Schule und an der Turnhalle vorbei und stand schließlich vor dem großen Eingangstor des Schlossparks. Über diesen Eingang waren tags zuvor alle Buden und Fahrgeschäfte in den Park gelangt. Ein tieffliegender Hubschrauber knatterte über ihn hinweg. Er flog so tief, dass Geiger den Mann am Steuer deutlich sehen konnte. Der Organisationsleiter sah dem Helikopter einen Augenblick nach, dann wollte er sich selbst überzeugen, dass alles an seinem Platz stand.

3

Sina genoss den Kaffee. Der Geschmack und der würzige Geruch weckten Erinnerungen, an die sie gerne zurückdachte. Sie fühlte sich in der Küche gleich wieder wie zu Hause. Wenn jetzt noch Marlowe an ihren filigranen Ohrringen knabbern würde, wäre die Welt in Ordnung.

Doch dem war nicht so.

Sinas brillanter Verstand streifte die Gefühlsduseleidecke ab und wandte sich dem eigentlichen Problem zu. Sie packte den Stier gern bei den Hörnern. In diesem Fall musste sie aber den Stier erst einmal finden. Der Detektiv schilderte deshalb nochmals die Ereignisse des gestrigen Abends.

»Und der Typ wollte, dass du ihn van Veen nennst?« fragte Sina.

»Ja«, nickte Tristan.

»Echt schräg!« Sina schüttelte den Kopf, dann blickte sie Tristan an. »Das Handy, wo ist das?«

»Drüben auf der Kommode«, antwortete Tristan und fügte ernst hinzu: »Daran wird nicht herumgespielt, Sina! Davor hat dieser Kerl gewarnt.«

»Ja, ja«, meinte sie und eilte ins Wohnzimmer. »Ist es das neben dem Block?«

»Ja«, antwortete Tristan. »Den Block kannst du gleich mitbringen.«

Mit beiden Teilen in der Hand setzte sie sich wieder neben Erich. Den Block reichte sie Tristan. Das Handy behielt sie.

»Mal sehen, was du kannst«, flüsterte sie dem Handy zu. Dann begann sie auf die Tastatur zu tippen.

Tristan sah dem Mädchen besorgt zu. Sein Computerverständnis endete Mitte der Neunziger. Er benutzte ein Handy ausschließlich zum Telefonieren. Seine Internet-Erfahrung konnte man als unbedeutend bezeichnen. Die im Internet hin- und herschwirrenden Datenpakete ließen sich nicht anfassen, was bei Tristan zu einer gewissen Skepsis führte. Und solange er beim Bäcker um die Ecke seine Brötchen kaufen konnte, der Schuster in der Unterstadt seine Schuhe reparierte und Mechaniker Horst seinen Borgward in Schuss hielt, brauchte er die Sachen nicht wirklich.

»Du machst es doch nicht kaputt?« fragte Erich nun ebenfalls besorgt, als er sah, mit welcher Geschwindigkeit Sinas Daumen über die kleine Tastatur flog.

»Keine Angst, Männer«, grinste sie. »Das hier ist übrigens ein Smartphone, kein Handy.«

»Ist der Unterschied wichtig?« murmelte Tristan.

»Frag mal Sebastian Vettel, ob es einen Unterschied macht, mit einem Rennwagen von 1950 einen heutigen Grand Prix zu gewinnen.«

»Wer ist Sebastian Vettel?« staunte Erich.

»Ein süßer Rennfahrer«, antwortete Sina, ohne von dem Smartphone aufzusehen.

»Du schaust dir Formel-1-Rennen an?« wunderte sich Erich.

»Manchmal«, nickte sie. Ihr Blick war immer noch auf das Smartphone gerichtet, als sie plötzlich fragte: »Warum hat der Kerl eigentlich Marlowe entführt? Ich meine, eine einfache Bombendrohung hätte es doch auch getan?«

»Darüber habe ich die halbe Nacht nachgedacht«, erwiderte Tristan. Der fehlende Schlaf war dem Detektiv anzusehen. Seine schlaffe Körperhaltung und die deutlich sichtbaren Augenringe ließen erahnen, dass Tristans Ruhephase sehr kurz gewesen sein musste. »Ich habe nur *eine* plausible Antwort gefunden.«

»Und?« Sina sah Tristan an.

»Van Veen will sichergehen, dass ich mich auf die Suche mache«, stöhnte der Detektiv. »Und damit auch alle verstehen, dass er es ernst meint, musste auch dieser arme Kerl Bach sterben.«

»Aber was macht das für einen Sinn?« brummte Erich verärgert. »Die ganze Polizei und das halbe Landesinnenministerium wird sich auf die Bombensuche begeben.«

»Ja, Erich«, nickte Tristan und goss sich nochmals eine Tasse Kaffee ein. »Dennoch will der Typ, dass ich dabei bin.«

»Rache!« zischte Sina. »Es dreht sich hier um Rache!«

Erich und Tristan sahen sich verblüfft an.

»He, was ist?!« Die junge Computerexpertin legte das Handy auf den Tisch und zupfte sich demonstrativ ihre lila Haarpracht zurecht. »Männer, ihr seid auf das Nächstliegende nicht gekommen? Überlegt doch mal – wie viele Verbrecher hast du schon hinter Gitter gebracht, Tristan?«

»Fast zwanzig«, erwiderte der Detektiv.

»Da kommt dir nicht in den Sinn«, Sinas Tonfall hätte in diesem Moment auch einer Gouvernante gehören können, »dass jemand Rache üben will!«

»Die Mörder sind allesamt noch im Gefängnis«, entgegnete Tristan trotzig.

»Na und!« rief Sina. »Die können bei guter Führung doch alle Annehmlichkeiten nutzen, die es gibt. Keiner von deinen überführten Mördern war doch vorbestraft oder sonst wie verbrecherisch tätig.«

»Nicht dass ich wüsste«, antwortete Tristan.

»Dann sind sie alle sozusagen jungfräulich ins Gefängnis gewandert«, schnaufte Sina böse. »Ich nehme mal an, dass sie alle Zugang zur modernen Kommunikation haben.«

»Wenn Sina recht hat, Tristan«, überlegte Erich laut, »dann hätten wir eine Spur.«

»Schon möglich«, nickte der Detektiv. »Aber wir haben nicht die Zeit uns Fehler zu erlauben.« Er klopfte auf den Block. »Zuerst müssen wir das hier lösen, sonst ist Marlowe tot!«

Die beiden Freunde nickten schweigend.

»Hallo! Jemand zu Hause?« schallte es plötzlich aus der Diele.

»In der Küche!« rief Tristan und sah die beiden fragend an.

»Hatte ich mir schon gedacht«, brummte eine Männerstimme zurück.

Wenige Augenblicke später gesellte sich ein sehr heruntergekommener alter Mann zu der kleinen Einsatztruppe rund um den Küchentisch.

»Was für eine Überraschung«, freute sich Tristan und umarmte den Wissen Ohm herzlich.

Der Diakon nickte schweigend. Sein Gesichtsausdruck verriet dennoch die Freude über den plötzlichen Besuch.

»Die kleine Sina«, scherzte der Wisse Ohm und wuschelte ihr mit der Hand durch die Haare. »Immer noch auf der Revoluzzerseite?«

»Und du, alter Penner, hast immer noch keinen vernünftigen Schneider gefunden!« giftete Sina zurück.

»Wie in alten Zeiten«, schwärmte der Wisse Ohm, über Sinas Bemerkung keineswegs verärgert. Schließlich sah er in dem alten Parka, einer zerschlissenen Jeans und einem Flanellhemd, das vor John Lennon mal modern gewesen war, einem Penner recht ähnlich.

Den Wissen Ohm konnte man als skurriles Maskottchen der Altstadt bezeichnen. Er kleidete sich wie ein Penner und schien sich den ganzen Tag lang auf Parkbänken auszuruhen, doch eigentlich war er auf der Flucht vor einem normalen Pensionärs-Leben. Mal tauchte er in der Stadt auf, mal war er Monate nicht zu sehen. Da er nie ein normales Leben geführt hatte, fiel das den Bewohnern der Altstadt nicht sonderlich auf. Allerdings wusste Tristan, dass der Wisse Ohm so seine Schwierigkeiten mit dem Wechsel vom Berufsleben in den Ruhestand hatte. Besonders, da der Wisse Ohm alles andere als einem normalen Job nachgegangen war. Wer hätte schon James Bond als einen Berufskollegen bezeichnen können? Der Wisse Ohm wäre sogar als Bonds Lehrmeister durchgegangen, wären seine geheimen Operationen jemals bekannt geworden.

Sina sowie Tristan hatten den Wissen Ohm in Aktion erlebt und der Detektiv freute sich mehr, als er im Moment erkennen ließ, dass der alte Kämpfer im richtigen Moment zu ihnen stieß.

»Tristan«, der Wisse Ohm klaubte eine angerauchte Zigarre aus seinem Parka, »hab von deinem Ärger gehört!« Ein Streichholz tauchte ebenfalls aus den Tiefen des Parkas auf und wenige Minuten später qualmte die Zigarre. »Es ist eine

Sache«, brummte er, »sich an dem Eigentum anderer zu bedienen, aber es ist eine Kampfansage, sich an der Familie eines anderen zu vergreifen.« Er zog einmal kräftig an seiner Zigarre. »Wer immer Marlowe entführt hat, er sollte mit harten Bandagen kämpfen können. Und damit meine ich nicht, einen untrainierten Kerl über die Stadtmauer zu werfen.«

4

Hauptkommissar Norbert Pfeiffer streifte sich sozusagen mental ebenfalls die harten Bandagen über. Zusammen mit Werner Holzbaum bereitete er sich auf eine kurzfristig einberufene Konferenz des Innenministeriums vor. Wie der Hauptkommissar einer kurzen Mitteilung entnehmen konnte, würden an dieser Konferenz, die in der Kreispolizeibehörde an der Weidenauer Straße stattfinden sollte, auch der Bürgermeister sowie dessen Sprecherin Katrin Becker teilnehmen. Während Holzbaum ein kalter Schauer des Respekts den Rücken runterlief, als er auf der Teilnehmerliste den Namen des Landespolizeiinspektors las, schien dies Pfeiffer völlig kalt zu lassen.

Pfeiffers chronische Abneigung gegenüber Hierarchien, sein resistentes Verhalten gegenüber Drohungen selbst dann, wenn die Einschläge bereits so nahe niedergingen, dass ein Tinnitus als Spätfolge zurückbleiben konnte, wirkten wie eine stählerne Rüstung. Doch wie jeder weiß, hat selbst die beste Rüstung einen Schwachpunkt.

Der Schwachpunkt von Pfeiffers Rüstung hieß Katrin Becker, seine Ex.

»Was meinst du«, fragte Holzbaum, »wird er in seiner Uniform auftreten?«

»Was?!« staunte Pfeiffer.

»Der Polizeiinspektor«, ergänzte Holzbaum.

»Keine Ahnung«, schnaufte Pfeiffer.

»Die vielen Sterne auf den Schulterklappen sind beeindruckend.« Holzbaum blickte an sich herunter. »Straßenkleidung kann da nicht mithalten.«

»Hast du jetzt den Verstand verloren?« knurrte Pfeiffer. »Als ob Klamotten wichtig wären!«

»Sie machen Leute«, entgegnete Holzbaum.

»Holzbaum«, Pfeiffer stand auf, »er wird mit seinen Sternen den Terroristen nicht fangen. Das erledigen Leute wie wir.«

Er zog sich sein Jackett über und meinte: »Wir müssen los.«

Der Konferenzraum lag im obersten Stockwerk der Behörde. Ein Aufzug unweit ihres Büros sollte sie in das richtige Stockwerk befördern. Während sie auf den Fahrstuhl warteten, nickten ihnen immer mal wieder vorbeigehende Kollegen zu, als wollten sie die beiden anfeuern. Eine überflüssige Geste, denn zwei Stockwerke tiefer hatten der Bürgermeister und Katrin Becker den Aufzug betreten, auf den die beiden

Kommissare warteten. Niemals in der Geschichte der Kreispolizeibehörde zuvor näherten sich zwei hochexplosive Stoffe auf so ruhige Weise.

Bing!

Die Fahrstuhltür ging auf.

Katrin erkannte Pfeiffer.

Holzbaum grüßte freundlich den Bürgermeister.

Pfeiffers Gehirnzellen schalteten auf Alarm, während er unsicher einen Schritt nach vorn tat.

»Du lebst noch?« presste Katrin kalt zwischen ihren Zähnen hindurch.

Die Fahrstuhltür schloss sich.

Der Bürgermeister musterte Katrin. Pfeiffers Gehirn, völlig überlastet mit der Steuerung etlicher Hormondrüsen, reagierte mit Schweigen.

»Das Wetter soll ja großartig werden«, plapperte Holzbaum, dessen sensibles Gemüt unter der freiwerdenden Spannung zu glühen begann.

»Ja, was für ein Glück«, antwortete der Bürgermeister irritiert.

»Eine Kugel für dich wäre reinste Verschwendung!« Katrins Worte frästen durch den kleinen Raum wie ein Winkelschleifer durch Metall.

Der Bürgermeister schluckte und blickte zu seiner Sprecherin. Katrin stand völlig reglos neben ihm und sah so gepflegt und adrett wie immer aus. Dennoch schlich Entsetzen in seinen Gesichtsausdruck, als wären Katrin gerade die Schlangen der Medusa aus dem Kopf gewachsen.

Bing!

Sie hatten das Stockwerk erreicht. Die Fahrstuhltür öffnete sich.

Pfeiffers Gehirn bekam die Drüsenfunktionen unter Kontrolle. Er verließ den Aufzug, gefolgt von Holzbaum, dann schloss sich der Bürgermeister an und zum Schluss folgte Katrin. Der Hauptkommissar machte genau drei Schritte, dann hatte sein Gehirn genügend Reserven freigeschaufelt, um das Sprachzentrum zu aktivieren.

Das war der Zeitpunkt, an den sich noch Jahre später die Beteiligten erinnern würden.

»Was fällt dir eigentlich ein!« brüllte plötzlich Pfeiffer seine Ex an.

Okay, mit einer verbalen Reaktion hatten die beiden Beobachter schon seit Betreten des Fahrstuhls gerechnet. Auch die Intensität, mit der Pfeiffer den Frust herausschrie, war keine wirkliche Überraschung, doch als er nach seiner Dienstwaffe griff, geriet die Situation außer Kontrolle.

»Eine Kugel ist noch zu schade!« schrie Pfeiffer weiter, »dann erschlag mich doch hiermit!«

Und im selben Augenblick warf er die Waffe vor Katrins Füße.

Nun muss man wissen, dass der Hauptkommissar zu den besonders schnellen Schützen zählte. Er liebte seine Waffe und sah es als Selbstverständlichkeit an, sie auch in Rekordzeit einsatzbereit zu haben. Doch anders als in den Cowboy-Filmen mussten Dienstwaffen erst entsichert werden, wenn man sie aus dem Holster zog. Das brauchte seine Zeit, die es nach Pfeiffers Auffassung einzusparen galt. Deshalb trainierte der Hauptkommissar mehrere Monate intensiv, wie sich der Griff zur Waffe, das Ziehen der Waffe mit gleichzeitigem Entsichern der Waffe optimieren ließ. Er fand eine Methode und verinnerlichte sie.

Dummerweise eignete sich diese Methode nicht dazu, die Waffe am Ende des Bewegungsablaufes jemandem vor die Füße zu schmeißen. Ein lauter Knall donnerte durch das obere Stockwerk, als sich ein Schuss löste. Die Kugel traf einen Feuerlöscher, prallte ab, um anschließend einen Aktenstapel zu zerfleddern, den man im Konferenzraum aufgebaut hatte. Unterdessen platzte das Gehäuse des getroffenen Feuerlöschers und weißer Schaum spritzte heraus. Die Kugel besaß noch genügend Energie, um einen Beamer in seine Bestandteile aufzulösen, bevor sie endlich von einem Fensterrahmen aufgehalten wurde.

Das war der Moment, in dem Polizeiinspektor Dr. Herbert von Hufstein und Polizeidirektor Wilhelm Flender, beide in Uniform, das Stockwerk betraten.

5

Der Wisse Ohm hatte seine Kampfansage gemacht. Sina nickte dem alten Mann zustimmend zu.

»Niemand bedroht ungestraft die Familie eines Freundes«, sagte sie ernst. »Lasst uns beginnen!«

»Ja, treten wir dem Mörder in den Allerwertesten!« ließ sich der Diakon hinreißen.

»Also, was haben wir?« fragte der Wisse Ohm und sah Tristan an.

Tristan, von so viel Hingabe sichtlich berührt, schob dem Wissen Ohm seinen Block zu.

»Das ist das Rätsel, das uns der Mörder aufgetragen hat«, erklärte er.

»*Was ist heiß und doch kein Feuer?*« begann der Wisse Ohm laut zu lesen. »*Steht für Kaufen, ist doch teuer. Spiegelbild im matten Glanz, bist das Nest der Goldnen Gans.*«

Er sah die anderen an und fragte: »Eine Idee, was die Verse bedeuten können?«

»Ich habe mir die halbe Nacht um die Ohren geschlagen. Bin nicht weit gekommen. Es fühlte sich an, als hätten sich die grauen Zellen hier oben schlafen gelegt«, stöhnte Tristan und klopfte sich an die Stirn. »Es muss eine Ortsbeschreibung sein. Mehr kann ich dazu nicht sagen.«

Sina räusperte sich. »Wie kommst du darauf?«

»Der Mörder sprach von *geocaching*«, erklärte Tristan. »Damit wollte er mir den ersten Tipp geben. Ich habe herausgefunden, dass das ein modernes Spiel mit der alten Schatzsuche oder der Schnitzeljagd ist. Die *Geocacher* benutzen das GPS, um mit Koordinaten an die gewünschten

Orte zu gelangen. Haben sie einen Wegpunkt gefunden, müssen sie ein Rätsel lösen, um die nächsten Koordinaten zum nächsten Wegpunkt zu erhalten.«

»Das klingt plausibel«, nickte der Wisse Ohm.

»Ah, deshalb wollte er, dass du das Smartphone behältst.« Sina nahm das Handy in die Hand und tippte drauf herum. Dann schob sie es Tristan zu. »Das sind die Koordinaten, an denen wir uns jetzt befinden.«

Die Männer staunten.

»Das kann das kleine Ding?« flüsterte Tristan.

»Es hat einen GPS-Chip und eine passende Application«, Sina fühlte sich in ihrem Element.

»Eine was?« Tristan hasste den modernen Kram.

»Eine Anwendung, kurz App genannt, kommt von Application, kann man auch als kleines Programm bezeichnen.«

»Das Ding sagt uns aber nicht, wie wir das Rätsel lösen?!« bemerkte Erich unsicher.

»Leider nicht«, nickte Sina.

»Also, was meint er mit: *Was ist heiß und doch kein Feuer?*« stellte der Wisse Ohm zur Diskussion.

Tristans graue Zellen begannen die Bettdecke beiseite zu schieben und nahmen eine kalte Dusche.

»Wenn es eine Ortsbeschreibung ist«, überlegte der Detektiv laut, »die uns einen Wegpunkt weist, dann muss dieser in der Stadt liegen.«

»Wieso?« schnaufte der alte Agent. »Der Punkt könnte auch in Paris liegen.«

»Nein«, mischte sich Sina ein, »Roamingkosten!«

»Was für Kosten?« Tristan schüttelte den Kopf. Die junge Frau überraschte ihn immer wieder.

»Roamingkosten entstehen, wenn ein Mobilfunkteilnehmer einen anderen Mobilfunkteilnehmer über Landesgrenzen hinweg anruft. Das ist aber mit der SIM-Karte nicht möglich.«

»Der was?«

Blitzschnell nahm Sina das Handy auseinander und zog eine Chipkarte heraus.

»Das nennt man Subscriber Identity Module. Abgekürzt SIM-Karte. Sie dient zur Identifikation des Benutzers im Funknetz. Und wie es aussieht, war der Besitzer ein Geizhals, denn das hier ist eine Prepaidkarte, eine Guthabenkarte. Mit der kann man nicht aus dem Ausland anrufen.«

»Womit Paris gestorben wäre«, grinste Erich.

»Wie hast du das herausbekommen?« fragte der Wisse Ohm.

»Das Gerät zeigt einem das Guthaben an«, erklärte Sina. »Bei einem normalen Tarifvertrag ist das nicht so.«

»Das könnte aber auch bedeuten, dass der Mörder die Karten ausgetauscht hat«, überlegte Tristan.

Sina sah sich die Karte genauer an.

»Scheiße«, schoss es aus ihr heraus, »du hast recht, das Ding ist nicht handelsüblich. Sieht nach einem Rohling aus, den man bei bestimmten Quellen illegal erwerben kann.«

»Sag bloß, das steht da drauf!« schnaufte Tristan.

»Nun«, grinste Sina, »in diesem Fall steht nichts drauf, und das ist der Hinweis.«

»Ach so«, antwortete Tristan. »Es fehlt sozusagen der Absender, die Werbung.«

»Ja«, nickte Sina.

»Damit haben wir jetzt zwei Dinge herausbekommen«, resümierte der Wisse Ohm. »Der Mörder kennt sich mit Hightech aus und wir müssen nicht nach Paris.«

»Aber wo müssen wir dann hin?« fragte Erich.

»Ich denke, es ist ein Punkt in der Stadt.« Tristan stand auf und ging ins Wohnzimmer. »Ich habe hier einen Stadtplan. Die gesamte Innenstadt wird heute für den Autoverkehr dicht gemacht. Deshalb wird es ein Ziel sein, das wir zu Fuß erreichen können.«

»*Was ist heiß und doch kein Feuer?*« murmelte der Wisse Ohm und blickte auf das glühende Ende seiner Zigarre. Plötzlich strahlte er. »Ein erloschenes Feuer! Die Glut ist heiß!«

Tristan legte den Stadtplan auf den Küchentisch.

»Ein erloschenes Feuer«, wiederholte Erich. »Wo hat es in der Stadt ein Feuer gegeben, das jetzt erloschen ist?«

Tristans graue Zellen waren jetzt hellwach.

»Erich, du bist genial«, schoss es aus ihm heraus. »Es hat ein Feuer gegeben, aber das ist schon lange her. 1869 brannte ein Häuserblock mit 25 Häusern ab. Heute erinnert eine Straße an das schreckliche Ereignis. Der Klubb!«

Tristan deutete mit dem Zeigefinger auf den Stadtplan.

»Wie lautete der zweite Vers?« fragte Sina.

»*Steht für Kaufen, ist doch teuer*«, antwortete Tristan.

Sie blickten auf den Stadtplan.

»Der Neumarkt«, sagte der Wisse Ohm, »das passt. *Steht für Kaufen* meint den Markt und *ist doch teuer* heißt neu!«

Der Neumarkt bezeichnete die Straße, die gegenüber dem Klubb lag.

»Er meint die Kreuzung!« rief Tristan und packte den Stadtplan. »Wir sollten sofort aufbrechen.«

»Aber was ist mit den letzten beiden Versen?« fragte Erich.

»Jede Wette, dass wir dort an der Kreuzung den Sinn der beiden letzten Verse herausfinden«, grinste der Wisse Ohm.

Sie verließen Tristans Haus.

Draußen auf dem Hof begannen die Bühnenarbeiter die letzten Scheinwerfer aufzuhängen. Juliane kontrollierte die Arbeit. Neben ihr stand ein sportlich aussehender Mann mit Kurzhaarschnitt. Als Juliane die kleine Gruppe auf dem Hof erkannte, winkte sie Tristan freundlich zu.

»Morgen, die Herren«, rief sie, »dieses Mal haben wir Ihre Bank in Ruhe gelassen.«

»Dafür bin ich Ihnen auch dankbar«, antwortete Tristan.

»So früh schon unterwegs?« fragte der Mann mit dem Kurzhaarschnitt.

»Man hat zu tun«, erwiderte der Detektiv.

»Oh, darf ich Ihnen Hans-Jürgen Mühlenbach vorstellen?« sagte Juliane, »Hans-Jürgen ist der Marktmeister des Unteren-Schloss-Platzes.«

»Sie sind der berühmte Detektiv?« meinte Hans-Jürgen und sah Tristan abschätzig an. »Glauben Sie Bachs Mörder zu finden?«

Sina, Erich und der Wisse Ohm gingen auf die Barstewende zu.

»Ich werde mein Bestes geben«, nickte Tristan. »Verzeihen Sie, aber meine Freunde warten.«

»Kein Problem, wohl auf Mörderjagd«, grinste der Marktmeister und wandte sich Juliane zu.

Tristan eilte seinen Freunden hinterher.

Die Barstewende, eine schmale, enge Gasse, verband den Platz hinter der Marienkirche mit dem Kornmarkt. Die Gasse endete gegenüber dem Rathaus. Der Kornmarkt trennte den Rathausplatz von der Altstadt. Die vier gingen um das alte Rathaus, vorbei an dem Mikado-Brunnen, hinauf in die Alfred-Fißmer-Anlage. Die Grünanlage wurde nach dem Oberbürgermeister Fißmer benannt, der während der Kriegsjahre die

Geschicke der Stadt leitete. Ein niedrig fliegender Helikopter flog über sie hinweg, als die Gruppe die Anlage rechts liegen ließ. Unbeirrt folgten sie dem Bürgersteig entlang der Marktstraße, die an der Kreuzung „Am Klubb" und „Neumarkt" von der Marburger Straße abgelöst wurde.

»Da wären wir«, japste der Wisse Ohm, nach Luft ringend.

»Solltest das Rauchen lassen«, meinte Sina spöttisch.

»Und was ist jetzt hier?« fragte Erich, der sich ungläubig umsah.

Es gab nicht wirklich etwas Interessantes zu sehen: eine Straßenkreuzung, an deren Rand Geschäfte und eine Eisdiele zu finden waren.

»Wie lauteten die letzten beiden Verse?« fragte der Wisse Ohm.

Tristan zerrte einen Zettel aus seiner Strickjacke und las vor:

»*Spiegelbild im matten Glanz / bist das Nest der Goldnen Gans.*«

»Na, Gans, wo versteckst du dich?« brummte der Wisse Ohm und blickte über die Kreuzung.

»Wir sollten uns verteilen«, meinte Erich.

»Gute Idee«, meinte Sina, »ich gehe rüber auf die andere Seite, zum Klubb.«

Der Wisse Ohm überquerte die Neumarkt-Straße, während Erich zur Eisdiele an der Ecke Markt und Klubb ging. Tristan blieb an der Fußgängerampel Ecke Fißmer-Anlage stehen. Seine grauen Zellen sagten ihm, dass er die Möglichkeiten eines Verstecks an den jeweiligen Straßenecken checken musste. Weder an der Ecke Klubb – Marburger Straße noch an der Ecke Neumarkt – Marburger Straße hätte man etwas verstecken können. Selbst um den Eingang der Eisdiele herum, dort, wo sich Erich gerade umsah, war ein Versteck ausgeschlossen. Also blieb nur die Ecke der Fißmer-Anlage. Er schlenderte einige Schritte den Neumarkt entlang. Sein Blick streifte an der Germania-Statue vorbei, entlang dem kleinen Parkstreifen und wieder zurück.

In Gedanken zitierte er den Spruch: *Spiegelbild im matten Glanz, / bist das Nest der Goldnen Gans.*

Dann sah er es.

»Oh, mein Gott«, rief er und wedelte mit den Armen, »es ist der Verteilerkasten!«

6

Der Löschschaum hinterließ eine echte Schweinerei. Der Teppichboden saugte langsam die Flüssigkeit auf. Jeder Schritt über den feuchten Boden erzeugte ein Geräusch, das an austretende Verdauungsgase erinnerte. Katrins Kostüm war ruiniert. Der Anzug des Bürgermeisters verwandelte sich in eine Harlekinsverkleidung. Der ansonsten dunkelblaue Anzug verfärbte sich dort, wo ihn der Löschschaum getroffen hatte, in unterschiedliche blaue Flecken. Mit der dumpfen Gelassenheit eines Lokalpolitikers ertrug der Bürgermeister die Veränderung und war insgeheim erleichtert, dass seine Unterwäsche dank funktionierender Schließmuskeln nichts abbekommen hatte. Dennoch saß der Schreck tief, so tief, dass seine Hände immer noch zitterten, als man ihm ein Glas Wasser reichte. Holzbaum und Pfeiffer hatten auf mysteriöse Weise nichts abbekommen, jedenfalls nichts vom Löschschaum.

Die Standpauke des Polizeidirektors hörte man über das ganze Stockwerk. Dem Polizeiinspektor verschlug es angesichts der chaotischen Lage erst einmal die Sprache. Holzbaum trug maßgeblich dazu bei, dass Pfeiffer nicht gleich in eine Zelle gesteckt wurde.

»Chef«, erklärte er Flender und dem Inspektor in einem Nebenzimmer, »das Ganze war ein dummer Unfall, dem ein Beziehungsstreit vorausging.« In seiner beruhigenden Art und einer sachlichen Ausführung schilderte der Kommissar kurz, was im Fahrstuhl vorgefallen war. »Sie müssen wissen, dass Pfeiffer diese Frau wirklich sehr nahe an sich herangelassen hat und die beiden noch keine Gelegenheit hatten, das Ganze wie zwei erwachsene Menschen zu besprechen.«

»Aber eine Waffe zu ziehen«, knurrte Flender, »das geht nicht!«

»Es war eine Kurzschlusshandlung«, erwiderte Holzbaum. »Frau Becker hat ihm den Tod gewünscht. Und Sie wissen, dass das bei uns Polizisten jeden Tag im Dienst eintreten kann. Damit hat sie eindeutig eine Grenze überschritten.«

»Das sagt man zu keinem Polizisten«, mischte sich der Inspektor ein. »Und wir haben jetzt nicht die Zeit, uns mit Beziehungskram aufzuhalten.«

Holzbaum stimmte dem Inspektor zu.

»Außerdem«, schmunzelte von Hufstein, »meiner Ex hätte ich auch gerne so eine Show geboten.«

Flender musterte den Polizeiinspektor überrascht.

»Lassen Sie uns zur Tagesordnung übergehen«, entschied von Hufstein. »Die Sache können Sie später intern klären. Es wird sich sicherlich eine angemessene Bestrafung finden lassen. – Was meinen Sie, Flender?«

»Wie Sie meinen«, stimmte Flender zu. »Pfeiffer gehört zu unseren Besten, es wäre dumm, ihn jetzt wegen eines Weibsbildes zu verlieren.«

Pfeiffer atmete tief ein.

»Dann sind wir uns einig«, nickte der Inspektor und fragte anerkennend: »Und Sie ziehen wirklich so schnell die Waffe?«

»Ja, Herr Inspektor«, antwortete Holzbaum schnell für Pfeiffer, bevor der noch etwas Dummes antworten würde, »und er trifft im Schießraum immer ins Schwarze.«

Sie verließen den Raum und riefen die Konferenzteilnehmer zusammen.

Der zerschossene Beamer wurde ausgetauscht und dann begann unter Leitung des Polizeiinspektors die Konferenz.

Man spielte das aufgezeichnete Gespräch des Mörders ab, dessen Stimme die Teilnehmer frösteln ließ.

»Wir haben das Band stimmtechnisch untersucht«, berichtete der Inspektor. »Unsere Experten gehen davon aus, dass der Mann keinen Stimmverzerrer benutzt hat. Die Profiler gehen weiter davon aus, dass der Mann es ernst meint.«

»Nichts Neues«, flüsterte Pfeiffer, dessen Hormonhaushalt wieder ausgeglichen funktionierte, obwohl ihn Katrins Anblick immer noch reizte.

»Zudem«, der Inspektor machte eine Pause, »haben wir von einer Bahnüberwachungskamera diese Aufnahme erhalten.«

Der Beamer warf ein unscharfes Bild von einer Männergestalt auf die Leinwand.

»Das wurde heute Morgen auf dem Hauptbahnhof in Siegen aufgenommen«, schilderte von Hufstein. »Wir gehen davon aus, dass es sich bei diesem Mann um Mustafa Achraf handelt. Der Landesverfassungsschutz beobachtet diesen Mann schon länger. Er wird einer extremistischen Gruppe zugerechnet. Wir gehen davon aus, dass das unser Mann ist.«

»Haben Sie ein besseres Foto?« fragte Holzbaum.

»Ja«, nickte der Inspektor und warf ein Passfoto des Verdächtigen an die Leinwand.

»Der sieht aber nicht wie ein Terrorist aus«, sagte Katrin laut.

»Lassen Sie sich nicht vom Äußeren täuschen«, mahnte der Inspektor. »Leider ist er vor einer Woche spurlos von der Bildfläche verschwunden. Wir haben nur eine schlechte Stimmaufzeichnung. Die ist zwar nicht identisch mit dem Anrufer aus Siegen, aber wir können nicht ausschließen, dass unsere Aufzeichnung eventuell verzerrt wurde.

Er wird sein Äußeres verändert haben, sodass es schwierig sein wird, ihn ausfindig zu machen. Wir gehen weiter davon aus, dass der ermordete Marktmeister Bach etwas Verdächtiges gesehen hat, deshalb musste er sterben.«

»Herr Inspektor«, warf der Bürgermeister ein. »Was hat dieser Mustafa Achraf mit Irle zu schaffen?«

»Das, Herr Bürgermeister, ist eine gute Frage«, antwortete der Inspektor. »Wir wissen es im Moment noch nicht.

Aber meine Leute haben die Aktivitäten dieses Mannes einmal näher untersucht und festgestellt, dass Herr Irle eine Menge interessanter Kontakte pflegt.«

»Was meinen Sie genau damit?« hakte Holzbaum nach.

»Wir wissen über Aktivitäten, die, nun sagen wir, außergewöhnlich sind für einen Privatdetektiv. Zum einen gab es in der Vergangenheit Kontakte zu ausländischen Geheimdiensten, zum anderen, da war der Zwischenfall mit der schwedischen Königin und, nicht zu vergessen, der vereitelte Bombenanschlag vor einigen Jahren.«

»Das ist richtig«, erwiderte Pfeiffer stolz, »aber Irle hat diese Fälle mit unserer Hilfe gelöst!«

Der Inspektor ließ sich nicht beeindrucken und fuhr fort: »Wir vermuten, dass Irle ins Visier der Terroristen geraten ist und jetzt gegen uns arbeiten wird.«

»Bitte erklären Sie das!« sagte nun Flender, der mit Tristan Irle eine langjährige, jedoch ambivalente Freundschaft unterhielt.

»Nach seinem Profil zu urteilen«, erklärte der Inspektor recht überzeugend, »wird er versuchen, die Polizei auszutricksen, um diesen Vogel – wie heißt der noch ...«

»Marlowe«, ergänzte Holzbaum.

»... ja, Marlowe, also diesen Vogel lebend zu finden. Nach einstimmiger psychologischer Expertenmeinung wird dies unsere Bemühungen, Mustafa zu finden, erschweren.«

»Und was sollen wir Ihrer Meinung nach unternehmen?« fragte Pfeiffer.

»Wir gehen auf das Spielchen nicht ein«, antwortete der Inspektor hart. »Wir werden uns nicht in die Aktivitäten dieses Irle einbeziehen lassen und werden sie auch nicht unterstützen. Damit läuft der Plan der Terroristen, Polizeikompetenz zu binden, ins Leere. Wir werden uns jetzt auf den Mord an Bach konzentrieren und versuchen herauszubekommen, was dieser Marktmeister gesehen haben könnte.«

Holzbaum runzelte die Stirn, während alle anderen zustimmend nickten.

Haben die in Düsseldorf zu viel Hasch geraucht? dachte der Kommissar. Wie sollte Irle ins Visier von Terroristen geraten sein?

7

Eine Tüte hätte sich Geiger liebend gern angezündet, doch die hätte er in Ruhe rauchen wollen und dazu fehlte ihm schlicht die Zeit. Während der Bürgermeister mit seiner Sprecherin im Kreispolizeigebäude den Ausführungen des Polizeiinspektors zuhörte, streifte Geiger mit einer Kladde in der Hand durch den Schlosspark und kontrollierte den Stand der Buden und Fahrgeschäfte. Die Besitzer nutzten die Gelegenheit, um mit Geiger ins Gespräch zu kommen. Dabei drehten sich die Gespräche ab einem gewissen Zeitpunkt ausschließlich um die zu erwartende Besucherzahl, denn davon hing das Geschäft der Budenbesitzer ab. Geiger wollte höflich bleiben und gab bereitwillig Auskunft, wie man zu den herausgegebenen Zahlen gekommen war, nannte Vergleichsdaten aus der Vergangenheit und bestätigte zum Schluss, dass das gute Wetter halten werde.

So vergingen mehr als zwei Stunden, bis er sich dem inneren Bereich des Parks näherte. Dem Ort, an dem Bach ums Leben gekommen war.

Der Helikopter dröhnte erneut über den Schlosspark. Wieder flog er so tief an, dass man den Piloten sehen konnte. Geiger hätte sich den Schlosspark gerne mal aus der Luft angesehen, stattdessen ging er auf den „Hexenturm“ zu und dachte zum ersten Mal, wie schön es wäre, jetzt an einem Strand zu liegen. Die Turmruine ragte stumpf in den blauen Himmel und wirkte auf Geiger überhaupt nicht bedrohlich. Doch als er sich ausmalte, welche menschlichen Schicksale sich im Inneren des alten Gemäuers abgespielt haben mussten, wurde ihm schlecht. Liebend gern hätte er sich einen Schluck Wasser aus dem Rubensbrunnen gegönnt, traute der Qualität aber nicht. Geiger beschleunigte seinen Schritt. Der Kontrollgang hatte schon viel zu lange gedauert, es wurde Zeit, die Sache zu beenden.

Plötzlich hörte er Betty seinen Namen rufen. Er sah sich nach seiner Assistentin um und fand sie, wie sie durch das große Parktor auf ihn zu eilte.

»Mensch Matthias, was ist mit deinem Handy?« keuchte sie, während sie eine Mappe aus ihrer Umhängetasche zog. »Wir versuchen dich schon seit einer Stunde zu erreichen.«

Jetzt fiel Geiger ein, dass er das Handy wegen der Besprechung mit dem Bürgermeister ausgeschaltet und danach nicht wieder eingeschaltet hatte.

Hastig griff er nach dem Telefon und schaltete es ein. Eine Welle von Nachrichten ging in dem Gerät ein und jedesmal piepte es kurz auf.

»Wow«, staunte Geiger, »ist der Dritte Weltkrieg ausgebrochen?«

»Nein, aber wir müssen über die Personalverteilung sprechen«, antwortete Betty gehetzt und öffnete eine Mappe. »Zudem hat sich der Bürgermeister mehrmals gemeldet.«

»Was will er?«

»Es scheint, als hätte die Polizei einen Verdacht.« Betty zog einen Zettel aus der Mappe. »Da sollst du dich melden.«

Sie reichte ihm den Zettel.

»Pfeiffer, wer ist das?« fragte er.

»Der Hauptkommissar von gestern Abend«, antwortete Betty.

Geiger nickte und steckte den Zettel in die Kladde.

»Was machst du hier eigentlich?« fragte Betty neugierig und sah sich um.

»Nach dem Gespräch mit dem Bürgermeister«, erklärte Geiger, »habe ich mich gefragt, warum man Bach umgebracht hat?«

»Und?« Betty sah ihn aufmerksam an.

»Und?! Bis jetzt nichts«, stöhnte Geiger. »Es ist alles wie auf den Plänen beschrieben.«

»Dann sollten wir ins Hauptquartier zurückkehren und überlegen, wer den Job von Bach übernimmt«, antwortete Betty und verstaute ihre Mappe in die Hängetasche.

»Ich bin noch nicht ganz durch«, sagte Geiger.

»Welcher Bereich fehlt noch?« Sie sah ihn skeptisch an.

»Der innere Schlosspark.« Geiger und Betty standen mittendrin.

Betty deutete auf die vorhandenen Buden und Fahrgeschäfte und zählte sie auf: »Das Karussell vor der Schlossfassade, die Bühne neben dem Eingang und ein paar Buden. Da fehlt nichts.«

»Richtig«, seufzte Geiger, »das habe ich auch schon gesehen.«

»Also hier scheint alles zu stimmen«, sie klopfte ihrem Chef auf die Schulter. »Lass uns gehen!«

Geiger nickte und während sie losgingen, fragte er: »Wen hast du dir als Ersatz für den Schlosspark ausgedacht?«

Betty grinste ihn verschwörerisch an. Sie war zudem froh darüber, dass Geiger ihre Qualitäten erkannte.

»Was hältst du davon, wenn Juliane den Schlosspark mit übernehmen würde?« fragte Betty. »Die Altstadt hat nur zwei Bühnen, die bei der Marienkirche und die vor dem Rathaus. Hier im Schlosspark haben wir nur eine Bühne. Das macht dann zusammen drei Bühnen für die Betreuung. Die Wege wären kurz und wenn wir die Auftritte etwas entzerren, müsste das zu betreuen sein. Was meinst du?«

»Hast du schon mit Juliane gesprochen?« Geiger war noch nicht überzeugt. »Ich meine, sie macht den Job zum ersten Mal.«

»Ja, aber Hans-Jürgen kann vom Unteren-Schloss-Platz einen Teil der Altstadt übernehmen«, erwiderte sie energisch, als ob sie ein persönliches Interesse verfolgte. »Dann verteilt sich die Belastung auf zwei Schultern. Außerdem sind wir ja auch noch da.«

Geiger dachte über die Änderung nach. Schließlich entschied er: »Sag den beiden Bescheid, Betty. Ich gehe zurück ins Hauptquartier und du informierst die beiden sofort.«

»Jawohl, Chef«, sie salutierte spielerisch und marschierte davon.

8

Der Wisse Ohm, Sina und Erich eilten über die Straße.

»Ich habe das Versteck gefunden«, sagte Tristan zu den eintreffenden Freunden. »Seht euch mal den Verteilerkasten da an!«

Die drei starrten auf einen Verteilerkasten, der gut zwei Meter lang und eineinhalb Meter hoch war. Das Besondere an diesem Kasten war, dass er mit einem Motiv bemalt war. Vor einigen Jahren hatte es eine Kunstaktion in der Stadt gegeben. Künstler waren aufgefordert worden, diese überall in der Stadt verteilten grauen Kästen künstlerisch zu gestalten. Dabei spielte es keine Rolle, ob ein Graffitikünstler oder ein Kindergarten sich einen Kasten vornahm. Ziel war es, den grauen Dingern ein anderes Gesicht zu geben.

Mit dem Kasten an der Ecke der Fißmer-Anlage war das dem Künstler nachhaltig gelungen. Er hatte ein buntes Szenario der alten Oberstadt mit der Marburger Straße gemalt. Tristan kannte das Motiv, das man hier und da auf alten Postkarten fand.

Der Detektiv zitierte laut den letzten Vers: »*Spiegelbild im matten Glanz, / bist das Nest der Goldnen Gans*. Versteht ihr?«

»Nein«, stöhnte Sina, »überhaupt nicht!«

»Muss an deinem Alter liegen«, grinste der Wisse Ohm spöttisch.

»Was hat mein Alter damit zu tun?« erwiderte Sina gereizt.

»Na, das ist die Ansicht der Oberstadt, als sie noch nicht von unseren späteren Landesgründern zerbombt war«, erklärte der Wisse Ohm.

»*Spiegelbild im matten Glanz*«, seufzte Erich, als schwelge er in nostalgischen Erinnerungen.

»Ja, Siegen war schon schön«, nickte Tristan und ging zum Kasten. »Du *bist das Nest der Goldnen Gans*. – Was ist das für ein Kasten?«

»Sieht nach einem Verteilerkasten der Telekom aus«, antwortete Sina.

Tristan suchte nach einem Griff oder Schloss. »Wie macht man das Ding auf?«

»Äh, Jungs«, mahnte Sina, »ich weiß nicht, ob das so eine gute Idee ist. Ich meine, wegen so einer Kleinigkeit habe ich mal mächtig Ärger bekommen.«

»Soweit ich mich erinnere«, sagte Erich mit einem Schmunzeln im Gesicht, »hast du den Kasten nicht nur geöffnet, sondern auch gleich noch ein paar Telefonleitungen angezapft.«

Der Wisse Ohm zog seine buschigen Augenbrauen hoch.

»Das war eine Jugendsünde«, verteidigte sich Sina.

»Wie alt warst du da?« fragte der Wisse Ohm neugierig.

»Was hast du nur mit meinem Alter?« zischte Sina.

»Sie war gerade mal zwölf«, grinste Erich.

»Zwölf«, wiederholte der Wisse Ohm und sein Gesichtsausdruck verriet so etwas wie Anerkennung.

»Damals gab es noch keine Flatrates«, nuschelte Sina. »Außerdem lassen sich die Dinger kinderleicht öffnen. Das lädt ja gerade dazu ein, mal nachzusehen, was drin ist.«

»Du weißt, wie man das Ding öffnet?« fragte Tristan. »Worauf wartest du noch!«

Sina schüttelte ihre lilafarbenen Haare zurecht und zog dann ein kleines Etui aus ihrer Tasche.

»Man braucht eigentlich nur den richtigen Schlüssel«, sagte sie und reichte Tristan einen Schlüssel, der eher nach einem Werkzeug aussah. »An der Seite müsste das Schloss zu finden sein.«

Tristan fand eine runde Öffnung, steckte den Schlüssel hinein und drehte. Die Vorderfront des Kastens sprang auf.

»Wenn uns jetzt einer anzeigt«, brummte Sina, »dann sind wir im Arsch!«

»Wir sehen nur kurz rein«, erwiderte Tristan, »und schließen den Kasten wieder.«

Der Detektiv öffnete die Blechtür und eine Menge technischer Innereien kam zum Vorschein. Am Boden des Kastens lag ein Umschlag.

»Der gehört wohl nicht zur Ausstattung«, meinte Tristan und hob ihn auf.

Der Wisse Ohm schloss den Kasten wieder, während Tristan den Umschlag aufriss.

Eine Plastikkarte fiel heraus.

Sina hob sie auf und sagte: »So ein verteufelter Schweinehund!«

3. Die Plastikkarte war ...

Freitagnachmittag

Die Plastikkarte war nicht größer als eine übliche Bankkarte. Allerdings hatte sie in der Mitte keinen Geld-Chip, sondern ein SIM-Kärtchen. Auf dem Rand der Plastikkarte stand: »Tauschen Sie die SIM-Karte in Ihrem Telefon mit dieser aus.«

Die vier standen noch vor dem Verteilerkasten und sahen sich fragend an.

»Was soll das?« ärgerte sich Tristan. »Er spielt mit uns, als wären wir Marionetten.«

»Der Typ ist gut«, sagte Sina widerstrebend. »Das Ganze hat Methode.«

»Hätten wir die Plastikkarte nicht auf Fingerabdrücke untersuchen lassen sollen?« fragte Erich besorgt.

»Nein«, stöhnte der Wisse Ohm und klopfte seinen Parka nach etwas zum Rauchen ab. »Das Plastikteil wird so sauber sein wie ein frisch gewickelter Kinderpopo.«

Tristan nickte. »Lasst uns hier verschwinden.«

Die anderen stimmten dem Detektiv zu.

»Was hat Methode, Sina?« fragte Tristan auf dem Weg zurück in die Altstadt.

»Nun, ihr wisst doch, dass jedes Handy von der Polizei geortet und, wenn nötig, abgehört werden kann.«

»Ich dachte, das wäre Hollywoodkram«, stutzte Erich.

»Nein, nach dem 11. September haben etliche Regierungen Gesetze erlassen, die diesen Zugriff auf Handys möglich machten. Technisch ist das sowieso kein Problem«, seufzte sie. Dann blitzten ihre Augen verschwörerisch auf. »Natürlich kann man jedes technische System auch austricksen. Wisst ihr, die einfachste Methode ist es, die moderne Kommunikationstechnik erst gar nicht zu benutzen.«

»Ja, ich weiß, was du meinst«, knurrte der Wisse Ohm und erklärte es den anderen. »Die Terroristen unten im Irak benutzen keine Handys und Computer mehr. Sie kommunizieren auf klassische Weise von Angesicht zu Angesicht oder per Brief.«

»Aber was ist mit den Nachrichten aus dem Internet?« hakte Erich nach.

»Propaganda«, antwortete der Wisse Ohm. »Die wirklich gefährlichen Organisationen nutzen das Internet nur noch als Litfaßsäule. Dort findet man nichts Wesentliches, was den Geheimdiensten nützen könnte. Moderne westliche Geheimdienste haben riesige Abhörkapazitäten, aber die sind alle nutzlos, wenn man sich in einer dunklen Kaschemme Zettelchen hin- und herreicht.«

»Aber warum benutzt dieser van Veen dann eine SIM-Karte?« wollte Erich wissen.

»Weil er die Technik austrickst«, antwortete Sina. »Ich gehe jede Wette ein, dass Bachs Handy zur Einbahnstraße wird, sobald wir die Karten austauschen.«

»Das alles ist mir langsam zu viel Hightech«, stöhnte der Diakon.

»Alter Freund, da stimme ich dir zu«, sagte Tristan.

Sie verließen die Barstewende und betraten den Hof hinter der Marienkirche. Eine kleine Menschenmenge hatte sich dort vor der Bühne versammelt und schaute einem Mann zu, der auf der Bühne probte.

Der Detektiv blieb stehen.

»Ah, der Illusionist, Nicolaas Brant«, erklärte Erich begeistert. »Er ist in der ganzen Welt berühmt und ein überzeugter Katholik. Der Bischof in Paderborn konnte ihn für dieses Fest gewinnen.«

Der Illusionist zauberte gerade einen Hasen aus dem Hut, was die Menge mit einem begeisterten Applaus würdigte. Dann bat er einen Mann aus der Zuschauermenge auf die Bühne und begann auf den Freiwilligen einzureden, während er ihn auf der Bühne hin- und herschob. Schließlich fragte Nicolaas den Freiwilligen nach seinem Portemonnaie, das der Verdutzte nicht finden konnte. Plötzlich tauchte eine sichtlich gebrauchte Geldbörse schwebend hinter dem Freiwilligen auf.

»Wisst ihr«, Tristan rückte seine Halbbrille zurecht, »warum macht sich van Veen so eine Mühe, wenn er doch mit einem Zettel das Gleiche erreichen könnte?«

Die drei sahen ihn verwundert an.

»Was wäre, wenn er nur wie dieser Zauberer da oben ...«

»Illusionist«, warf Erich ein. »Er bevorzugt die Bezeichnung Illusionist.«

»... na meinetwegen Illusionist«, nickte Tristan. »Also, wenn er wie dieser Illusionist mit der linken Hand das Auge ablenken will, während er mit der rechten das Portemonnaie klaut?«

»Erstens wäre er dann kein Terrorist«, erkannte der Wisse Ohm, »sondern nur ein gemeiner Dieb.«

»Und zweitens«, ergänzte Sina, »das Ziel wäre es nicht, einen Anschlag zu verüben, sondern etwas Wertvolles zu klauen.«

»Was drittens den Einsatz von so viel Hightech rechtfertigen würde«, murmelte Tristan, »da er diese für den Raub wahrscheinlich sowieso benutzen muss.«

»Aber warum entführt er dann Marlowe?« Erich konnte dem schnellen Gedankenaustausch seiner Freunde nicht folgen.

»Aus Rache!« antwortete Tristan ernst. »Wie Sina ja bereits angemerkt hatte.«

2

Holzbaum konnte es immer noch nicht glauben. Ein Terrorist in Siegen? Die Taliban hätten Irle entdeckt? Was würde als Nächstes kommen: Obama plante einen Raketenschild fürs Obere Schloss?

Nachdenklich saß der Kommissar in seinem Büro und starrte auf einen Kaffeebecher.

Was Holzbaum wirklich erschreckte, war die Selbstverständlichkeit, mit der alle Beteiligten die These schluckten. Dass Pfeiffer sich darüber weiter keine Gedanken machte, gehörte zu dem Hauptkommissar wie sein Hang, die Drehzahl eines Motors immer im roten Bereich zu halten. Es hätte Holzbaum aufhorchen lassen, wenn Pfeiffer plötzlich einen Geistesblitz von sich gegeben hätte. Aber auch der Bürgermeister, Flender und die ansonsten bedachte Katrin Becker nickten das einfach durch. Dabei war das vom Polizeiinspektor vorgelegte Überwachungsfoto so unscharf, dass man ein Dutzend südländische Typen mit dem Abgelichteten verwechseln konnte.

Holzbaum beschlich das unangenehme Gefühl, dass man hier puren Aktionismus betrieb. Es wäre zu solchen Thesen nie gekommen, wenn nicht die Ministerpräsidentin und die halbe Landesregierung involviert wären. Dummerweise konnte man dieses Argument auch dazu nutzen, die ganzen Sachverhalte so auszulegen, wie es die Entscheidungsträger gerade taten. Er war kein Spezialist in Sachen Terrorismusbekämpfung, aber er hatte genügend Menschenverstand, um zu erkennen, dass an Hufsteins Theorie etwas nicht stimmte. Und die größte Unstimmigkeit lag momentan darin, dass Irle im Mittelpunkt dieser Aktion stand.

»Pfeiffer«, begann Holzbaum, der in seinem Kaffeebecher rührte, »glaubst du, dass Irle gegen uns arbeitet?«

Der Hauptkommissar saß ihm gegenüber und nahm seine Dienstwaffe auseinander. Der Löschschaum hatte sich bis in die kleinste Ritze verteilt. Mit geübten Handgriffen legte er die einzelnen Bestandteile säuberlich auf ein Trockentuch, das er über die Schreibtischunterlage gelegt hatte.

»Bei Irle kann man vor Überraschungen nie sicher sein«, brummte er, ohne aufzublicken.

»Also meiner Meinung nach«, sprach Holzbaum im Plauderton, »ist das für Irle eine zu große Sache. Diebe, Verbrecher und Mörder, ja okay, aber Terroristen, nein, nicht hier an der Sieg.«

Pfeiffer griff sich den Lauf und begann ihn mit einer Bürste zu reinigen.

»Holzbaum«, antwortete er, »wir sind hier in der Provinz. Was spricht dagegen, dass sich die Terroristen gerade diese idyllische Gegend aussuchen, weil sie erwarten, dass hier weniger aufgepasst wird als zum Beispiel in Berlin?«

»Nun, zum einen ist unsere Ministerpräsidentin nicht die Oberbefehlshaberin der Bundeswehr. Also eigentlich kein Ziel.« Holzbaum nahm einen kräftigen Schluck. »Und zum zweiten, ich habe noch nie gehört, dass sich die Extremisten einen Kakadu als Geisel genommen hätten.«

»Irgendwann ist es immer das erste Mal«, tat Pfeiffer die Bemerkung ab.

»Dann werden wir Irle nicht informieren?« fragte Holzbaum.

»Im Moment reinige ich meine Waffe«, brummte Pfeiffer.

Holzbaum sah ihm eine Weile schweigend zu, dann sagte er: »Das hätte böse ins Auge gehen können.«

Pfeiffer nickte.

»Wie geht es dir?«

»Hätte nicht gedacht, dass mich Katrin so wütend machen könnte«, antwortete Pfeiffer leise.

»Sie war auch nicht gerade Mutter Teresa«, meinte Holzbaum. »Ihre Bemerkung war völlig daneben.«

»Ja«, stöhnte Pfeiffer, der seine Waffenteile so weit gereinigt hatte, dass er sie wieder zusammensetzte.

»Ihr solltet euch nochmals unterhalten«, schlug Holzbaum vor. »Dabei solltest du deine Waffe aber stecken lassen.«

»Das werde ich«, meinte Pfeiffer und fügte nachdenklich hinzu: »Hätte heute fast meinen Job verloren. Was ist nur in mich gefahren?«

»Man kann nicht über seinen eigenen Schatten springen«, tröstete ihn Holzbaum.

Mit einem Klick setzte er das letzte Teil zusammen.

»Fertig!« rief Pfeiffer und steckte die Waffe in sein Holster. »Machen wir uns auf den Weg.«

»Wohin, Chef?« fragte Holzbaum irritiert.

»Na, zu Irle«, antwortete Pfeiffer.

»Aber wir sollen doch nicht ...«, stotterte Holzbaum.

»Mann! Wir befolgen strikt die Anweisungen«, brummte Pfeiffer. »Aber wie du ja schon angemerkt hast, Irle als Terrorist? Das will ich mir mal ansehen!«

Das hatte Holzbaum zwar nicht gemeint, aber seinen Boss jetzt zu bremsen wäre die falsche Entscheidung gewesen.

Die ersten Auswirkungen einer funktionierenden Planung erlebten die beiden Kommissare, als sie mit ihrem Auto den Kampen hinauffuhren. Sie kamen nicht weit. Eine Absperrung am Marburger Tor hinderte sie an der Weiterfahrt.

»Und was jetzt?« fragte Holzbaum. »Laufen?!«

»Um Gottes Willen«, schnaufte Pfeiffer und legte den Rückwärtsgang ein. »Ich habe eine Idee.«

Er wendete den Wagen, bog in den Brüderweg ein, um anschließend den Hainer Weg hinunterzurasen.

»Du weißt, dass die Hauptstraßen gesperrt sind?« stammelte Holzbaum. Pfeiffers Fahrweise trieb seinen Blutdruck in die Höhe.

»Ja«, nickte der Hauptkommissar und die Reifen quietschten, als er in den Lohgraben abbog.

»Hier spielen Kinder!« rief Holzbaum entsetzt.

»Wohl kaum«, erwiderte Pfeiffer gelassen, »die sollten in der Schule oder im Kindergarten sein.«

Mit Handbremse und Gas schleuderte er den Wagen in die Hainstraße, die in die Altstadt führte.

»Jetzt verstehe ich, was du vorhast«, nickte Holzbaum und beruhigte sich ein wenig, da die alten Gassen nur noch Schritttempo zuließen.

Sozusagen durch die Hintertür quetschte Pfeiffer den Dienstwagen bis auf den Hof hinter die Marienkirche.

»Was ist denn hier los?« fragte er interessiert und stieg aus.

Auf der Bühne beendete gerade der Illusionist seine Probe. Die kleine Menschenansammlung löste sich auf und strömte in die Altstadt.

Holzbaum folgte etwas langsamer seinem Chef, der von einer jungen Frau aufgehalten wurde.

»Da können Sie nicht stehen bleiben«, sagte Juliane scharf zu Pfeiffer.

»Wieso?!« antwortete Pfeiffer angriffslustig.

»Weil der Platz für den öffentlichen Verkehr gesperrt ist«, erwiderte Juliane ruhig aber entschieden.

»Dann betrifft es uns nicht«, grinste Pfeiffer, ließ die Marktmeisterin einfach stehen und eilte zu Tristans Haustür.

»He, was fällt Ihnen ein!« rief Juliane ihm nach. »Dann lasse ich Sie abschleppen!«

Pfeiffer machte eine eindeutige Handbewegung und klopfte an die Haustür.

Holzbaum stöhnte laut auf und ging auf Juliane zu.

»Entschuldigen Sie den Hauptkommissar«, sagte er freundlich, während er seinen Dienstausweis zog. »Er hatte einen schweren Vormittag. Wir bleiben nicht lange, dann ist der Platz wieder frei.«

»Auch wenn ihr Polizisten seid«, Juliane presste die Worte langsam zwischen ihren Zähnen hinaus, »könnt ihr euch anständig verhalten.«

3

Es machte die weiteren Überlegungen nicht einfacher, aber Tristan war überzeugt, mit dem persönlichen Bezug der Rache, einen Ansatz für seine Ermittlungen gefunden zu haben. Dieser Gedanke wirkte zum ersten Mal seit Marlowes Verschwinden beruhigend auf den Detektiv; denn wenn der Täter von Rache und Gier angetrieben wurde, dann wollte er leben und sein Ding durchziehen.

Ganz anders bei einem extremistischen Motiv, da war das Überleben nicht unbedingt in der Planung vorgesehen. Der Spielraum der Ermittlungen schränkte sich automatisch ein. Es fehlte schlicht die Zeit, wenn man davon ausgehen konnte, dass am Ende der Täter das Zeitliche segnete. Wollte er aber seine Gier befriedigen, dann bestand die Wahrscheinlichkeit, dass der Mörder Fehler machte. Tristan wusste aus Erfahrung, dass Fehler am ehesten durch unüberlegtes Handeln entstanden. Ratsam war daher, ab und zu auf die Bremse zu treten und eine Pause zu machen.

Es war Mittag und damit Essenszeit. Genau der richtige Moment, um eine Pause zu machen und die Ereignisse der letzten Stunden sacken zu lassen. Der Detektiv hatte noch einen Topf gekochter Kartoffeln vom Vortag übrig und lud seine Freunde deshalb zum Essen ein. Es gab Bratkartoffeln nach Art des Hauses. Er zog sich eine Küchenschürze um und begann eine Pfanne zu erhitzen. Unterdessen deckten Sina und Erich den Tisch, während der Wisse Ohm sich Tristans Weinsammlung ansah. Ein Weißwein aus der Moselgegend überzeugte den Wissen Ohm und nach Tristans Okay öffnete er die Flasche.

Nachdem der Tisch gedeckt war, zwängte sich die verschworene Gemeinschaft um den Küchentisch, während der Detektiv die Bratkartoffeln in der Pfanne vorbereitete. Es brutzelte so laut, dass sie Pfeiffers Anklopfen nicht hörten.

Sie sahen dementsprechend verblüfft zum Hauptkommissar, als der plötzlich in der Küchentür stand.

»Was für ein Bild«, rief Pfeiffer amüsiert, »Irle in der Küchenschürze und seine Gang eingeklemmt hinterm Küchentisch.«

»Hallo, Pfeiffer«, erwiderte Tristan. »Sie haben ein tolles Timing, wenn es ums Essen geht!«

»Oh, nein danke«, schüttelte Pfeiffer den Kopf und betrat die Küche. »So lange wollte ich nicht bleiben.«

Wenige Augenblicke später erschien auch Holzbaum im Türrahmen. Jetzt wurde es allmählich eng in der Küche.

»Und Holzbaum?« rief Tristan. »Hunger?!«

Holzbaum streichelte sich über seinen fülligen Bauch. Bevor er jedoch antworten konnte, sagte Pfeiffer: »Hat auch keinen Hunger!«

»Was für eine Überraschung«, brummte Tristan und wendete erneut die Bratkartoffeln. »Was führt Sie dann zu mir?«

Der Hauptkommissar musterte Tristans Gäste. Sie waren dem Polizisten weitgehend bekannt, dennoch schwieg er.

»Jetzt machen Sie es nicht spannender als es ist«, knurrte der Wisse Ohm. »Sie wissen doch, dass Sie uns vertrauen können.«

»Der Wisse Ohm muss es ja wissen«, erwiderte Pfeiffer gereizt. »Aber Herr Irle wird es Ihnen ja sowieso sagen, also was macht es, wenn Sie zuhören.«

»Cleveres Bürschchen«, grinste der Wisse Ohm.

Pfeiffer verzog sein Gesicht und wandte sich wieder Tristan zu.

»Wir haben Erkenntnisse darüber, dass ein Terrorist in der Stadt ist«, erklärte der Hauptkommissar überheblich. »Der Verfassungsschutz verfolgt seit einigen Wochen eine Spur. Sie hat ihn bis nach Siegen geführt.«

»Al-Qaida in Siegen?« höhnte der Wisse Ohm.

Pfeiffers Blick wurde hart. »Darüber macht man keine Witze.«

»Machen wir auch nicht«. Tristan stellte die Herdplatte ab. »Aber die Stimme des Anrufers klang nicht nach al-Qaida«, gab der Detektiv zu bedenken.

»Wir haben eine Fotoaufnahme von einem Verdächtigen hier am Hauptbahnhof in Siegen geschossen. Es gibt auch deutsche Terroristen«, erwiderte der Hauptkommissar verbohrt. »Jedenfalls glauben gewisse Herren, dass Sie, Herr Irle, irgendwie eine Gefahr für unsere Ermittlungen darstellen. Und wir sind angehalten, uns nicht von Ihnen hinters Licht führen zu lassen.«

Das verschlug Tristan die Sprache.

»So was Blödes fällt auch nur *Uswärdijen* ein«, empörte sich Erich.

Holzbaum hielt sich die ganze Zeit im Hintergrund. Jetzt fand er es an der Zeit, seine Bedenken zu äußern.

»Die These stammt vom Polizeiinspektor Dr. Herbert von Hufstein«, erklärte er. »Sie scheint auf den ersten Blick einleuchtend, aber ich teile sie nicht.«

»Holzbaum«, tadelte Pfeiffer laut, »wir haben doch darüber gesprochen.«

»Ja, Chef, aber du hast nicht zugehört«, antwortete Holzbaum ruhig.

»Also, wir vermuten einen Raubzug, der mit einer Brise von Rache gewürzt ist, die Tristan gilt«, warf Sina mit einem bezaubernden Mädchenlächeln ein.

»Was?!« Pfeiffer schüttelte den Kopf. »Wie kommt ihr denn darauf?«

Man konnte über Pfeiffer denken, was man wollte; er war ein guter Polizist. Sein Gespür für die richtige Fährte verließ ihn zwar dann und wann, aber manchmal blitzte eine Erkenntnis in seinem Gehirn auf, die ihn innehalten ließ. Dies war jetzt so ein Augenblick.

Schließlich hatte Pfeiffer mit Irle neunzehn erfolgreich gelöste Fälle vorzuweisen, die wischte auch nicht der Herr Polizeiinspektor mit einem verschwommenen Foto beiseite.

Sina sah Tristan an, der nickte ihr zu und so berichtete sie den beiden Polizisten, was sie bis jetzt herausbekommen hatten. Zum Schluss ihrer Zusammenfassung deutete sie auf die Plastikkarte, die auf dem Tisch lag.

»Die haben wir in dem Verteilerkasten gefunden.« Sie hob die Karte auf. »Ich vermute eine manipulierte SIM-Karte. Sie wird, sobald wir sie in Bachs Handy stecken, das Handy nur noch eine Rufnummer anwählen lassen. Die werden wir aber nicht erkennen können, was echt Mist ist, weil wir damit den Mörder nicht anpeilen können. Darüber hinaus wird der Mörder auch die Rufnummer des kleinen Scheißdings hier für uns unkenntlich gemacht haben, womit wir nicht einmal erkennen können, welches Netz wir benutzen. Der Kerl ist ein Profi und nach allem, was ich bis jetzt gesehen habe, hat das nichts mit einem fanatischen Selbstmord-Attentäter oder Bombenbauer zu tun, der sein Wissen aus dem Internet zusammengeklaubt hat.«

Dem musste Pfeiffer zähneknirschend zustimmen.

»Das ist sehr beunruhigend«, sagte Holzbaum und schielte nach den fertigen Bratkartoffeln. »Wir haben aber klare Anweisungen.«

»Ja, die haben wir«, bestätigte Pfeiffer, der die neuen Informationen erst noch verarbeiten musste.

»Bedenken Sie«, ergänzte der Wisse Ohm nachdenklich, »dass sich jemand an Tristan rächen will.«

»Das würde Sinn ergeben«, nickte Holzbaum und sein Magen gab ein lautes Knurren von sich.

Pfeiffer schüttelte den Kopf.

»Keiner der Mörder, den wir hinter Gitter gebracht haben, ist entlassen worden. Da bin ich mir ganz sicher.«

»Was ist mit rachsüchtigen Verwandten oder Freunden?« fragte Erich, der die menschlichen Abgründe bei einer Pilgerreise durch Schwarzafrika am eigenen Leibe erfahren musste. »Die gibt es doch, oder?«

»Möglich wäre das«, nickte Pfeiffer und stellte ohne gehässigen Unterton fest: »Aber wenn es nur um Rache ging, wäre es da nicht einfacher, Ihnen in einer verregneten Nacht eine überzuziehen?«

»Ja, das wäre das Einfachste«, stellte Tristan fest, »deshalb liegt der Schluss nahe, dass hier jemand ein großes Ding plant, bei dem er sozusagen als Sahnehäubchen mir noch einen reinwürgen kann.«

»Besteht die Möglichkeit, die überführten Mörder zu überprüfen?« fragte der Wisse Ohm.

»In der momentanen Situation!« stöhnte Pfeiffer. »Der große Häuptling aus Düsseldorf sieht einen Anschlag auf uns zukommen.«

»Wir müssten alle Anordnungen ignorieren«, sagte Holzbaum niedergeschlagen.

Tristan blinzelte Pfeiffer über den Rand seiner Halbbrille hinweg an. »Nun, das wäre ja nicht das erste Mal, oder?«

»Dieses Mal legen wir uns aber nicht mit dem Staatsanwalt oder dem Polizeidirektor an!« brummte Pfeiffer.

»Man steigert sich«, meinte Sina und grinste. »Ein ganz normaler Prozess.«

»Frau Santes, dass Sie noch nicht im Gefängnis gelandet sind, wundert mich!« zischte Pfeiffer.

»Gute Freunde und das Wissen, für die Guten zu kämpfen, haben mich davor bewahrt«, antwortete sie dankbar.

»Wir müssen uns mit dem Kerl auseinandersetzen«, erklärte der Wisse Ohm ernst. »Herr Pfeiffer, wir haben nicht die Zeit und die Möglichkeiten, den Hintergrund der überführten Mörder abzuklopfen.«

»Ja, der Wisse Ohm hat recht.« Tristan wandte sich direkt an Pfeiffer. »Wir brauchen Ihre Hilfe!«

4

Der Organisationsleiter bezog sein *Hauptquartier.* Geiger kam es vor, als wäre er eine halbe Ewigkeit fort gewesen, dabei hatte er letzte Nacht im Büro übernachtet. Für diesen Zweck stand eine Bundeswehrpritsche in einer Ecke seines Büros. Damit das ungemachte Bett nicht gleich jedem Besucher ins Auge stach, verdeckte eine riesige Tafel den größten Teil der Pritsche. Ein meterlanger Einsatzplan hing an der Tafel. Ihr gegenüber stand der Schreibtisch, dessen Holzplatte unter dem Gewicht von Protokollen, Verträgen und Exposés fast zusammenbrach. Zwischen den ganzen Papierbergen ragte der Flachbildschirm seines Computers wie eine Burgzinne heraus.

Geiger ließ sich in den abgewetzten Bürostuhl fallen und blickte auf den Einsatzplan. Er musste Bach streichen und schließlich den Plan der neuen Situation anpassen. Bis jetzt hatte er sich nicht dazu durchringen können, den neuen Stand festzuhalten. Stöhnend stand er auf, nahm einen Radiergummi und ging zur Tafel. Geigers Magen meldete sich mit einem tiefen Grummeln.

Er begann zu radieren.

Es fühlte sich an, als tötete er Bach zum zweiten Mal.

Dann markierte er die neuen Aufgabenbereiche von Juliane und Hans-Jürgen Mühlenbach, dem Marktmeister des Unteren-Schloss-Platzes. Geiger trat einen Schritt zurück und betrachtete das komplizierte Geflecht von Linien und Spalten, von umkreisten Namen und Uhrzeiten. Jeder Veranstaltungspunkt war auf diesem Plan mit der dazugehörigen Bühne vermerkt. Selbst die Probezeiten für die Akteure waren dort notiert. Ohne diese Tafel hätte Geiger schon längst den Überblick verloren. Sie war der Kompass, der die Feier auf Richtung hielt.

»So wird es gehen«, flüsterte er müde, während er gedankenverloren den Radiergummi wie einen Knetball zusammendrückte.

Sein Blick streifte nochmals über die Tafel und blieb an einer Spalte hängen. Ihm war entfallen, dass es Akteure gab, die auf mehreren Bühnen auftraten. Instinktiv schärfte er seinen Verstand. Solche Doppelbesetzungen glichen kleinen Tretminen, die, wenn nicht richtig bedacht, einen kompletten Besetzungsplan zerreißen konnten. Die Akteure mussten nur auf dem Weg von einer Bühne zur nächsten in der Besuchermenge feststecken und schon wäre die Bühnenplanung hinfällig. Also sah er sich die geplanten Wegzeiten nochmals an und fand eine Unstimmigkeit, als Betty ihn unterbrach.

»Alles klar?« fragte sie besorgt, als sie Geigers angespannten Gesichtsausdruck wahrnahm.

»Ja, alles in Ordnung«, murmelte Geiger und sah seine Assistentin fragend an.

»Wir müssen die Änderungen noch durchgeben«, erklärte Betty.

Geiger schlug sich gegen den Kopf.

»Das hätte ich jetzt fast vergessen«, schnaufte er.

»Es reicht nun einmal nicht«, sagte Betty aufmunternd, »nur den Plan zu ändern. Wir sollten auch die Kollegen informieren.«

»Du hast ja recht«, nickte Geiger. »Dann trommeln wir sie zusammen.«

»Sollen wir uns hier treffen?« Betty sah sich in dem kleinen Raum um.

»Nein«, schüttelte Geiger den Kopf. »Warte«, er ging zur Tafel, »wie wäre es an der Bühne hinter der Marienkirche und zwar jetzt gleich?«

»Gute Idee«, lobte Betty, »den Hof kann man zu Fuß schnell erreichen. Ich veranlasse das sofort.«

Sie ging zur Tür. »Ach, das hätte ich jetzt fast vergessen. Katrin Becker hat angerufen, du sollst dich schnellstens mit ihr treffen.«

»Katrins Büro liegt auf dem Weg zum Treff«, brummte Geiger. »Da springe ich zuerst rein.«

Betty verließ das Büro.

Geiger sah nochmals auf den Plan. Ihm war etwas aufgefallen, irgendetwas mit der Bühnenplanung, dann sah er den Fehler. Er nahm einen Rotstift und machte einen fetten Kreis um die Stelle. Im Flur hörte er Betty telefonieren, und das trieb ihn an, sich zu beeilen.

Katrins Büro befand sich im alten Rathaus. Den Weg von der ehemaligen Jugendherberge zum Rathaus gingen Betty und Geiger zusammen. Betty hatte alle Marktmeister erreichen können, sie befanden sich jetzt auf dem Weg zur Bühne hinter der Marienkirche. Vor dem Rathaus trennte Geiger sich von Betty.

»Sollte es doch etwas länger mit Katrin dauern«, sagte Geiger, »dann halte sie hin.«

»Werde mein Bestes geben«, nickte Betty und hüpfte die Treppe zum Marktplatz hinunter.

Geiger marschierte ins Rathaus. Der Weg zur Pressesprecherin führte ihn am Bürgermeisterbüro vorbei und eine kleine Treppe hinauf in den zweiten Stock.

Katrins schlichtes Büro sagte mehr über die Finanzen der Stadt aus als jede Buchhaltertabelle. Das Ambiente entsprach der typischen Amtsstube, wie man sie aus Ufa-Filmen des letzten Jahrhunderts kannte. Die vorwiegenden Farbtöne Braun und Waldgrün wurden durch eine beige Schreibtischunterlage und einige farbige Bilder sowie Poster an den Wänden bekämpft.

Geiger betrat das Büro und wurde von Katrin erleichtert empfangen.

»Da bist du ja endlich«, rief sie und trat mit schnellen Schritten um ihren Schreibtisch. »Es gibt Neuigkeiten, wahnsinnige Neuigkeiten!«

Jetzt erschrack Geiger. Er hatte Katrin das letzte Mal so aufgekratzt erlebt, als die Haushaltssperre aus Arnsberg beschlossen wurde.

»Jetzt setz dich!« bat sie ihn energisch, an einem kleinen Besprechungstisch Platz zu nehmen. »Du ahnst ja nicht, was passiert ist!«

»Nein«, antwortete er vorsichtig.

»Wir haben einen Terroristen in der Stadt«, sprudelte es aus ihr heraus.

»So?!« War alles, was ihm dazu einfiel.

»Keine Angst, die Feier wird nicht abgesagt.« Geiger irritierte Katrins aufblühendes Engagement. »Die aus Düsseldorf und der Verfassungsschutz kümmern sich um die Sache.«

»Ach ja«, brummte Geiger und wunderte sich, warum Katrin so aufgekratzt war, als hätte sie gerade die Schatzinsel entdeckt.

»Ehrlich gesagt, die Sache ist ein wenig verrückt.« Katrin öffnete eine Thermoskanne.

»Das kann man von Terroristen im Allgemeinen sagen«, erwiderte er.

»Möchtest du auch einen Kaffee?« fragte die Pressesprecherin, während sie sich eine Tasse füllte.

»Danke, nein«, wehrte Geiger freundlich ab.

»Wie du meinst. Aber ich meine, es ist verrückt zu glauben, ein Terrorist wolle die Feier stören«, erklärte sie. Dann veränderte sich ihr Blick. Er nahm einen Ausdruck an, den Geiger von Schauspielerinnen kannte, kurz bevor sie mit einer Schrotflinte ihren Peiniger in Stücke schossen. »Pfeiffer soll den Terroristen finden – als ob der jemals was finden würde!«

So schnell der Gesichtsausdruck gekommen war, so schnell verflog er wieder. »Jedenfalls, der Bürgermeister und ich sind der Meinung, dass dies eine großartige Chance ist, unsere Stadt in der Weltöffentlichkeit positiv darzustellen.«

»So! Weltöffentlichkeit?!« Jetzt verstand Geiger gar nichts mehr.

»Ja, denn diese Herren aus Düsseldorf haben Pfeiffer untersagt, sich mit *Tristan Irle* zusammenzutun«, schnaubte sie. »Ist das zu glauben?«

»Nein«, schüttelte Geiger den Kopf, obwohl er immer noch keine Ahnung hatte, worauf die Pressesprecherin hinauswollte.

»Das muss man sich mal überlegen«, rief sie, »den besten Ermittler, den die Stadt je gesehen hat, den schließt man aus!« Katrin beruhigte sich und erklärte ruhig: »Also, irgendetwas geht da draußen vor. Sonst hätte es keinen Toten gegeben, das ist klar. Wir wollen, dass du Irle unter die Arme greifst.«

»Wie denn das?!« erwiderte Geiger etwas laut.

»Na, das ist doch offensichtlich!« antwortete Katrin und schüttelte den Kopf. »Bach muss dem

Mörder im Wege gestanden haben. Und der Mörder hat es auf Irle abgesehen. Also haben wir da eine Verbindung zwischen Bach und Irle!«

»So?!« knurrte Geiger.

»Jetzt sei doch nicht so schwerfällig«, schnaubte Katrin. »Der Mörder muss sich unter deinen Leuten aufhalten!«

»Okay«, nickte Geiger, noch unfähig, diesem Gedanken eine Bedeutung zu geben. »Aber wie soll das der Stadt helfen, ein positives Image in der Weltöffentlichkeit zu geben?«

»Also wirklich!« Katrin stand auf. »Erkennst du nicht die Sprengkraft der Meldung, wenn sich herausstellt, dass ein Siegener Bürger einen Mörder überführt, obwohl der Verfassungsschutz, ich wiederhole, der Verfassungsschutz irrsinnigerweise einen Terroristen verfolgt, den es gar nicht gibt? Wir als Stadtverwaltung aber mit Augenweide und Sachkenntnissen den wahren Sachverhalt aufklären!«

Da war etwas dran, die Medien würden sich für eine solche Geschichte sicherlich interessieren.

»Aber«, antwortete Geiger langsam, »was ist, wenn doch eine Bombe hochgeht?«

5

Ähnliche Sorgen hatte auch Tristan Irle. Nachdem Pfeiffer und Holzbaum gegangen waren – ohne eine verbindliche Hilfszusage abzugeben –, genossen sie erst einmal die Bratkartoffeln. Tristan spendierte als Nachtisch noch Eis, das er im Tiefkühlfach über dem Kühlschrank aufbewahrte. Er merkte gar nicht, dass er ein Schälchen mehr auf den Tisch stellte, das für Marlowe bestimmt war. Der Kakadu liebte Eis mit Schokoladensplittern und verputzte es mit Freude. Als ihn Erich fragend anblickte, erkannte Tristan seinen Fehler und ihm fehlte Marlowe noch mehr. Der Detektiv nahm das Schälchen und stellte es in das Tiefkühlfach.

»Das bekommt Marlowe, wenn er wieder bei uns ist«, sagte Tristan entschlossen.

Die anderen nickten, dann leerten sie schweigend die Becher.

»Das war gut«, gähnte der Wisse Ohm und schob den Becher von sich.

Sina nahm die SIM-Karte in die Hand und dachte nach.

»Also, stecken wir das Ding jetzt in das Handy?« fragte der Wisse Ohm herausfordernd, »oder schauen wir uns die Karte nur weiter an?«

»Ich habe eine Idee«, sagte Sina und stand auf. Doch der Wisse Ohm blockierte den Weg. »Würdest du so freundlich sein ... «

»... oh, entschuldige!« Der Wisse Ohm machte Sina den Weg frei und klopfte seine Taschen nach etwas Rauchbarem ab. »He, Tristan, hättest du mal eine Zigarre für mich?«

Tristan, der passionierte Pfeifenraucher, nickte und folgte Sina ins Wohnzimmer. Unterdessen schälte sich Erich hinter der Eckbank hervor und begann den Tisch abzuräumen.

»Du kannst ruhig helfen«, meinte Erich und schob dem Wissen Ohm zwei zusammengestellte Teller zu.

Tristan suchte in der Kommode neben dem Wohnzimmertisch nach einer Schachtel Zigarren, während Sina einen ihrer Koffer aufklappte und ein paar technische Geräte herauswühlte.

Als Tristan die Zigarren gefunden hatte, blickte er zu Sina.

»Da sind ja keine Kleider drin?« staunte der Detektiv.

»Nein«, nuschelte Sina.

»Aber du wolltest doch nach L.A.?« hakte Tristan verwirrt nach.

»Richtig«, erwiderte Sina ohne den Blick von den Geräten zu nehmen, die sie jetzt mit einigen Kabeln zusammenschloss.

»Das verstehe ich nicht«, raunte der Detektiv.

»Tristan«, grinste Sina, »es gibt auch Mode-Geschäfte in L.A. Aber das Zeug hier, das bekommt man nicht so einfach in einem Elektronikladen.«

Dem Detektiv fiel ein, dass Sina zu einem Fachkongress fliegen wollte und fragte nicht weiter nach. Er ging zurück in die Küche und bot dem Wissen Ohm eine Zigarre an.

»Das nenne ich Gastfreundschaft«, strahlte der Wisse Ohm und überließ Erich das weitere Aufräumen.

Draußen auf dem Hof wurde es laut. Eine Band begann ihre Probe.

Tristan kramte eine Pfeife aus seiner Strickjacke und suchte nach dem Tabakbeutel, der an einem Haken neben der Küchentür hing.

»Habt ihr was dagegen, wenn ich mich nach draußen verziehe?« fragte der Detektiv.

»Kein Problem«, antwortete der Diakon, »du hast gekocht, wir waschen ab.« Beim Wörtchen *wir* schielte er zum Wissen Ohm, doch der fühlte sich nicht angesprochen und folgte Tristan nach draußen.

Auf der Bühne befanden sich vier junge Männer, die Lieder in Siegerländer Platt zum Besten gaben. Immer wieder unterbrachen sie ihre Probe und spielten an Mischpulten herum. Die Lautstärke war erträglich, sodass sich der Wisse Ohm und Tristan auf der kleinen Holzbank niederließen.

»Der Mörder setzt uns unter Druck«, stellte der Wisse Ohm nüchtern fest und blies eine dicke Rauchwolke in den blauen Septemberhimmel.

»Als ob er uns am Nachdenken hindern wollte«, ergänzte der Detektiv.

»Wer rennt«, philosophierte der Wisse Ohm, »hat weniger Zeit, sich seine Umgebung genau anzusehen.«

Tristan nickte und blies einen Kringel in die Luft.

»Dieser Marktmeister Bach zum Beispiel«, fragte der Wisse Ohm, »war der nur ein willkürliches Opfer oder ein gezieltes?«

»Darüber habe ich mir noch keine Gedanken gemacht«, gestand der Detektiv.

»Du rennst ja auch«, antwortete der Wisse Ohm.

»Du meinst, es besteht möglicherweise ein Zusammenhang zwischen der Entführung und dem Mord?«

»Wette eine gute Zigarre darauf«, nickte der Wisse Ohm und grinste.

»Ziemlich vertrackt, die Situation«, schnaufte Tristan. »Wenn wir uns weiter an die Spielregeln dieses Mörders halten, gewinnt er.«

»Das sehe ich genauso«, nickte der Wisse Ohm. »Deshalb sollten wir anfangen, nach unseren eigenen Regeln zu spielen!«

»Das könnte ins Auge gehen«, murmelte Tristan. »Besonders für Marlowe.«

»Ich will ja nicht verletzend sein«, erwiderte der Wisse Ohm ernst, »aber der Kerl hat einen Menschen getötet.«

»Du meinst, Marlowe ist nur ein Haustier?!«

»Wenn man es sachlich betrachtet, ja«, antwortete der Wisse Ohm ernst.

»Sachlich?!« wiederholte der Detektiv. »Das ist nicht so einfach, wenn man so lange mit einem Haustier zusammenlebt.«

»Diesem van Veen ist das egal. Er wird sein Ding durchziehen, egal, was er auch vorhat.«

Drinnen klappte Sina ihren Laptop auf und verband ihn mit einem der Geräte. Erich hatte den Küchentisch abgeräumt und gesellte sich zu Sina.

»Was hast du vor?« fragte er skeptisch.

»Die SIM-Karte ist programmiert worden, also muss man diese Programmierung auch lesen können«, antwortete sie. »Das versuche ich jetzt.«

»Dabei machst du nichts kaputt?« Erich kannte Sinas Fähigkeiten und ihren Dickkopf, wenn es darum ging ein Ziel zu erreichen, egal, was es auch kostete.

»Das ist so, als ob man ein Buch aufschlägt«, erklärte Sina, »ich fange nicht an, Seiten aus dem Buch zu reißen.«

»Versprochen?«

»Erich, ich bin ja nicht blöd!« stöhnte sie und löste das SIM-Kärtchen aus der Plastikkarte.

Anschließend steckte sie die kleine Chipkarte in ein Lesegerät, das am Laptop angeschlossen war.

Der Diakon sah ihr über die Schulter, doch mit den auf dem Bildschirm erscheinenden kryptischen Zeichen konnte er nichts anfangen.

»Soll ich Tristan rufen?« fragte er unterdessen.

»Nein, noch nicht«, brummte Sina gedankenverloren. »Ich will erst einmal etwas ausprobieren.«

»Okay«, nickte Erich.

»Es geht dabei nichts kaputt«, sagte sie und beruhigte Erich. »Weißt du, ich hoffe die Rufnummer zu finden, die das Handy anrufen wird.«

»Bis jetzt war das doch nur eine Vermutung«, wunderte sich Erich, »dass Bachs Handy nur eine Nummer zulässt?«

»Nun ja, nach den Programmzeilen hier zu urteilen lag ich völlig richtig«, antwortete sie, ohne den Blick von ihrem Computer zu nehmen. »Ha, da habe ich etwas.«

Sie scrollte langsam den Bildschirm nach unten, öffnete ein weiteres Programm, tippte einige Zeilen ein und wartete. Schließlich rief sie aufgeregt: »Erich, ich brauche was zu schreiben!« Und fügte abfällig hinzu: »Was für ein Stümper! Mit dem uralten Trick legst du mich nicht rein.«

Erich reichte ihr Tristans Notizblock und einen Stift, die noch auf dem Wohnzimmertisch lagen.

Sina begann einige Zahlen vom Bildschirm abzuschreiben.

»Was sind das für Zahlen?«

»Das ist die Telefonnummer, die das Handy anrufen wird«, grinste Sina, als hätte sie einen besonders leckeren Fisch gefangen. »Jetzt kannst du Tristan rufen!«

Tristan und der Wisse Ohm hörten Sina zu, doch noch klang ihre Stimme nur in den Ohren, verstanden hatten sie noch nicht.

»Also, das ist doch ganz einfach«, stöhnte die Expertin. »Die kleine Karte«, sie hielt die SIM-Karte hoch, »enthält ein Programm. Klar?«

»Klar«, nickte Tristan.

»Das Programm ist nicht verschlüsselt«, ihr abfälliger Ton ließ ahnen, was sie von solch einer Arbeit hielt, »deshalb konnte ich die Programmzeilen einsehen. Wenn man die lesen kann, und das kann ich, dann sagen die Programmzeilen einem was passiert, so ähnlich wie eine Wegebeschreibung. Starte am Bahnhof, folge der Hauptstraße usw., bis du das Ziel, das Bordell, erreichst. Klar!«

»Ja, verstanden!«

»Sina, Bordell?!« mahnte Erich.

»Sorry, Erich«, grinste sie. »Aber das Prinzip ist klar?«

Die Männer nickten.

»Nun, wenn diese Karte Bachs Handy nur eine Nummer wählen lässt«, ihre klaren Augen strahlten, »was in unserem Beispiel das Bordell wäre, dann muss die Telefonnummer in den Programmzeilen stehen. Bingo!«

»So einfach?« flüsterte Tristan.

»Nun, nicht ganz so einfach«, erklärte Sina stolz. »Ein Vollidiot war der Programmierer nicht. Er hat einen Algorithmus eingebaut, der die Nummer generiert, wenn das Programm läuft. Meine kleine Nanny hier«, Sina tätschelte ihren Computer, »hat ihn aber problemlos geknackt, was wohl doch auf einen Vollidioten schließen lässt!«

»Und was bringt uns das jetzt?« fragte Tristan.

»Du solltest dich wirklich mal mit der modernen Technik befassen«, tadelte Sina. Dann schoss ihr ein schrecklicher Gedanke durch den Kopf. »Tristan, du hast doch einen Internetanschluss!«

Der Detektiv grinste: »Ja, den habe ich! Sogar DSL. So steinzeitmäßig bin ich doch nicht.« Er ging zu der Kommode und zog das Internetkabel heraus. Sina lag eine weitere Bemerkung auf der Zunge, doch dann verband sie das DSL-Kabel mit dem Computer.

»Jetzt können wir den Anruf verfolgen, Tristan. Wir werfen einen Angelhaken aus und dieser Mörder beißt ganz sicher an.«

6

Diese Feierlichkeiten schienen einigen völlig den Kopf durchzupusten, dachte Geiger, als er Katrins Büro verließ und die Barstewende hinunterschlenderte. Nur Presseleuten konnte ein solcher Einfall kommen. Allerdings hatte auch er schon über eine mögliche Verbindung von Bach zum Mörder nachgedacht. Er wusste, dass Bach in mancher Hinsicht unnachgiebig sein konnte, was den einen oder anderen Budenbesitzer schon mal auf die Palme brachte. Aber dass man deswegen einen Mann umbrächte, das war ihm nie in den Sinn gekommen. Aber so wie sich die Dinge entwickelten, Terroristen, Bombendrohungen und jetzt noch Irle, musste er seine Einstellung den neuen Gegebenheiten schnellstens anpassen, wollte er nicht von den Ereignissen überrannt werden.

Er betrat den Hof hinter der Marienkirche und sah, dass die meisten Marktmeister bereits bei der Bühne eingetroffen waren.

Betty schien alles im Griff zu haben.

»Matthias, was geht hier vor?« rief Hans-Jürgen, als er Geiger auf den Hof kommen sah.

Der aggressive Tonfall blieb keinem verborgen.

»Hallo, zusammen«, grüßte Geiger freundlich. »Ich erkläre es sofort, Hans-Jürgen.«

»Wir sind komplett«, berichtete Betty, »nur Peter von der Sportmeile hat sich entschuldigt.«

»Das ist nicht weiter tragisch«, nickte Geiger, »die anderen sind ja da.«

»Also Matthias, wie ich Betty verstanden habe, soll ich diese Bühne jetzt auch noch betreuen!« schnaufte Hans-Jürgen und klopfte an das Bühnengestell. »Wie stellst du dir das vor?«

»Keine Panik«, lächelte Geiger.

»Ich habe keine Panik«, zischte Hans-Jürgen verärgert.

»Wir haben einen Notfall«, erklärte Geiger ruhig. »Ihr wisst, wovon ich spreche. Einen Ersatz finden wir heute nicht mehr. Und morgen beginnt das Fest, also müssen wir improvisieren.«

»So wie ich das sehe, muss nur einer improvisieren, und das bin ich!« bellte Hans-Jürgen.

»Nicht alleine«, erwiderte Geiger, »Juliane wird die meiste Last tragen müssen.«

Juliane stand etwas abseits. Sie wirkte wie ein erschrecktes Reh, das von einem Autoscheinwerfer angestrahlt wurde.

»Alles in Ordnung mit dir?« fragte Geiger.

»Das ist eine Menge Verantwortung, Matthias«, antwortete Juliane leise. »Ich weiß nicht, ob ich das schaffe.«

»Wir helfen dir«, sagte Geiger väterlich.

»Na ja, Hans-Jürgen wohl nicht«, giftete Betty.

»Jetzt mach mich nicht zum Buhmann«, schimpfte Hans-Jürgen.

»Dann benimm dich auch nicht so!« erwiderte Betty mit einer Energie, die man der zierlichen Person nicht zugetraut hätte.

»Wow, keinen Streit jetzt!« ging Geiger dazwischen.

»Schon gut.« Hans-Jürgen hob entschuldigend die Hände.

»Also«, erklärte Geiger, »du übernimmst diese Bühne und Juliane bekommt von mir und Betty so viel Unterstützung, wie sie benötigt!«

»In Ordnung«, nickte Hans-Jürgen, obwohl man ihm ansah, dass er mit der Lösung nicht glücklich war.

»Dann geht jetzt wieder auf eure Posten!« befahl Geiger und sah auf die Uhr. »Die Innenstadt dürfte jetzt vollkommen abgesperrt sein. Es wird trotzdem Nachzügler geben, die an den Sperren steckenbleiben. Wie geplant haben die einzelnen Akteure die Handynummern der Marktmeister bekommen, in deren Bereich sie auftreten werden. Seid also auf Anrufe gefasst und verfahrt wie besprochen. Hat jeder von euch die Nummer der Ordnerzentrale?«

Alle nickten.

»Gut, dann los«, Geiger klatschte in die Hände.

Die Leute verließen den Hof. Juliane blieb bei Geiger und Betty stehen.

»Was ist, wenn jemand Bach anruft?« fragte Betty besorgt. »Ich meine, das Handy hat doch dieser Irle.«

»Ich habe Bachs Bereich gecheckt«, antwortete Geiger, »da sind alle pünktlich eingetroffen. Es dürfte heute keine Probleme geben.«

»Es wäre jedoch gut, wenn sie Julianes Nummer bekommen würden«, schlug Betty vor.

»Ja, das ist eine gute Idee«, stimmte Juliane ihr zu.

»Hast du genügend Visitenkarten bei dir?« fragte Geiger.

Man hatte im Vorfeld für jeden Marktmeister Visitenkarten drucken lassen und an die Budenbesitzer und Schausteller verteilt.

»Nein«, antwortete Juliane.

»Dann sollten wir schnell welche kopieren«, sagte Betty.

»Macht das«, nickte Geiger, »und verteilt sie im Schlosspark.«

»Du kommst nicht mit?« fragte Juliane besorgt.

»Nein«, stöhnte Geiger, »ich habe noch einen anderen Termin.«

7

Vom Fischen hatte Tristan keine Ahnung, aber er vertraute auf Sinas Einschätzung. Er war bereit, die Angel auszuwerfen. Was ihn allerdings überraschte, war die Tatsache, dass man in Deutschland kinderleicht den Handystandort über das Internet abfragen konnte. Mehrere Anbieter tummelten sich bereits im Netz und wie es schien, meldete sich Sina problemlos an. Allerdings musste sie einen Trick anwenden, um sich als Inhaber der versteckten Rufnummer auszugeben.

»Wie weit bist du?« fragte Tristan ungeduldig.

»Gleich fertig«, antwortete Sina.

Bachs Handy lag auf dem Wohnzimmertisch bereit. Sina hatte eine Abhörvorrichtung angeschlossen, die das Gespräch aufzeichnen konnte. So viel Technik hatte er noch nie bei einem Fall anwenden müssen. Tristan dachte ernsthaft über Sinas Tadel nach. Irgendwann musste er sich wirklich mal mit dem neumodischen Kram auseinandersetzen.

Doch nicht jetzt.

»Bin fertig!« rief Siana.

»Na, dann los!« brummte der Wisse Ohm, dem als alter Agent Sinas Fähigkeiten imponierten.

Tristan schaltete das Handy an. Zuerst geschah nichts, doch dann begann wie vorhergesagt das Handy automatisch die einprogrammierte Nummer zu wählen, ohne sie jedoch anzuzeigen. Über die Abhöranlage konnten die drei mithören, wie eine Verbindung aufgebaut wurde.

»Der Anruf hat aber lange auf sich warten lassen«, krächzte es feindselig aus dem Lautsprecher. »Dabei haben Sie den Umschlag doch schon vor Stunden gefunden!«

Tristan sah die anderen verblüfft an. Der Wisse Ohm machte ein Zeichen, vorsichtig zu bleiben. Der Detektiv atmete ruhig ein, wie er es von seinem Aikidotraining her kannte.

»Ich wurde aufgehalten«, antwortete er.

»Von der heißen Pop-Braut?« höhnte van Veens Stimme. »Ist sie nicht etwas zu jung für Sie?«

Sina schüttelte den Kopf, behielt aber den Laptop im Auge.

»Neidisch«, schoss es Tristan heraus.

»Nicht im Geringsten«, krächzte der Lautsprecher, »bei mir würde sie wenigstens befriedigt.«

Darauf ging Tristan nicht ein und schwieg.

»Ha, ha, da habe ich wohl einen Nerv getroffen«, sagte van Veen freundlich, um gleich darauf wieder in seinen bösartigen Tonfall zu wechseln. »Hören Sie jetzt genau zu. Lösen Sie das nächste Rätsel und gehen Sie dort hin, doch dieses Mal allein! Rufen Sie nicht die Polizei! Lassen Sie das

Handy eingeschaltet. Wir beobachten Sie.« Er machte eine Pause, dann sagte er:

»Lummerland ist viel zu klein /
Für Lukas ´ne echte Pein, /
Drum zieht er los /
Mit Emma als Floß.«

Wieder folgte eine Pause, dann sagte van Veen: »Sie haben eine Stunde Zeit. Dann aktiviert sich das Handy wieder. Sind Sie dann nicht am richtigen Ort, explodiert die erste Bombe!«

Der Mörder beendete das Gespräch.

Tristan legte das Handy auf den Wohnzimmertisch und wollte gerade eine Frage stellen, als der Wisse Ohm plötzlich aufsprang und Sinas Fendi-Tasche über das Handy warf.

»Das war knapp«, stöhnte der Wisse Ohm, während Erich und Tristan ihn überrascht ansahen. »Das Handy ist eingeschaltet eine perfekte Wanze, Leute.«

»Und jetzt sind wir sicher?« fragte Tristan.

»Nach all dem Plunder, den Sina in ihrer Tasche mit sich schleppt, dürfte die genügend dämmen«, grinste der Wisse Ohm.

Sina hörte gar nicht zu, sie war mit ihrem Computer beschäftigt.

»Hier stimmt etwas nicht«, fauchte sie ungehalten und tippte auf den Rechner ein. »Das kann nicht sein!?«

»Was ist, Mensch, Frau, rede!« brummte der Wisse Ohm ungehalten.

»Also«, Sina sah die Männer fassungslos an, »nach der Anzeige stand er direkt vor Tristans Haus im Hof.«

»Was?!« Erich sprang auf.

»Halt!« rief der Wisse Ohm. »Keiner rennt raus!«

»Das verstehe ich nicht«, grämte sich unterdessen Sina. »Das ist noch nie schiefgegangen.«

»Warum glaubst du, dass die Anzeige falsch ist?« fragte der Wisse Ohm.

»Na ja, weil er danach direkt vor der Haustür draußen auf dem Hof stand! Deshalb!«

»Also ich habe dich heute noch keinen Fehler machen sehen«, beruhigte er Sina, »und ich glaube, dass auch dieses Mal kein Fehler gemacht wurde.«

»Der Mörder ist da draußen?« Sina sah den Wissen Ohm ungläubig an.

»Ja, wie hätte er uns sonst beobachten können«, nickte der Wisse Ohm. »Deshalb, lieber Erich, wäre es fatal, wenn wir gleich nach dem Gespräch nach draußen gerannt wären. Er mag vielleicht kein guter Programmierer sein, aber gleich nach dem Gespräch uns auftauchen zu sehen, das hätte auch dem Dümmsten verraten, dass man ihm auf der Spur ist.

Und vergesst nicht, da draußen stehen einige Leute herum, die den Proben zusehen. Der Hof ist nicht so leer, wie ihr es sonst gewohnt seid.«

»Daran hatte ich nicht gedacht«, murmelte der Diakon.

»Der Mörder aber«, sagte Tristan und sah den Wissen Ohm an. »Also, er will uns weiter unter Druck setzen.«

»So sieht es aus«, nickte der Wisse Ohm.

»Dann sollten wir das Rätsel lösen«, erwiderte der Detektiv und sagte zu Sina: »Tolle Arbeit!«

Der Wisse Ohm ließ den Mitschnitt zurücklaufen. Sie hörten sich das Gespräch nochmals an. Als der Rätselspruch erklang, schrieb Tristan ihn mit.

Lummerland ist viel zu klein, / Für Lukas 'ne echte Pein, / Drum zieht er los / Mit Emma als Floß.

Plötzlich klopfte es an der Haustür.

»Wer mag das sein?« fragte Erich aufgeschreckt.

»Keine Ahnung.« Tristan war aufgestanden.

»Was ist mit den ganzen Geräten hier?« fragte Sina ängstlich.

»Tristan, sei vorsichtig«, riet der Wisse Ohm.

»Ja, mal sehen, wer da was von mir will.« Tristan ging zur Haustür.

»Guten Tag, Herr Irle«, sagte Geiger schüchtern, als ihm der Detektiv die Tür aufmachte. »Mein Name ist Matthias Geiger. Sie erinnern sich vielleicht, ich habe Sie gestern Abend angerufen.«

»Natürlich erinnere ich mich, Herr Geiger«, antwortete Tristan freundlich. »Was kann ich für Sie tun?«

»Also«, zögerte Geiger, »das ist etwas heikel, wenn ich kurz reinkommen könnte?«

»Momentan ist es ungünstig.« Tristan sah sich auf dem Hof um.

»Es ist wirklich wichtig«, erwiderte der Organisationsleiter. »Ich komme gerade aus dem Rathaus und dort bat man mich, sofort Kontakt mit Ihnen aufzunehmen.«

Tristans Menschenkenntnis sagte ihm, dass Geiger nicht log.

»Sie schickt der Bürgermeister?« hakte Tristan nach.

»Nicht direkt der Bürgermeister«, erklärte Geiger, »eher seine Pressesprecherin, Frau Becker.«

»Dann kommen Sie mal rein«, nickte der Detektiv.

Er führte ihn durch die kleine Diele ins Wohnzimmer.

»Das sind ein paar Freunde«, sagte Tristan und stellte Geiger die Anwesenden vor.

Der Organisationsleiter wirkte durch die Gruppe verunsichert und wandte sich an Tristan.

»Könnte ich Sie unter vier Augen sprechen?« fragte er leise.

»Keine Angst«, antwortete Tristan, »die Leute sind allesamt vertrauenswürdig!«

»Wenn das so ist«, schluckte Geiger und schielte zu Sina, die in ihrem Outfit alles andere als vertrauenswürdig schien. Dann berichtete er Tristan, was Katrin Becker zu ihm gesagt hatte.

»Na, wenigstens wir Frauen behalten einen klaren Kopf«, kommentierte Sina Geigers Bericht.

Geiger starrte sie verblüfft an.

»Wir haben ähnliche Überlegungen gehabt, was die Verbindung mit Bach und dem Mörder betrifft«, erklärte Tristan. »Allerdings haben wir nicht die Weltöffentlichkeit in den Mittelpunkt dieser Überlegungen gestellt.«

»Ah, dann ist Katrins, also Frau Beckers, Überlegung gar nicht so daneben?« staunte Geiger.

»Sie ist jedenfalls logischer als die Idee eines Terroristenanschlags«, brummte der Wisse Ohm.

»Ich selbst habe mich auch schon gefragt, warum man Bach getötet hat«, sagte er vorsichtig.

»Und, haben Sie eine Idee?« fragte der Wisse Ohm.

»Eine vage Ahnung, aber die hat sich nicht bestätigt.« Geiger zuckte mit der Schulter. »Ich stehe Ihnen jedenfalls zur Verfügung, sollten Sie Hilfe benötigen.«

»Das ist sehr freundlich von Ihnen«, lächelte Tristan.

»Dann will ich Sie nicht weiter aufhalten.« Geiger reichte ihm eine Visitenkarte. »Sie finden dort meine Handynummer und weitere Kontaktdaten.«

»Danke.« Tristan führte ihn zur Haustür.

Im Wohnzimmer spielte der Wisse Ohm nochmals den Rätselvers ab.

»Ihnen noch einen schönen Tag«, wünschte Tristan, als er die Haustür öffnete.

»Ihnen auch«, lächelte Geiger und meinte: »Hat Jim Knopf etwas mit dem Fall zu tun?«

»Wer?« fragte Tristan verblüfft.

»Jim Knopf!« wiederholte Geiger und trat nach draußen. »Michael Ende? Der Spruch da eben?!«

»Warten Sie mal«, Tristan sah zum Wohnzimmereingang, dann wieder zu Geiger. »Wie kommen Sie darauf?«

»Oh, nur so«, meinte Geiger.

»Kommen Sie noch mal rein!« forderte Tristan und führte ihn zurück ins Wohnzimmer.

»Was ist jetzt?!« knurrte Sina.

»Kennt jemand von euch Jim Knopf?« fragte Tristan. »Geiger meinte, dass der Spruch etwas mit Michael Ende zu tun haben könnte.«

»Bitte erklären Sie das?« fragte Erich.

»Na, *Lummerland, Lukas* und *Emma*«, antwortete Geiger, als wäre es das Normalste der Welt, »da ist einmal die Insel *Lummerland,* auf der es zu klein wird für den Lokführer *Lukas* und seine Lokomotive *Emma*.«

»Ach du meine Güte«, pfiff Sina, »er hat recht!«

»Was hat das zu bedeuten?« Geiger fühlte sich unwohl bei all den skeptischen Blicken, die ihm galten.

»Dieser Vers stammt von dem Mörder«, erklärte Tristan.

»So wie gestern Abend?« Geiger schien zu verstehen.

»Ja, wir suchen einen Ort, der sich mit dem Vers finden lässt«, brummte der Wisse Ohm.

»Der Lokschuppen«, schoss es aus Geiger heraus, »ganz sicher, er meint den Lokschuppen!«

»Wieso den Lokschuppen?« Sina fixierte den Mann, als wollte sie ihn gleich in Stein verwandeln.

»Also das war nur so eine Idee«, wehrte sich Geiger. »Ich meine, zweimal der Verweis auf Eisenbahnen und dann noch *Lummerland,* das wie der Lokschuppen zu klein für die Eisenbahn ist.«

»Der Lokschuppen liegt am anderen Ende des Stadtzentrums«, bemerkte Erich.

»Dort ist eine große Parkfläche eingerichtet worden«, sagte Geiger. »Viele Menschen werden da zusammenkommen.«

»Also der Lokschuppen«, entschied der Detektiv.

8

»Wir können dich nicht begleiten?« fragte Sina, als Geiger das Haus verlassen hatte.

»Ihr habt ja gehört, was der Mörder gefordert hat«, antwortete Tristan. »Ich gehe allein!«

»Was machen wir in der Zeit?« fragte Erich.

»Seht euch draußen um«, schlug Tristan vor. »Verteilt euch unter die Budenbesitzer und fragt die Schausteller aus. Vielleicht erhalten wir so nützliche Informationen.«

»Was ist mit Pfeiffer?« wollte der Wisse Ohm wissen. »Wird er unsere Recherche unterstützen?«

»Wisser Ohm, ich weiß es nicht«, stöhnte der Detektiv.

»Hm«, knurrte der alte Mann, »dann werde ich wohl mal ein paar Anrufe tätigen müssen. Hätte nie gedacht, noch mal diese vermaledeite Nummer zu wählen!«

»Haltet die Augen auf«, warnte Tristan.

»Vergiss Bachs Handy nicht«, erinnerte Erich seinen Freund.

»Danke«, nickte Tristan und kramte das Gerät unter Sinas Tasche hervor. Dann steckte er es in seine Strickjacke. »Bis später.«

Der Detektiv verließ das Haus.

Auf dem Hof tummelten sich etliche Menschen. Manche sahen sich neugierig um, andere waren beschäftigt oder taten jedenfalls so, als seien sie es. Tristan ging um die Marienkirche, überquerte die Löhrstraße, die bereits von parkenden Autos befreit war und eilte die Alte Poststraße entlang in Richtung Karstadt. Überall auf dem Weg waren Budenbesitzer voll freudiger Erwartung und unterhielten sich mit Ladeninhabern über die kommenden zwei Tage.

Der Detektiv achtete nicht auf sie und ging am Karstadtgebäude vorbei, um Deutschlands steilster Einkaufsstraße hinunter zum Kölner Tor zu folgen. Auch hier waren die Leute mit der Vor bereitung ihrer Stände oder kleinen Fahrgeschäfte beschäftigt. Da man Siegens Hauptstraße von der Siegerlandhalle bis an Reichwalds Ecke gesperrt hatte, ignorierte er die rote Fußgängerampel am Kölner Tor und überquerte die mehrspurige Hauptstraße. Als er die Siegplatte passiert hatte, nahm die Menschenmenge zu. In der Unterstadt erwartete man die meisten Besucher, dementsprechend viele Attraktionen und Bühnen waren dort verteilt.

Mit schnellen Schritten marschierte Tristan durch die Bahnhofstraße in Richtung Bahnunterführung. Die von Fußgängern benutzte Bahnunterführung würde während der Feierlichkeiten gesperrt werden, da man nicht die gleichen Fehler machen wollte, die die tragischen Ereignisse in Duisburg verursacht hatten. Im Moment war die Unterführung noch offen und so gelangte Tristan hinter den Bahnhof.

Der Lokschuppen befand sich einige hundert Meter weiter auf der rechten Seite.

Tristan sah auf die Uhr und legte nochmals einen Schritt zu.

Es waren jetzt 45 Minuten nach dem Anruf vergangen.

Schließlich sah er die alte Backsteinfassade des Wirtschaftsgebäudes. Nach weiteren drei Minuten stand er vor dem verschlossenen Eingangstor.

»Was jetzt?« fluchte er und sah sich nach einem Zugang um.

Er fand keinen.

Tristan eilte …

... durch die Bahnhofstraße, dem skrupellosen Verbrecher folgend. Liebend gern wäre er zum Hauptbahnhof gegangen, in einen der roten Züge gestiegen und nach Lützel gefahren, um dort auf seine Freundin zu warten, doch seine Aufgabe, den Täter zu fassen, war wichtiger.

Die angestellten Männer und Frauen der DreiLänderBahn jagen keine Verbrecher. Sie stehen jedoch jeden Tag für die Fahrgäste bereit, damit Groß und Klein sicher befördert wird mit Ihrer ...

Plötzlich klingelte Bachs Handy. Der Detektiv holte es aus seiner Strickjacke und sagte: »Ja?«

»Sie sind spät dran«, zischte van Veen. »Klettern Sie über den Zaun!«

Tristan zögerte und sah sich um.

»Worauf warten Sie?« schimpfte van Veen.

Der Detektiv steckte das Handy in die Hosentasche und kletterte über das Tor. Dann nahm er das Handy wieder ans Ohr.

»Gehen Sie zu der großen Tür«, befahl van Veen.

Tristan folgte der Anweisung.

»Rechts von der Tür steht ein Koffer, sehen Sie ihn?«

»Ja«, antwortete Tristan.

»Dann haben Sie Ihr Ziel erreicht«, sagte van Veen und legte auf.

Tristan beugte sich zu dem Koffer. Es handelte sich um einen handelsüblichen Aluminiumkoffer, den Fotografen gerne dafür benutzten, teure Kameras und Objektive zu transportieren. Eine Kette verhinderte, dass man den Koffer aufnehmen konnte. Sie war mit der Türangel verbunden. Die Ziffern des Zahlenschlosses standen alle drei auf Null. Tristan nahm an, dass der Koffer nicht verriegelt war. Allerdings traute er sich noch nicht, ihn zu öffnen. Zuerst untersuchte er die Seitenwände und schließlich die beiden Schnappschlösser. Als er nichts Ungewöhnliches entdeckt hatte, atmete er tief ein und schnappend sprangen die beiden Kofferschlösser auf.

In diesem Moment öffnete sich die Tür zum Lokschuppen und der Pächter trat fettverschmiert nach draußen.

»He, was machen Sie da!« rief er, als Tristan hinter der Tür zum Vorschein kam.

»Haben Sie ein Telefon?« fragte Tristan und deutete auf den Koffer. »Hier liegt eine Bombe! Sie sollten die Polizei rufen!«

Tristan war klar, dass er den Befehl van Veens missachtete, als er die Polizei einschaltete, aber das Risiko wollte er eingehen.

Das gefiel Hauptkommissar Pfeiffer überhaupt nicht. Irle hatte eine Bombe gefunden und er hatte das Nachsehen. Eine ganze Armee von Polizisten unter der Führung von Polizeiinspektor Dr. Herbert von Hufstein sicherte den Bereich um den Lokschuppen. Der Schienenverkehr wurde eingestellt und sogar die Hüttentalentlastungsstraße wurde gesperrt, die unmittelbar am Lokschuppen vorbeiführte. Noch hatten die Schakale der Presse nichts mitbekommen, wie Pfeiffer zufrieden feststellte, doch ihr Auftreten glich einem Naturgesetz.

Zusammen mit seinem Kollegen Holzbaum standen sie am geöffneten Eingangstor und sicherten es. Keine zehn Meter entfernt hantierte das Bombenentschärfungskommando.

»Vielleicht hat der Inspektor doch recht«, knurrte Pfeiffer und schielte zu Irle, der von zwei Beamten in Uniform auf der anderen Straßenseite bewacht wurde.

»Müssen wir hier so nah dran stehen?« fragte Holzbaum nervös.

»Ich meine, kaum haben wir ihm einige Informationen gegeben, da findet er auch schon eine Bombe«, ärgerte sich Pfeiffer.

»Chef, wir tragen keine Sicherheitswesten«, monierte Holzbaum, ohne auf Pfeiffers Gerede einzugehen.

»Holzbaum, jetzt mach dir nicht in die Hose«, schnaufte Pfeiffer und steckte sich eine Zigarette an. »Die Expertin vom BSK hat doch gesagt, dass es nur eine kleine Menge Sprengstoff ist.«

»Ja, schon«, nickte Holzbaum, »aber die hatte auch einen gepanzerten Schutzanzug an.«

Das Entschärfungskommando gab ein Zeichen, dann entfernte es sich von der Bombe. Besagte Expertin nahm ihren Helm ab und rief: »Ihr könnt kommen. Das Ding ist jetzt sauber!«

»Als ob es jemals schmutzig war«, brummte der Hauptkommissar.

Auf der anderen Straßenseite löste sich Tristan von seinen Bewachern und trat zu Pfeiffer. Inspektor von Hufstein verließ ebenfalls einen gepanzerten Überwachungswagen und eilte zu den Kommissaren.

»Inspektor von Hufstein«, ätzte Pfeiffer, »Sie hatten ja noch nicht das Vergnügen, Herrn Irle kennenzulernen.«

Der Inspektor musterte den Mann in der Strickjacke und fragte Pfeiffer scharf: »Was sucht der Mann noch hier?«

»Keine Ahnung«, zuckte Pfeiffer mit der Schulter und ging zusammen mit Holzbaum in Richtung Bombe.

»Sie haben hier nichts verloren«, bellte von Hufstein.

»Immerhin habe ich die Bombe gefunden«, erwiderte Tristan selbstbewusst.

»Vielleicht haben Sie die Bombe ja selbst platziert?« knurrte der Polizeiinspektor und rief zwei Beamte zu sich. »Sorgen Sie dafür, dass dieser Mann das Gelände verlässt.«

Wie Pfeiffer erwartet hatte, tauchten plötzlich die Hüter der vierten Gewalt auf und stürzten sich gleich auf den Detektiv.

Die beiden Beamten zögerten und sahen zum Polizeiinspektor, der zerknirscht in die Kamera eines Fernsehsenders blickte.

»Herr Irle, was geht hier vor?« fragte einer der Journalisten.

Tristan trat vor und sofort wuchs ein Mikrofonstrauch vor ihm.

»Meine Damen und Herren«, antwortete Tristan freundlich, »darf ich Ihnen Polizeiinspektor von Hufstein vorstellen?« Er wandte sich von Hufstein zu. »Der oberste Polizist des Landes Nordrhein-Westfalen wird Ihnen das besser erklären können.«

Der Detektiv trat einen Schritt zurück und sogleich umringten die Journalisten den Inspektor.

Von Hufstein, von diesem Manöver überrascht, schluckte seinen Unmut hinunter und stellte sich nochmals vor. Tristan trat einen weiteren Schritt zurück und als von Hufstein völlig von den Journalisten eingekesselt war, ging er ohne weitere Störungen zum Fundort.

»Sie haben den Polizeiinspektor ausgetrickst«, grinste Holzbaum zufrieden.

»Auf die Presse kann man sich einfach verlassen«, antwortete Tristan spitzbübisch. »Was haben Ihre Leute herausgefunden?«

»Kommen Sie mit«, bat Holzbaum.

Sie gingen zu Pfeiffer, der gerade erklärt bekam, um was es sich bei der Bombe handelte.

»Es ist eine einfache Konstruktion«, erklärte die Expertin vom Entschärfungskommando. »Ein Mobiltelefon dient als Zünder. Alles in allem nichts Kompliziertes. Das Einzige, was mich beunruhigt, ist der Sprengstoff. Es handelt sich hier um Semtex. Ein äußerst gefährlicher Stoff und hochexplosiv.«

»Was heißt das genau?« hakte Pfeiffer nach.

»Nun ja«, antwortete die junge Frau und klopfte gegen ihren Schutzanzug. »Der hätte nicht viel geholfen, wenn das Schätzchen hochgegangen wäre. Das bisschen Sprengstoff im Koffer hätte den Lokschuppen eingeebnet.«

»Oh«, stöhnte Holzbaum, »und wir standen gleich nebendran.«

»Es wäre schnell mit Ihnen vorbei gewesen«, meinte sie gelassen, »viel schlimmer ist, dass der Erbauer an Semtex herangekommen ist.«

Plötzlich klingelte Bachs Handy in Tristans Strickjacke.

Verdutzt griff er nach dem Handy und sagte: »Ja!«

»Sie haben meinen Anordnungen nicht Folge geleistet«, sagte van Veen fast amüsiert. »Ich sagte: Keine Polizei! Für diese Ungezogenheit bestrafe ich Sie jetzt!«

Damit war das Gespräch beendet.

»Das war van Veen«, sagte Tristan verstört. »Ich glaube, dass gleich etwas Schreckliches geschehen wird.«

9

Die Explosion war bis zum Lokschuppen zu hören. Schreie mischten sich mit Feuerknistern. Sina hatte die Druckwelle von Tristans Haustür weggerissen und auf das Pflaster geworfen. Erich war gerade ins Kirchenschiff gegangen, als draußen die Sprengladung explodierte. Wie durch ein Wunder blieben die Kirchenfenster heil. Der Diakon rannte zum Seitenausgang und war auf das Schlimmste gefasst. Als er den Hof hinter der Marienkirche betrat, konnte er die Situation nicht fassen.

Die Bühne war ein Trümmerhaufen. Teile der Beschallungsanlage verteilten sich auf den Hof, aber, als wäre es das zweite Wunder, die meisten Menschen waren mit einem Schrecken davongekommen. Die wenigen, die sich verletzt hatten, waren hingefallen oder von Teilen der Beschallungsanlage getroffen worden. Erich erkannte Sina, die sich langsam aufrappelte und eilte zu ihr.

»Sina, alles in Ordnung mit dir?« rief er ängstlich.

»Alles klar«, antwortete Sina und betrachtete ihre ruinierte Hose. Auch ihre hohen Absätze hatten etwas abbekommen. »Den Kerl bringe ich um«, zischte sie und zog sich die Schuhe aus. »Erich, ich sage dir, wenn Tristan den Typ nicht zur Strecke bringt, dann tue ich es, ganz ehrlich!«

Erich musste laut lachen. Der ganze Schock löste sich.

»Wie ist das möglich«, sagte unterdessen Sina, die erstaunt den Hof betrachtete. »Ich müsste tot sein!«

»Sei froh, dass du lebst«, rief Erich und umarmte sie.

»Ist ja gut«, brummte Sina, »lass uns den anderen helfen.«

Von überall her strömten plötzlich helfende Menschen. Aber die wenigen Verletzungen waren mit Jod und Pflaster schnell versorgt. Viele sahen Erich ungläubig an, als wäre er für das Wunder verantwortlich. Mit seinen zwei Metern und der schwarzen Kleidung wirkte er in dem Chaos wie ein Fels in der Brandung. Der Schock stand den Beteiligten ins Gesicht geschrieben und Erich half ihnen. Sina saß auf Tristans Bank und beobachtete den Kirchenmann.

»Das ist wie ein Wunder«, sagte plötzlich Nicolaas Brant neben ihr.

»Da sagen Sie etwas«, antwortete Sina und musterte den Illusionist. »Sind Sie auch Priester?«

»Oh nein, Nicolaas Brant, Illusionist«, lächelte er. »Ich sollte eigentlich jetzt proben.«

»Ach, daraus wird wohl nichts«, meinte Sina trocken.

»Ja, daraus wird jetzt nichts«, wiederholte der Mann und sah zu Erich. »Schwarze Kleidung kann beruhigend auf die Menschen wirken.«

»Ja, sie hat etwas Sakrales«, nickte Sina. »Zudem ist sie wohl auch besser für Tricks geeignet.«

Nicolaas grinste. »Das haben Sie gut erkannt.« Dann sah er Sina intensiv an und fragte: »Ihnen ist nichts passiert?«

»Mir ist nichts passiert«, stöhnte sie, »aber meine Schuhe und die Hose kann ich in den Müll werfen.«

»Was für eine Schande«, antwortete Nicolaas ernst.

Darauf musste Sina lachen.

»Sie haben Recht, was beschwere ich mich«, nickte Sina.

Mit Sirenengeheul schoss Pfeiffers Auto um die Ecke und blieb in der Hofeinfahrt stehen.

Sina schüttelte den Kopf.

»Die Polizei ist da, jetzt kann uns nichts mehr geschehen.«

Nicolaas lächelte.

Pfeiffer, Holzbaum und auch Tristan stiegen aus dem Wagen, während weitere Polizeiautos sich hinter Pfeiffers Dienstwagen sammelten. Beamte strömten aus.

»Sina, alles in Ordnung?« rief Tristan, als er sie auf der Bank sitzen sah.

»Warum fragen mich das alle nur?« sagte sie genervt.

»Sehen Sie mal in den Spiegel«, meinte Nicolaas. »Ich glaube, Ihre Frisur wurde ebenfalls ruiniert.«

»Was für eine Sauerei!« schimpfte Pfeiffer und fragte: »Wie viele sind umgekommen?«

»Niemand!« antwortete Nicolaas ruhig.

»Was?!« Pfeiffer glotzte den Illusionisten an.

»Herr Pfeiffer«, rief Sina, »es ist niemand ernstlich zu Schaden gekommen.«

Tristan setzte sich zu Sina. »Wie ist das möglich?«

»Erich meint, es ist ein Wunder«, antwortete Sina skeptisch.

»Nun ja«, brummte Tristan, »manchmal passt der da oben auf.«

10

Marlowe begann sein Verlies allmählich zu hassen. Die Explosion hatte ihn so sehr erschreckt, dass er sich in dem engen Käfig fast die Flügel gebrochen hätte. Das Futter bestand aus alten Körnern und Marmelade gab es überhaupt nicht. Dass seine Entführer keine Lust hatten, den Vogel zu füttern, lag daran, dass Marlowe keinen der beiden Wächter leiden mochte. Zudem hatte sein kräftiger Schnabel dem Kleineren bereits eine dicke Fleischwunde in die Hand gerissen.

Der Kakadu spürte, dass die Männer langsam nervös wurden. Irgendetwas Großes lag in der Luft. Doch noch passten sie mit Argusaugen auf ihn auf. Momentan war nur der Kleinere mit der verletzten Hand bei Marlowe.

Der Kakadu spreizte seinen Kamm und gab *Pst* von sich.

Sein Kerkermeister horchte auf.

Marlowe wiederholte den Ton: *Pst*.

Der Kerkermeister trat an das Verlies.

»Halt den Schnabel«, schimpfte er.

Marlowe beeindruckte das nicht und brabbelte: »Verehrter Freund, so sei denn nicht vermessen, / Sei zart und schweig auch du. / Bedenk: Man liebt den Käse wohl, indessen / Man deckt ihn zu.«

4. Die Feuerwehrmänner begannen ...

Freitagabend

Die Feuerwehrmänner begannen den Platz aufzuräumen. Pfeiffer saß mit Tristan auf der kleinen Holzbank. Holzbaum und der Wisse Ohm standen neben der zerstörten Bühne und sahen der jungen Frau vom Bombenentschärfungskommando zu, wie sie mit ihrem Team einige der zerstörten Bühnenteile untersuchte.

Sina hielt sich seit einer Stunde in Tristans Badezimmer auf. Was sie da machte, blieb den Männern ein Rätsel.

»Erich hat nicht ganz Unrecht, von einem Wunder zu sprechen«, sagte Tristan und blies einen Rauchkringel in die warme Abendluft. »Niemand wurde bei dem Chaos ernsthaft verletzt.«

»Wo ist der Diakon?« fragte Pfeiffer und sah sich um.

»In der Kirche«, antwortete Tristan.

»Warten wir ab, was die Expertin zu sagen hat«, bemerkte Pfeiffer und sah zur Bühne. »Ohne ihren unförmigen Schutzanzug gibt die Bombenexpertin eine passable Figur ab.«

»Sie haben Ihren Sinn für das Wesentliche nicht verloren«, kommentierte der Detektiv.

»Wie Sie ja schon erwähnten«, grinste Pfeiffer, »niemand wurde ernstlich verletzt, also warum nicht den Blick auf das Schöne in dieser Welt richten, hm?«

Tristan nickte und sah ebenfalls zur Bühne.

Dort schienen die Untersuchungen ein Ergebnis gebracht zu haben. Der Wisse Ohm, Holzbaum und die Bombenexpertin kamen auf die beiden zu.

»Und, was gefunden?« fragte Pfeiffer neugierig.

»Das kann man wohl sagen«, antwortete Holzbaum.

»Na, dann schießen Sie mal los«, forderte der Hauptkommissar die Expertin auf.

»Die Explosion wurde von dem gleichen Sprengstoff ausgelöst, wie er in der Kofferbombe zu finden war«, erläuterte die Expertin. »Die Menge war zudem so ausgelegt, dass sie nur die Bühne zerstörte. Außerdem war die Sprengladung so angebracht, dass die Druckwelle zum größten Teil geradeaus in den Hof geleitet wurde.«

»Deshalb sind die Fenster heil geblieben«, brummte der Wisse Ohm.

»Ja, und noch etwas«, fuhr die Expertin fort. »Die Druckwelle ist im Winkel von 45° in die Höhe geschleudert worden. Wer immer die Ladung angebracht hat, er ist ein Experte und er wollte mit der Explosion ganz sicher niemanden töten. – Das kann nur ein ausgezeichneter Sprengmeister! Die Explosion hat nichts mit dem simplen Aufbau der Kofferbombe gemeinsam.«

»Damit wäre das Wunder wohl vom Tisch«, bemerkte Pfeiffer trocken.

»Nicht nur das Wunder«, erläuterte die Bombenexpertin, »sondern auch der Terrorist.«

Die Männer sahen die junge Frau verblüfft an.

»Leute, die Bühnensprengung war so exakt, das hat nichts mit einer Rohrbombe oder so zu tun. Das war ein ausgebildeter Experte!«

»War es dann eine Warnung?« fragte Tristan nachdenklich. »Wieso dann die Kofferbombe?!«

»Keine Ahnung«, antwortete die Expertin. »Aber nochmals, es gehört eine Menge Erfahrung dazu, eine solche Explosion ohne Verletzte durchzuziehen.«

»Was ist mit dem Sprengstoff? Kann man seinen Ursprung verfolgen?« mischte sich der Wisse Ohm ein.

»Es handelt sich um Semtex, wie ich ja schon erwähnte«, antwortete die Bombenexpertin. »Dieser Sprengstoff ist mit einem sogenannten Marker versehen. Einer Substanz, die den Hersteller und damit den Fabrikationsort ermitteln lässt.«

»Und?« Der Wisse Ohm sah die Beamtin auffordernd an.

»Das Zeug stammt aus alten Ostblockbeständen. Die Tschechen haben das Zeug in den sechziger Jahren entwickelt. Es handelt sich hier um eine Semtex-Version, die sehr alt ist. Ich vermute, dass man sie auf dem Schwarzmarkt erworben hat.«

»Also hilft uns das nicht weiter«, stöhnte Pfeiffer.

»Nicht unbedingt«, erwiderte die Expertin. »Die Tschechen haben eine Datenbank, die alle Produktionsmengen auflistet. Die können uns vielleicht weiterhelfen.«

»Wenigstens ein kleiner Hinweis«, murmelte Tristan.

»Ich habe einen guten Freund bei der Prager Polizei«, grinste sie. »Der hat mir einiges beigebracht, ihn werde ich noch heute Abend anrufen.«

»Nun«, schnaufte Pfeiffer und stand auf, »dann sind wir hier erst einmal fertig. Bin sicher, dass unser Polizeiinspektor jetzt einen Bericht hören will.«

»Glauben Sie noch immer an einen terroristischen Anschlag?« fragte der Wisse Ohm.

»Bin mir nicht mehr sicher«, antwortete Pfeiffer nachdenklich. »Es wäre schon ein sehr humaner Terrorist, der keine Menschen verletzen will.«

Die Sonne glitt langsam im Westen hinter den Horizont. Lokale Nachrichtensender berichteten aufgeregt über die Bühnenexplosion und fragten: Sind die kommenden Tage sicher? Zeitungsredakteure, von Hause aus ein wenig ruhiger, sortierten erst einmal alle Fakten, bevor sie die Ereignisse des Tages zusammenfassten. Von allem bekam Tristan nichts mit. Er hatte keinen Fernsehapparat laufen, noch hörte er Radio.

Mit einer qualmenden Pfeife im Mund, einer Flasche Rotwein neben sich und einem Glas in der Hand saß er auf seiner Holzbank und dachte nach.

Der Wisse Ohm frönte seiner liebsten Eigenart: Er war verschwunden. Sina hatte das Badezimmer verlassen und auf wundersame Weise ihre Haarfarbe verändert. Statt lila schimmerte ihre klassische Bobfrisur jetzt goldfarben. Sie saß in einem kurzen Sommerkleidchen neben dem Detektiv und genoss bereits das zweite Glas. Sina hatte es wieder geschafft, ihre Haarfarbe den Tönen des Sommerkleides anzupassen. Erich hielt in der Kirche eine Messe, die ausnahmsweise mal gut besucht war.

»Wo hast du eigentlich das Kleid her?« fragte Tristan. »Im großen Koffer war es ja nicht, bei all dem Technikkram.«

»Nein, es war im Handgepäck, der kleine Koffer«, antwortete Sina. »Es knittert nicht, wenn man es zusammenfaltet.«

»Toller Stoff«, lobte der Detektiv, »und steht dir ausgezeichnet.«

»Danke«, lächelte Sina.

»Helga würde es sicher auch gefallen«, meinte Tristan. Er vermisste seine Freundin.

»Sicher«, nickte Sina. »Wann kommt sie zurück?«

»Sonntag«, antwortete Tristan. »Bis dahin müssen wir Marlowe gefunden haben.«

»Das werden wir.« Sina prostete Tristan zu.

Der Detektiv blies einen großen Kringel in die Luft.

»Warum wollte van Veen niemanden verletzen, Tristan?« fragte Sina nachdenklich. »So diabolisch er sich am Telefon anhörte?!«

»Das ist eine gute Frage«, brummte Tristan und fügte mehr in Gedanken als bewusst laut hinterher: »Was wäre wohl passiert, wenn es Tote gegeben hätte?«

»Man hätte das Fest abgesagt«, antwortete Sina automatisch. »Ganz sicher, nach dem Desaster in Duisburg!«

Tristan sah zu Sina. »Das würde also bedeuten, dass er das Fest nicht sabotieren will!«

»Na ja!« Sina deutete auf die Bühne. »Das ist schon etwas krank. Er sprengt eine Bühne in die Luft und will dennoch das Fest nicht ruinieren!? Dem müsste man mal ins Gehirn schauen!«

»Nein, nein«, Tristan beugte sich nach vorn. »Der Kerl hat bis jetzt nichts Unüberlegtes getan, oder?!«

»Wenn man den Aufwand betrachtet, mit dem er dich in die Unterstadt gelockt hat«, sie schüttelte ihren Kopf, »das hätte ein Zettel an der Haustür doch auch getan. Also ganz dicht ist der nicht! Wo steckt eigentlich das Handy?«

»Sicher verwahrt unter einem Stapel Handtücher.«

»Du lernst schnell.« Sie lächelte ihn verschmitzt an.

»Wir schweifen ab, bleiben wir bei der Sprengung.« Tristans graue Zellen begannen zu arbeiten. »Gehen wir einmal davon aus, dass das Fest für seinen Plan ausschlaggebend ist, und gehen wir ebenfalls davon aus, dass er nichts Unüberlegtes tut, dann kann die Sprengung der Bühne doch nur bedeuten, dass sie ihm irgendwie im Wege stand, oder?«

Sina blickte zu den Überbleibseln der Bühne. »Jetzt stört sie ihn wohl nicht mehr.«

»Bleib ernst, Sina«, mahnte der Detektiv. »Nehmen wir weiter an, dass die Kofferbombe, die ich finden sollte, seine Drohung untermauern sollte ...«

»... dann hat er mit der Bühnensprengung sozusagen einen schwarzen Rappen verursacht«, antwortete Sina.

»Ja genau, eine Tautologie«, murmelte Tristan. »Die Bezeichnung Rappe besagt ja, dass das Pferd schwarz ist. Die Kofferbombe impliziert, dass er Explosionen verursachen kann. Da muss man nicht extra noch eine ausführen. Der Mann weiß ganz genau, was er treibt. Die Kofferbombe wäre Zeichen genug gewesen.«

»Es sei denn, ihm ist die Bühne dazwischengekommen«, sagte Sina.

»Nein«, schüttelte Tristan den Kopf. »Die Bühne stand in der Planung fest. Es muss etwas mit der Bühne zu schaffen haben. Aber es handelt sich nicht um die Bühne an sich.«

»Kompliziert?!« stöhnte Sina.

»Das ist es doch immer«, antwortete Tristan und blies einen weiteren Kringel in die Luft.

»Wenn der Standort der Bühne nicht das Problem ist«, hakte Sina nach, »dann muss es die Benutzung sein, richtig?«

»Genau das habe ich mir auch gerade überlegt«, nickte der Detektiv und hantierte mit einem Tabakstopfer im Pfeifenkopf herum.

»Aber wie kann die Bühnenbenutzung zu einem Problem werden?« grübelte Sina laut.

»Vielleicht ist es das Programm«, sagte Tristan.

Sina nahm einen kräftigen Schluck und fixierte Tristan. »Das ist jetzt nicht dein Ernst?! Das Programm?! Du denkst, der Typ sprengt eine Bühne, weil ihm das Programm nicht gefällt?! Hallo, das ist schon recht durchgeknallt, Tristan?!«

»Aber was wäre, wenn van Veen aktiv bei der Durchführung des Festes eingeplant ist«, überlegte Tristan und schenkte Sina nach, »und er, durch welchen Umstand auch immer, nun etwas mit der Bühne zu schaffen hat, ihm das aber ganz und gar nicht in den Kram passt, weil sein eigentlicher Plan sonst gefährdet wäre!«

»Er müsste einen Weg finden, aus der Sache herauszukommen«, führte Sina den Gedanken weiter. »Der erste Schritt wäre wohl, sich an Geiger zu wenden.«

»Richtig, und wenn das nicht gefruchtet hätte ...« Tristan nippte an seinem Glas, »... dann „boom“!«

»Worauf warten wir noch«, Sina stand auf und leerte das Glas in einem Schluck, »lass uns diesen Geiger besuchen.«

2

Eine große Krisensitzung im *Hauptquartier* war einberufen worden. Da Geigers Büro für die Besprechung viel zu klein war, hatten die Beteiligten sich vor der alten Jugendherberge versammelt. Aus diesem Grund schleppten Geiger und Betty die Tafel mit dem Einsatzplan nach draußen.

Neben Geiger würde Katrin Becker die Sitzung leiten. Sie hatte vom Bürgermeister volle Rückendeckung, was ihr erlaubte, zusammen mit Geiger am Vorabend des NRW-Tages alle notwendigen Entscheidungen zu treffen, die nötig waren, um das Fest für die Altstadt zu retten.

Hans-Jürgen betrachtete die Versammlung mit skeptischen Blicken. Juliane hatte er in der Gruppe noch nicht ausgemacht, deshalb fragte er: »Ist Juliane bei der Explosion was passiert?«

»Nein«, antwortete Geiger, als die Tafel in Position stand. »Sie hat sich beim Aufräumen die Klamotten versaut. Sie zieht sich um und wird gleich kommen.«

»Fürs Aufräumen war sie doch gar nicht mehr zuständig«, sagte Hans-Jürgen überrascht.

»Du warst ja nicht da«, bemerkte Betty unfreundlich.

»Jetzt fangt nicht schon wieder einen Streit an«, ging Geiger dazwischen. »Wir sollten froh sein, dass niemand ernstlich verletzt wurde.«

»Da hat Matthias völlig recht«, ergriff Katrin das Wort. »Nur *ein* Schwerverletzter und das Fest wäre abgesagt worden.«

»Weiß man, wie es zu dieser Explosion kommen konnte?« hakte Hans-Jürgen nach.

»Die Polizei hält sich bedeckt«, antwortete Katrin.

»Aber es hat etwas mit dieser Drohung zu tun?« fragte ein anderer Marktmeister.

»Wahrscheinlich«, nickte Katrin. »Aber nach Einschätzung der Polizei bekommen wir das in den Griff, wenn wir einige Vorsichtsmaßnahmen ergreifen.«

»Wir sind keine Bombenexperten«, knurrte Hans-Jürgen.

»Das müsst ihr auch nicht sein«, erklärte Geiger. »Die Polizei ist gerade dabei, alle Bühnen genauestens zu untersuchen. Sie werden anschließend die ganze Nacht von Beamten bewacht. Damit dürfte das Risiko einer zweiten Bühnenexplosion gegen Null tendieren.«

»Durch den Verlust der Altstadtbühne verlieren wir einen wichtigen Programmpunkt«, sagte Katrin, »wir wollen versuchen zu retten, was zu retten ist.«

»Deshalb seid ihr hier«, übernahm Geiger. »Ein paar Programmpunkte lassen sich auch ohne Bühne durchführen.«

Geiger stellte sich vor die Tafel.

»Die Bühnenshow des Illusionisten fällt aus, ebenfalls fallen die Bands mit besonderer Bühnentechnik weg.« Er nannte verschiedene Band-Namen. »Das macht zirka ein Drittel des Programms aus. Die Blaskapellen sowie die Komiker kommen mit ein paar Mikrofonen und Lautsprechern aus. Damit sie einen ordentlichen Platz vorfinden, werden wir ein paar Bühnenpodeste aufstellen.«

»Das wird denen aber nicht gefallen«, maulte Hans-Jürgen. »Damit muss ich mich dann wohl rumschlagen.«

»Nach dem, was passiert ist«, sagte Katrin energisch, »wird sich keiner beschweren. Sie werden froh sein, dennoch auftreten zu können.«

»Natürlich benötigen sie ein wenig mehr an Hilfe«, sagte Geiger, »aber das werden wir hinkriegen.«

»Wer hat die Leute informiert, die nicht auftreten können?« hakte Hans-Jürgen nach.

»Das haben wir zum Teil schon erledigt«, sagte Betty.

Dann begannen sie in die Details zu gehen.

Tristan staunte, wie Sina trotz der hohen Schuhe seinem Tempo folgen konnte. Sie stöckelte über das alte Pflaster der Stadt, als hätte sie nie was anderes getan.

»Sind die Dinger nicht unbequem?« fragte Tristan, als sie am Ende der Oberen Metzgerstraße ankamen.

»Sie sind vor allem schick«, antwortete Sina und blickte auf das Paar Manolos. »Und sauteuer!«

»Wo sind deine Plateauschuhe geblieben?« Tristan erinnerte sich noch sehr lebhaft an die zentimeterdicken Sohlen.

»Sie wurden vom Modegeist geholt«, antwortete Sina. »Würden ja schlecht zu diesem Kleid passen.«

»Sina, du erstaunst mich immer wieder«, grinste der Detektiv.

»Warum?«

»Du redest wie eine Tussi«, erläuterte Tristan.

»Ehrlich?!« Sina schüttelte ihren goldfarbenen Haarschopf. »Da müsstest du mal die Nerds anschauen ...«

»Die was?«

»Computerfreaks, pickelige Jungen mit dicken Brillen«, grinste Sina. »Wenn die mich sehen, läuft ihnen der Sabber herunter.«

»Das kann ich mir vorstellen«, nickte Tristan.

»Weißt du, da habe ich zum ersten Mal verstanden, dass Schuhe Macht bedeuten können.« Sie klopfte Tristan auf die Schulter. »Ich bekomme alle Infos und Tricks aus den Nerds heraus, da bin ich gerne mal eine Tussi.«

Sie erreichten den Eingang zum Schlosspark.

Die Straßenlampen warfen hier nur ein schwaches Licht auf den Gehweg.

»Das sieht finster aus«, stellte Sina ängstlich fest.

»Keine Angst«, beruhigte der Detektiv. »Die ehemalige Jugendherberge ist da drüben, wo das Licht brennt.«

»Okay, das ist nicht weit«, flüsterte Sina und sah sich skeptisch um.

»Außerdem kannst du deine Schuhe auch als Spitzhacke benutzen, oder?!«

Sie gab Tristan einen Klaps.

Nach wenigen Schritten erreichten sie die Jugendherberge.

»Wir sind nicht überfallen worden!« stellte Sina fest.

»Gut für deine Schuhe«, antwortete Tristan, dann lachten sie. »Da sind Leute!«

Die Versammlung hatte sich aufgelöst. Katrin, Betty und Geiger standen jedoch noch vor dem Plan.

»Guten Abend!« rief Tristan.

Die drei drehten sich um.

»Herr Irle!« Geiger kam auf sie zu. »Was führt Sie zu so später Stunde zu mir?«

»Frau Santes haben Sie ja schon kennengelernt«, sagte Tristan.

»Ja sicher«, nickte Geiger. »Sie haben sich verändert!«

»Gefällt's Ihnen?« kokettierte Sina.

»Ausgezeichnet«, murmelte Geiger, »so eine Haarfarbe habe ich noch nicht gesehen.«

»Spezialmischung«, antwortete Sina stolz.

»Kommen Sie, ich stelle Ihnen meine Assistentin und die Pressesprecherin der Stadt vor.«

Geiger führte sie zur Tafel.

»Hallo, Herr Irle«, grüßte Katrin, »lange nicht mehr gesehen.«

»Hallo, Frau Becker«, erwiderte Tristan.

Während Sinas Aussehen bei Männern eine gewisse Neugierde auslöste, musterten Betty und Katrin die junge Frau skeptisch.

Sina spürte die kühle Reserviertheit und sagte mit einem schelmischen Lächeln: »Verzeihen Sie mein Tussi-Outfit, aber dieser gestandene Mann bestand darauf.« Sie klopfte Tristan auf den Hintern. »Die Strapse konnte ich ihm noch ausreden.«

»Sina!?« platzte es aus Tristan heraus. »Doch nicht vor fremden Leuten.«

Damit war das Eis gebrochen.

»Herr Irle, wo haben Sie denn diese junge Frau aufgetrieben?« fragte Katrin und hatte Mühe, ihr Grinsen zu unterdrücken.

»Sie kam einfach so über mich«, antwortete Tristan in einem Tonfall, den stolze Väter aufsetzen, wenn sie von ihren Sprösslingen sprechen.

»Sie ist ein Computergenie«, bemerkte Geiger trocken. »Also lasst euch nicht vom Aussehen täuschen.«

»32-bit-Systeme oder 64?« fragte Betty noch unbeeindruckt.

»Beides sowie OS Zehn und alles, was Microsoft so auf den Markt bringt. Darüber hinaus komme ich mit fast jeder Programmiersprache klar.« Sina lächelte Betty freundlich an.

»Okay«, nickte Betty und sagte: »Tolle Manolos!«

»Frauen?!« brummte Tristan.

»Nun, wegen der Manolos werden Sie ja nicht hier sein«, sagte Geiger. »Was können wir also für Sie tun?«

»Ich möchte auf Ihr Angebot von heute zurückkommen«, begann Tristan. »Wir haben da eine Vermutung, die wir überprüfen möchten.«

»Um was für eine Vermutung handelt es sich denn?« fragte Katrin.

Tristan erläuterte seine Überlegungen.

»Sie glauben also«, fasste Katrin nachdenklich zusammen, »dass wir den Mörder in unseren Reihen finden werden.«

»Es sieht so aus«, nickte der Detektiv. »Die Frage, die sich jetzt stellt: Hat es eine plötzliche Umbesetzung gegeben?«

»Ja, die hat es gegeben!« nickte Geiger. »Wir haben durch den plötzlichen Tod Bachs die Aufgaben der Marktmeister neu verteilt.«

»Eigentlich nur von zwei Marktmeistern«, ergänzte Betty. »Und jetzt verstehe ich auch, warum Hans-Jürgen so drauf ist.«

»Hans-Jürgen?« wiederholte der Detektiv.

»Hans-Jürgen Mühlenbach«, erklärte Geiger, »hat die Bühne hinter der Marienkirche zugesprochen bekommen, damit Juliane Brückenberg sich um den Schlosspark kümmern kann.«

3

»Das ist eine Katastrophe!» schimpfte Polizeiinspektor Dr. Herbert von Hufstein und trommelte mit der Faust auf die Tischplatte. »Die Terroristen haben eine Bombe gezündet. Wo waren Sie?«

Die Einsatzkommandos des Bundeskriminalamtes (BKA) sowie der Siegener Polizei saßen in der Kreispolizeibehörde und ertrugen die Wutausbrüche ihres Vorgesetzten.

»Da, wo auch Sie waren«, knurrte Pfeiffer, dem das Gehabe des Düsseldorfers gehörig auf die Nerven ging, »beim Lokschuppen. Außerdem handelt es sich bei dem T_e_r_r_o_r_i_s_t_e_n anscheinend um einen Menschenfreund, was ihn dann irgendwie wieder nicht zu einem Terroristen macht.«

Von Hufstein, im Allgemeinen nicht gewohnt, in seinen Wutausbrüchen unterbrochen zu werden, visierte jetzt im Speziellen den Hauptkommissar an.

Pfeiffer ignorierte von Hufsteins Blick und knurrte weiter: »Außerdem halten die meisten Kollegen hier aus Siegen Ihre Einschätzung im Falle von Tristan Irle für idiotisch. Schließlich hat er uns zur Kofferbombe gerufen.«

»Ja, ganz genau«, donnerte der Inspektor, »und zwar damit er in aller Ruhe die Bühne sprengen konnte.«

»Herr von Hufstein«, bremste Polizeidirektor Wilhelm Flender. »Herr Irle ist ein alter Bekannter, er lässt keine Bomben hochgehen.«

»Seid ihr hier denn alle vom Esel gerammelt worden?« Von Hufstein beherrschte die verbale Entgleisung perfekt. Besonders gut wurde er, wenn ihm die Dinge über den Kopf zu wachsen drohten. »Erkennt denn keiner, in welcher Gefahr wir stecken?!«

»Momentan sind Sie die größte Gefahr«, flüsterte ein Siegener Beamter.

»Wer hat das gesagt?!« brüllte von Hufstein.

»Das ist völlig egal«, ergriff Pfeiffer wieder das Wort. »Hören Sie, wir wollen auch nicht, dass morgen etwas Schreckliches passiert. Aber die Bombenexperten sind sich alle einig, dass die Bühnensprengung absichtlich so gestaltet wurde, dass niemand dabei zu Schaden kommen sollte. Das kann nur ein ausgebildeter Sprengmeister!«

»Aber erkennen Sie denn nicht den perfiden Plan dahinter?« Von Hufstein begann langsam herunterzuschalten. »Selbst wenn ich mich bei Ihrem geschätzten Irle irre, könnte es doch Absicht gewesen sein, niemanden zu verletzen.«

»Davon sprechen wir doch die ganze Zeit«, schnaufte Flender.

»Nein, nicht so als Menschenfreund«, ätzte der Inspektor, »als Falle, damit wir glauben, alles sei gut. Aber morgen geht dann eine große Bombe in die Luft.«

»Wir lassen gerade alle Bühnen nach Sprengstoff untersuchen«, mischte sich der Mann vom BKA ein. »Danach bleiben die Bühnen unter ständiger Bewachung.«

»Wir sollten das Fest absagen«, stöhnte von Hufstein. Es schien, als hätte er alle Energie aufgebraucht.

»Das ist keine gute Idee«, erwiderte Pfeiffer. »Wir ermitteln immer noch in einem Mord.«

»Pfeiffer hat recht«, sagte Flender. »Wir haben momentan nur eine Drohung gegen einen weißen Kakadu. Wenn dieser van Veen es ernst meinte, dann hätte er heute, weiß Gott, eine gute Möglichkeit gehabt, Menschen zu töten.«

»Und was ist mit dem Foto von Mustafa Achraf?« fragte von Hufstein müde.

»Das ist in erster Linie einmal sehr, sehr unscharf«, brummte Pfeiffer.

»Die Experten sind sich einig«, erwiderte der Inspektor.

»Die können sich auch irren«, beharrte Pfeiffer.

»Weshalb sind Sie nur so verdammt sicher?« Von Hufstein sah Pfeiffer verächtlich an.

»Weil Terroristen gemeinhin keine weißen Kakadus entführen«, antwortete Pfeiffer. »Die hacken bevorzugt wehrlosen Menschen vor laufenden Kameras den Kopf ab.«

»Ach!« schnaufte von Hufstein.

»Außerdem hat sich Irle in den letzten Jahren eine Menge Feinde geschaffen«, ergänzte Flender. »Seine Aufklärungsquote ist unheimlich gut.«

»Der Polizeidirektor hat recht«, nickte Pfeiffer und glaubte selbst nicht, was er dann sagte: »Irle vermutet einen Racheakt, gepaart mit einem gigantischen Diebstahl.«

»Wollen die vielleicht die Landesbank ausrauben?« höhnte von Hufstein. »Da sind sie wohl ein paar Jahre zu spät, die ist nämlich geschlossen.«

»Wir wissen es nicht.« Pfeiffer ließ sich nicht beeindrucken. »Aber nach allem, was dieser van Veen auffährt, wird es sich um was Großes handeln, das spüre ich in meinen Knochen.«

»In Ihren Knochen?! Wir haben hier die Verantwortung für Hunderttausende von Menschen, meine Herren, vergessen Sie das nicht!«

»Wir müssen jetzt zu einer Entscheidung kommen«, erinnerte der Mann vom BKA. »So wie ich das sehe, klingen die von Herrn Flender und Herrn Pfeiffer vorgebrachten Argumente sinnvoll. Unsere Experten sind dabei, sich das Überwachungsfoto nochmals genau anzuschauen. Das Ergebnis erwarte ich in den frühen Morgenstunden. Sollten wir uns geirrt haben, wäre es fatal, jetzt alles abzublasen. Sollte es sich jedoch bestätigen, dass Mustafa Achraf in der Stadt ist, hätten wir immer noch genügend Zeit, das Fest abzusagen.«

Das klang für den Polizeiinspektor annehmbar.

»Wir werden uns jetzt um ein paar Nachforschungen kümmern, die Pfeiffers These betreffen«, sagte Flender. »Das erledigen Pfeiffer und Holzbaum. Ich denke, Herr von Hufstein, dass Ihre Männer ohne die beiden auskommen können.«

Der Polizeiinspektor nickte, er spürte, dass die Uhren im Siegerland anders tickten, und dagegen anzukämpfen wäre, als kämpfe man gegen Windmühlen.

4

Die Nacht war jetzt vollends angebrochen und Sina fröstelte es. Die Computerexpertin und der Detektiv standen immer noch zusammen mit Geiger, Betty und Katrin vor der ehemaligen Jugendherberge. Aufmerksam hörten Tristan und Sina dem Organisationsleiter zu, wie er vor der Tafel den Einsatzplan erläuterte.

»Sehen Sie, die blauen Kästchen gehörten zu Bachs Aufgabenbereich.« Geiger nahm einen Stift und deutete auf die bunten Vierecke. »Jede dieser Markierungen steht für eine Bühnenvorstellung. Die Kästchen stehen in Spalten. Sie sehen, dass der ganze Plan in 48 Spalten aufgeteilt ist. Jede Spalte steht für eine Stunde, beginnend mit 01.00 Uhr und endend mit 24.00 Uhr am ersten Festtag.« Er deutete auf eine fette schwarze Linie, die den Plan in zwei Hälften teilte. »Das Gleiche wiederholt sich hier für den zweiten Festtag. Sie haben sicher bemerkt, dass ab der Spalte 10.00

Uhr in den Kästchen nochmals Uhrzeiten vermerkt sind. Diese Uhrzeiten geben den Beginn der Vorstellung an.

Zum Beispiel hier die Bühne vor dem Oberen Schloss.

In dem Kästchen, das die Spalte 10.00 Uhr und 11.00 Uhr füllt, steht der Name der Band und das Ende des Auftritts der Band um 11.45 Uhr. In der folgenden Spalte 12.00 Uhr finden Sie dann den Auftritt des Magiers mit dem Vermerk: 12.15 Uhr. Die halbe Stunde Puffer benötigen wir, um die Bühne umzubauen.«

»Verstehe«, sagte Tristan. »Die farbigen Markierungen zeigen den Marktmeistern, für welche Bühne sie die ganzen zwei Tage zuständig sind. Die Beschriftungen in den Kästchen sagen den Marktmeistern, wann was stattfindet.«

»Ja, so können sich die Marktmeister auf ihre Arbeit vorbereiten. Wenn eine Vorstellung läuft, können sie sich um die nächste Bühne kümmern.«

Eine Menge Linien gingen von den blauen Kästchen zu orangefarbenen Kästchen. Das Ganze ähnelte einem chaotischen Spinnennetz, das von einer sehr beschwipsten Spinne gesponnen worden war.

»Diese orangefarbenen Kästchen sind Hans-Jürgen zugeordnet. Darunter fällt auch die Bühne hinter der Marienkirche.«

»Okay, das ist klar«, nickte Tristan und klopfte auf das Kästchen, das die gesprengte Bühne markierte. »Zurück zu unserer Vermutung, dass die Bühne hinter der Marienkirche plötzlich im Wege war. Wenn die jetzt wegfällt, was bedeutet das für Hans-Jürgen?«

Geiger folgte einer Linie und sagte: »Jetzt hat er um 12.00 Uhr eine Stunde Pause.«

»Hatte er diese Pause auch schon vorher?« hakte Sina nach. »Ich meine, bevor er die Bühne hinter der Marienkirche zugeordnet bekam?«

Geiger kontrollierte seinen Plan und sagte: »Ja, die hat er jetzt wieder.«

Sina sah Tristan verschwörerisch an.

»Was hat das zu bedeuten?« wollte Betty wissen.

»Das wissen wir noch nicht«, erklärte Tristan, »aber es ist auffällig.«

»Was wissen Sie über Hans-Jürgen?« Tristan rückte seine Halbbrille zurecht. »Kennt er sich mit Sprengstoff aus?«

»Keine Ahnung«, antwortete Geiger. »Er ist beim Team, weil er schon öfters kleinere Feste organisiert hat.«

»Lässt sich das herausbekommen?« fragte Katrin.

»Sicher!« sagte Betty und eilte in die ehemalige Jugendherberge.

»Wie war das Verhältnis zwischen Bach und diesem Hans-Jürgen?« Tristan klopfte seine Strickjacke nach einer Pfeife ab.

»Normal, würde ich sagen«, antwortete Geiger. »Wir sind eigentlich wie eine große Familie.«

»Na, dann muss es Spannungen geben«, meinte Sina. »Ich meine, das wäre doch bei einer großen Familie normal, oder?«

Betty kam mit einem Ordner zurück.

»So, mal sehen«, murmelte sie und klappte den Ordner auf. »Wir haben hier alle Mitarbeiter des Festes mit ihren Personaldaten gesammelt.«

Sie blätterte den Ordner durch und sagte schließlich: »Da haben wir ihn. Oh, nein.« Sie sah die anderen mit großen Augen an: »Er hat mal für Dynamit Nobel in Burbach gearbeitet.«

5

Das war jetzt ganz nach Pfeiffers Geschmack. Der Oberfuzzi aus Düsseldorf hatte die Sache voll gegen die Wand gefahren, was ihm endlich die Freiheit brachte. Die lästigen Fesseln bürokratischer Strukturen streifte der Hauptkommissar auf dem Weg in sein Büro mental ab. Holzbaum folgte ihm schweigend.

»Was ist los, Kollege?« fragte Pfeiffer, als sie ihr Büro betraten. »Du bist so ruhig.«

»Ehrlich gesagt«, druckste Holzbaum herum, »mich wundert dein plötzlicher Sinneswandel.«

»Was?!« rief Pfeiffer und steckte sich eine Zigarette an.

»Also, als ich dich auf die Ungereimtheiten in Hufsteins These hinwies«, sagte Holzbaum ein wenig beleidigt, »da hast du das alles nicht so gesehen. Und jetzt, wie aus heiterem Himmel, glaubst du Irle plötzlich.«

Pfeiffer inhalierte kräftig. »Das ist nichts Persönliches, klar!«

Holzbaum nickte.

»Weißt du, bei Irle ist erst einmal alles möglich. Der Typ kann einem mächtig auf die Nerven gehen.« Pfeiffer blies eine mächtige Rauchwolke aus. »Aber es ist nun einmal nicht von der Hand zu weisen, dass es wenig Sinn macht, eine Kofferbombe suchen zu lassen und dann noch eine Bühne zu sprengen.«

»Also bist du wirklich überzeugt, dass da jemand Rache an Irle übt?«

»Ja, Holzbaum! Und deshalb sollten wir, nun ja: solltest du, den Computer anwerfen und rauskriegen, ob unser hervorragendes Strafsystem nicht doch einen dieser ertappten Mörder auf freien Fuß gesetzt hat.«

»Und was wirst du unternehmen?« fragte Holzbaum nachdenklich.

»Ich?!« Pfeiffer strahlte ihn durch seine Nickelbrille frech an. »Ich werde mich mit der Bombenexpertin zusammensetzen und herausbekommen, wo dieser teuflische Sprengstoff herkommt.«

»Und du weißt, wo sich die Expertin aufhält?« wunderte sich Holzbaum. »Ich meine, dir ist schon klar, dass die nicht in Siegen stationiert ist?«

»Holzbaum, du musst noch viel lernen«, grinste Pfeiffer und klimperte mit den Autoschlüsseln. »Heute Abend ist doch die offizielle Eröffnungsfeier in der Unterstadt. Und wer ist da der Hauptgast?«

»Die Ministerpräsidentin, nehme ich mal an«, antwortete Holzbaum.

»Richtig! Und deshalb dürfte das Bombenentschärfungsteam nicht abgezogen worden sein.« Pfeiffer ging zur Tür. »Und wie mir eine nette Kollegin zuflüsterte, hat man die Truppe drüben bei der Feuerwehr einquartiert. Da schaue ich jetzt mal vorbei!«

Sprach's und verschwand.

Tatjana Lauter, die Bombenexpertin, saß im Bereitschaftsraum der Feuerwehr Siegen und tippte ihren Bericht in einen Laptop, als Pfeiffer auftauchte.

»Was für eine Überraschung«, stöhnte sie. »Haben Sie keine Mörder zu jagen?«

»Hallo, Ihnen auch einen schönen Abend«, antwortete Pfeiffer und setzte sich neben sie. »Lästig, dieser Schreibkram, was?«

»So wie Sie das sagen, lassen Sie wohl tippen?« sagte Tatjana sarkastisch.

»Noch nie was von Arbeitsteilung gehört?« grinste Pfeiffer.

»Sie nerven!« Tatjana schrieb weiter.

»Ich nehme an, dass Sie von der neuesten Entwicklung noch nichts mitbekommen haben?«

»Entwicklung von was?« fragte sie, den Blick weiter auf den Bildschirm gerichtet.

»Also, die oberste Heeresführung hegt einen berechtigten Zweifel daran, dass es sich hier um einen terroristischen Anschlag handelt.«

»Ach so?! Das war also Feuerwerk heute Mittag«, zischte sie.

»Nein, wohl eher ein Abrisskommando«, antwortete Pfeiffer.

Jetzt wurde Tatjana neugierig.

»Das erklären Sie mal genauer«, sagte sie und wandte sich dem Hauptkommissar zu.

»Sie haben Tristan Irle kennengelernt.«

»Der Mann mit Strickjacke?«

»Ja, dieser Mann mit Strickjacke. Normalerweise hat er auch noch einen Kakadu auf seiner Schulter.«

»Sie verarschen mich!« Sie sah ihn böse an.

»Nein, das ist mein voller Ernst, denn dieser Kakadu wurde vom Bombenbauer entführt. Wir vermuten, dass da eine offene Rechnung beglichen werden soll. Irle ist ein guter Detektiv und hat mit meiner Hilfe schon einige Mörder zur Strecke gebracht. Jedenfalls macht es keinen Sinn, eine Kofferbombe zu bauen und dann noch eine Bühne zu sprengen.«

»So?!«

»Das findet jedenfalls dieser Irle«, nickte Pfeiffer. »Und irgendwie klingt das auch logisch. Deshalb störte diese Bühne wohl.«

»Also wenn ich nicht wüsste, dass Sie nüchtern sind, dann ...«

»Wir können später ja noch einen trinken, um diesen Zustand zu ändern«, grinste Pfeiffer. »Aber jetzt sollten wir herausbekommen, woher dieser Sprengstoff stammt, denn mein Gefühl sagt mir, dass das noch nicht die letzte Explosion war.«

»Also doch noch ein Anschlag?« Tatjana wirkte etwas verwirrt.

»Kein Anschlag«, schüttelte Pfeiffer den Kopf. »Wohl eher eine Tresorsprengung.«

»Wo bin ich hier nur gelandet«, brummte die Expertin. »Versteckt die Regierung im Siegerland etwa ein Fort Knox?«

»Möglicherweise«, antwortete Pfeiffer. »Wer so genau eine Bühne zerstören kann, ohne jemanden ernstlich zu verletzen, der wird dann doch wohl auch andere Sachen punktgenau sprengen können, oder?«

»Gut möglich«, nickte Tatjana und öffnete ein neues Fenster auf ihrem Laptop. »Ich glaube, ich habe etwas gefunden, das Ihnen weiterhelfen könnte.«

»Was, so schnell?!« staunte Pfeiffer.

»Wie ich schon erwähnte, ich habe eine gute Quelle!«

6

Im Kamin prasselte ein Feuer. Tristan legte ein weiteres Holzscheit hinein und setzte sich dann in einen Lesesessel vor den Kamin.

»So besser?« fragte er Sina.

Die Computerexpertin saß in dem zweiten Lesesessel neben ihm. Eine leichte Sommerdecke hüllte sie bis zur Nasenspitze ein. Das Sommerkleid war eindeutig nicht für Septembernächte im Siegerland gemacht worden.

»Danke, jetzt geht es mir schon besser«, nuschelte sie am Rande der Decke vorbei.

»Du kannst hier schlafen, wenn du willst«, bot Tristan an.

»Danke, das nehme ich gerne an«, nickte Sina. »Weißt du, ich habe meine Wohnung untervermietet.«

»Du hast was?« wollte Tristan genauer wissen.

»Na ja, für das lange Wochenende habe ich mir zahlende Gäste in die Wohnung geholt«, erklärte Sina. »Du weißt gar nicht, wie viele sich gemeldet haben.«

»Warum vermietest du deine Wohnung?!« Tristan schüttelte den Kopf.

»Eigentlich säße ich jetzt in der kalifornischen Sonne und würde kalifornischen Wein kredenzt bekommen, von – und dafür hätte ich gesorgt – gut durchtrainierten Surferboys«, schnaufte Sina. »Außerdem hat die Vermietung den Flug bezahlt.«

»Also«, Tristan stand auf und ging zu seinem Weindepot, »mit kalifornischem Wein kann ich nicht dienen, aber mit einem guten deutschen Moselwein schon.«

»Okay«, brummte Sina, »der wird auch gehen.«

Der Detektiv kam mit zwei gefüllten Weingläsern zurück.

»Das mit den Jungs, da kann ich dir leider nicht helfen«, schmunzelte der Detektiv und reichte ihr ein Glas.

»Schon gut«, lachte sie. »Hier gibt es Wichtiges zu erledigen.« Sie nippte am Glas. »Außerdem ist es bei dir keineswegs langweilig, was – wie ich finde – für einen Mann schon mal ein erstaunlich gutes Kompliment ist.«

»Du bist wohl Feministin?« antwortete Tristan.

»Wohl kaum«, schüttelte Sina den Kopf. »Feministinnen kämpfen doch noch für die Gleichberechtigung. Ich bin eher eine Amazone. Die haben eher das Problem, ständig entscheiden zu müssen, was sie sich nehmen sollen.«

Tristan setzte sich wieder und sie genossen schweigend die Wärme des Feuers und den Wein.

Nach einer Weile begann Sina laut über den Tag nachzudenken.

»Das war heute ein ungewöhnlicher Tag.«

»Ja, das kann man wohl sagen«, nickte Tristan. »Besonders, weil es nach so vielen Jahren der erste Tag ist, den ich nicht mit Marlowe geteilt habe.«

»Glaubst du, es geht ihm gut?« fragte Sina.

»Das will ich für diesen van Veen hoffen«, knurrte der Detektiv, »sonst weiß ich nicht, was ich mit ihm anstelle.«

»Das setzt voraus, dass wir ihn kriegen«, bemerkte Sina.

»Hast du daran Zweifel?« stieß Tristan aus.

»Er hat sich nicht mehr gemeldet«, erwiderte Sina leise, »oder?!«

»Nein, ich habe sogar nach der Explosion versucht ihn anzurufen«, Tristan deutete auf ein Handtuch, das auf dem Sofa lag, »da drin steckt das Handy, aber es funktioniert nicht.«

»Ich habe dir doch gesagt, dass es eine Einbahnstraße ist«, schnaufte Sina. »Aber zum Glück kommen wir mit den Informationen von Geiger weiter.«

»Das will ich hoffen«, nickte Tristan.

Sie starrten wieder schweigend auf das Feuer.

»Wo stecken eigentlich der Wisse Ohm und Erich?« fragte Sina plötzlich.

»Erich hat in der Kirche zu tun«, bemerkte Tristan. »Was der Wisse Ohm treibt, das weiß nur er.«

Sina blickte auf ihre Gerätschaften, die das halbe Sofa füllten.

»Wenn ich hier schlafen kann«, stöhnte sie, »dann sollte ich mal die Sachen da zusammenpacken.«

»Lass uns erst in Ruhe austrinken«, bat Tristan. »Hektik hatten wir heute schon genug.

Außerdem sollte deine Fangschaltung sicherheitshalber aktiv bleiben.«

Im Hof vor der Marienkirche parkte Pfeiffer seinen Dienstwagen. Holzbaum stieg aus, gefolgt von Tatjana. Pfeiffer klopfte schon an Tristans Haustür, als Holzbaum noch erst die Beifahrertür schloss.

»Nun beeil dich doch«, rief Pfeiffer.

»Bin ja schon da«, stöhnte Holzbaum.

Tristan wirkte überrascht, als er die Haustür aufmachte.

»Pfeiffer?!« war alles, was er zu dieser späten Stunde als Begrüßung herausbekam.

»Hallo, Irle«, erwiderte Pfeiffer. »Wir müssen reden!«

Der Detektiv führte die drei ins Wohnzimmer, wo eine verdutzte Sina gerade ihre Sachen zusammenräumte.

»So spät noch auf den Beinen?!« wunderte sie sich.

»Wir sind zwar Beamte«, antwortete Holzbaum gelassen auf die versteckte Anspielung, »doch entgegen dem gemeinen Beamtenbild orientieren wir uns an unseren Aufgaben. Und da das Verbrechen nicht schläft, werden wir es auch nicht.«

»Lobenswert«, nickte Sina, »aber, bitte, bleiben Sie nicht so lange, ich bin nämlich hundemüde.«

Pfeiffer starrte die hübsche Computerexpertin an und fragte: »Sie pennen heute Nacht hier?!«

»Ja, was dagegen?!« erwiderte sie schnippisch.

»Das geht mich ja nichts an«, schüttelte Pfeiffer den Kopf, »aber Sie kennen doch Helga Bottenberg!«

Das klang wie eine Warnung.

»Ja, die kenne ich«, nickte Sina und verstaute das letzte Kabel in ihrem Koffer. »Sie würde mich wahrscheinlich noch zudecken.«

»Also, Pfeiffer«, mischte Tristan sich ein, »was ist so wichtig, dass Sie um Mitternacht noch einen Hausbesuch abstatten?«

»Wir konnten die Spur des Sprengstoffs von der Herstellung bis zum Verkauf verfolgen«, sagte er stolz.

Tatjana sah ihn strafend an.

»Also, genauer hat das unsere Sprengstoffexpertin herausbekommen«, korrigierte sich der Hauptkommissar. »Aber jetzt raten Sie mal, wo der Sprengstoff herstammt.«

»Dynamit Nobel aus Burbach«, antwortete Tristan.

»Nein, wie kommen Sie denn darauf!« staunte Pfeiffer. »Das Zeug wurde noch zu DDR-Zeiten an einen Militärstützpunkt in Gotha geliefert. Dort wurde es von der Bundeswehr übernommen, doch dummerweise sind vor einigen Wochen fünf Kilo verschwunden.«

»Das ist sicher?!« Tristan sah Tatjana an.

»Ganz sicher«, bestätigte die Beamtin. »Wir haben dort bereits nachforschen lassen.«

»Wie kommen Sie auf Burbach?« hakte Holzbaum nach.

»Wir haben jemanden aus dem Organisationsteam gefunden, der sich mit Sprengstoff auskennen könnte. Er hat für Dynamit Nobel in Burbach gearbeitet.« Tristan informierte die Beamten über seine Ermittlungen.

»Wenn dieser Hans-Jürgen eine Sprengstoffausbildung absolviert hat«, sagte Tatjana, »dann ist er registriert. Das bekommen wir aber heute Abend nicht mehr heraus.«

»Gut, dann müssen wir warten«, seufzte Tristan.

»Dafür gibt es eine andere gute Nachricht«, sagte Holzbaum. »Ihr Verdacht der Rachetat wird jetzt ernst genommen.«

»So?!« staunte Tristan.

»Ihr alter Freund Flender hat sich dafür stark gemacht«, erklärte Pfeiffer, »Holzbaum hat sich hinter den Computer geklemmt und Nachforschungen betrieben.«

Holzbaum nickte und kramte eine Liste aus seinem Jackett.

»Es ist noch niemand entlassen worden, den Sie mal überführt haben«, teilte der Kommissar Tristan mit. »Damit kommt eine direkte Racheaktion nicht in Frage.«

»Eine direkte Racheaktion?« wiederholte Sina.

»Damit meine ich, dass es sich wahrscheinlich um eine indirekte Racheaktion handelt«, erläuterte Holzbaum. »Deshalb habe ich mir die Mühe gemacht, alle Verwandten der überführten Mörder ebenfalls aufzulisten. Allerdings habe ich mich dabei auf Ehepartner, Brüder, Schwestern und Eltern beschränkt.«

»Was ist mit Kindern?« hakte Sina nach.

»Die meisten der überführten Mörder haben keine Kinder und diejenigen, die Kinder haben, deren Kinder sind noch zu jung«, antwortete Holzbaum und reichte Tristan die Liste.

»Danke, Holzbaum«, sagte Tristan. »Diese Mühe weiß ich zu schätzen.«

»Was kommt jetzt?« fragte Pfeiffer. »Morgen beginnt das große Fest und wenn Sie richtig liegen, dann steht uns etwas bevor.«

»Van Veen hat sich nicht mehr gemeldet«, sagte Tristan müde. »Ich habe keine Ahnung, was jetzt passieren wird.«

»Wir klären das mit diesem Hans-Jürgen ab«, versprach Pfeiffer.

7

Das Sieg-Carré war hell erleuchtet. Die Ministerpräsidentin stand neben dem Bürgermeister und lauschte Schülern der Siegener Musikschule. Polizeiinspektor von Hufstein befand sich etwas abseits der Bühne. Ihm steckte ein Knopf im Ohr, sodass er der Aufführung nur bedingt folgen konnte. Ständig gaben seine Leute irgendwelche Codes durch, die der Inspektor selbst nicht alle kannte. Bis jetzt war nichts Aufregendes geschehen.

Der Abend tröpfelte vor sich hin. Männer in Anzügen und bunten Krawatten belagerten Frauen in Abendkleidern. Man unterhielt sich über Gott und die Welt, nippte an Sektgläsern und fühlte sich wichtig, da nur geladene Gäste Zugang hatten. Dabei wandelte ein Mörder unter ihnen. In seinem feinen Anzug war er nicht von den anderen Gästen zu unterscheiden. Seine imposante Erscheinung, die durch eine perfekte Körperhaltung und die richtigen Accessoires – er trug niemals eine Krawatte, sondern einen Krawattenschal – ihre Wirkung entfaltete, paarte sich mit einem lässigen Gutsherrenauftreten. Sich seiner Fähigkeiten bewusst, strahlte er eine Selbstsicherheit aus, die mit seiner Weltgewandtheit jeden belanglosen Plausch zu einer charmanten philosophischen Betrachtung werden ließ. Stets erweckte er bei seinen Gesprächspartnern den Eindruck, dass sie außerordentlich intelligente Bemerkungen von sich gaben. Mit Honig fängt man Fliegen, heißt ein alter Volksspruch. Der Mann, der sich am Telefon van Veen nannte, wusste die Eitelkeiten der Menschen auszunutzen. Er trat bescheiden auf, spielte sich nie in den Vordergrund und stand am Ende doch im Mittelpunkt.

Die armen Deppen, dachte er bei sich und grinste freundlich der Ministerpräsidentin zu.

Die wissen nicht, was ihnen morgen widerfahren wird.

Es war ein langer und erfolgreicher Tag, den er genießen durfte. Seine Improvisation war gelungen, obwohl ihm die Planänderung ganz und gar nicht gepasst hatte. Hätte es bei der Sprengung der Bühne nur einen Schwerverletzten gegeben, wäre sein Vorhaben beendet gewesen. Wie hätte er das seinem Bruder erklären sollen? Zum Glück bestand sein Team aus Experten. Gute Vorbereitung zahlte sich nun mal aus.

Tristan Irle hatte er quer durch die Stadt gejagt und es genossen. Der Detektiv war bei seiner Suche von ihm so weit entfernt wie der Mars von der Sonne. Man übertrieb die Fähigkeiten des Mannes mit der Strickjacke eindeutig. Allerdings, gestand sich van Veen ein, die Rätsel hatte er schnell gelöst. Dass er das Handy als Wanze einsetzte, schien der Detektiv ebenfalls herausbekommen zu haben. Außer einem monotonen Rauschen hörte er nichts. Die Batterien des Handys dürften sich bald entleert haben, dann würde der Kontakt endgültig abbrechen.

Ihm war das nur recht.

Was den weißen Kakadu betraf, den würde er töten.

Er sah auf seine goldene Armbanduhr und entschied, es für heute genug sein zu lassen. Langsam begab er sich zum Ausgang des Sieg-Carrés. Vor dem Apollo-Theater überkam ihn der

Wunsch, Tristan Irle noch einmal herauszufordern. Er griff zu seinem Handy und rief an.

Zuerst nahmen sie das Klingeln gar nicht wahr. Sina half Tristan, das Sofa als Bett herzurichten, und wäre dabei das Handtuch nicht heruntergefallen, sie hätten den Anruf verpasst.

Als das Handy aus dem Handtuch rollte, war der Klingelton deutlich zu hören.

»Schnell, Sina«, rief Tristan, »schalte deine Gerätschaften ein!«

Sina sprang zu ihrem Computer und schaltete ihn ein. Zum Glück benutzte sie ein schnelles MacBook, sodass nach wenigen Sekunden alle nötigen Programme hochgefahren waren.

Sie gab dem Detektiv ein Zeichen, dass alles lief. Tristan nickte und nahm das Gespräch an.

»Guten Abend, Herr Irle«, klang es freundlich aus dem Lautsprecher.

»Van Veen, nehme ich mal an«, antwortete Tristan ruhig.

»Sie sind ein gescheiter Mann! Was soll das dann? Natürlich van Veen«, ärgerte sich die Stimme, um gleich darauf wieder in einen höflichen Plauderton zu verfallen. »Wie hat Ihnen mein Feuerwerk vor Ihrer Haustür gefallen?«

»Es hätten Menschen sterben können«, erwiderte Tristan hart.

»Wenn Menschen hätten sterben sollen, dann wären Menschen gestorben, Herr Irle.«

»Jedenfalls haben Sie Ihr Wort nicht gehalten. Ich war rechtzeitig bei der Bombe«, antwortete Tristan. »Ein Gentleman dürften Sie also nicht sein!«

Das schien van Veen zu beleidigen.

»Sie haben die Polizei gerufen – außerdem führten gewisse Umstände zu einer Planänderung«, antwortete van Veen. »Aber Sie haben recht, ich schulde Ihnen eine zweite Chance.«

Tristan sah Sina verdutzt an.

»Eine zweite Chance?« wiederholte Tristan, um Zeit zu gewinnen.

»Ja, denn so wie ich die Sache sehe, haben Sie immer noch keine Ahnung, wer sich hinter dem Namen van Veen verbirgt.« Es klang, als amüsiere er sich. »Für einen Superdetektiv wie Sie ein trauriges Schauspiel.«

»Wenn Sie so sicher sind«, antwortete Tristan gereizt, »dann dürfte ich etwas Wesentliches übersehen haben.«

»Sie sehen den Wald vor lauter Bäumen nicht, könnte man auch sagen.« Van Veen machte eine Pause, als überlege er den nächsten Schritt. »Sicher hat die Polizei den Sprengstoff analysiert und herausbekommen, woher er stammt.«

Tristan antwortete darauf nicht.

»Ihr Schweigen interpretiere ich einmal als JA. Verfolgen Sie den Ansatz nicht weiter, er führt ins Leere.«

Wieder eine Pause.

»Man hat Sie mir als einen Großen der Stadt Siegen beschrieben«, sagte er schließlich und Tristan spürte, dass das Gespräch nicht mehr lange fortgeführt werden würde. »Doch an den wirklich großen Sohn der Stadt reichen Sie nicht heran. Was für eine Ironie.«

Wieder eine Pause.

»Die Batterie von Bachs Handy dürfte sich bald aufgebraucht haben, Herr Irle. Dies ist unser letztes Gespräch. Ihren Vogel werden Sie wohl nicht wiedersehen. Leben Sie wohl!«

8

Marlowe hackte mit seinem Schnabel gegen den Käfig. Der Lärm war einige Meter weit zu hören. Van Veens Partner trat an den Käfig und klopfte gegen die Gitter.

»Mach nicht einen solchen Krach!« schimpfte der Mann.

Marlowe straubte seinen Kamm und brabbelte: »Ein Frosch, ein dicker, der im Grase / Am Boden hockt, erhob die Nase.«

5. Die Show konnte ...

Samstagvormittag

Die Show konnte beginnen. Wie vorhergesagt, stieg hinter dem Rothaargebirge die Sonne langsam vor einem blauen Himmel auf. Statt des samstäglichen Einkaufsgewimmels schlurften in den Morgenstunden Hunderte von Helfern zu ihren Einsatzorten. Da Autos aus der Innenstadt verbannt waren, herrschte die sprichwörtliche Ruhe vor dem Sturm.

Tristan wachte durch das Glockengeläut der Marienkirche auf. Die wenigen Stunden Nachtruhe in den letzten Tagen hatte sein Körper durch einen festen und tiefen Schlaf ausgeglichen. Zum ersten Mal nach Marlowes Entführung fühlte er sich ausgeruht. Mit frischem Tatendrang stieg er aus dem Bett. Als er die Diele betrat, roch es nach frischem Kaffee. Sina war bereits in der Küche tätig. Tristan verschwand im Badezimmer.

Von draußen drangen Stimmen durch das gekippte Badezimmerfenster. Tristan begann sich zu rasieren, während auf dem Hof eine Frauenstimme mit einer Männerstimme stritt.

»Du hättest da sein können«, schimpfte die Frauenstimme.

»Das ging nicht«, erwiderte die Männerstimme.

Der Detektiv hörte ungewollt dem Streit zu. Die Frau brachte weitere Vorwürfe gegen den

Mann in Stellung, während der immer aggressiver seine Entschuldigung vorbrachte. Als er mit seiner Morgentoilette fast fertig war, erkannte er die Frauenstimme wieder. Sie gehörte Juliane, der Marktmeisterin.

Tristan wurde jetzt neugierig und öffnete das Badezimmerfenster, als die beiden Streithähne wie aufgescheuchte Hühner plötzlich den Hof verließen.

»Komisch«, murmelte Tristan, schloss das Fenster wieder und begab sich in die Küche.

Dort wurde er von einer gut gelaunten Sina empfangen.

»Morgen, junge Dame«, scherzte der Detektiv. »Was treibt dich denn so früh an die Arbeit?«

»Morgen, alter Herr«, antwortete Sina mit einem breiten Grinsen. »Ich konnte nicht mehr schlafen, da habe ich uns das Frühstück gemacht.«

»Du hast auch Brötchen besorgt?« wunderte sich der Detektiv.

»Oh, nein«, schüttelte Sina den Kopf, »die hat der Wisse Ohm mitgebracht.«

»Der Ohm?!« Tristan sah sich um. »Wo ist er?«

»Wieder gegangen«, erklärte Sina und setzte sich auf die Eckbank. »Wir sollen schon einmal anfangen. Er kommt später zurück.«

»So?!« brummte Tristan und setzte sich auf seinen Stammplatz.

»Gut geschlafen?« fragte Sina, während sie begann, ein Brötchen zu schmieren.

Tristan schenkte sich aus der Kaffeekanne ein und nickte.

»Ich habe dich nicht gestört?« fragte sie leise.

»Gestört! Hast du hier unten eine Party gefeiert?!« grinste Tristan.

»Nein«, schüttelte Sina den Kopf. »Aber der Wisse Ohm ist in der Nacht noch einmal aufgetaucht.«

Tristan nahm einen kräftigen Schluck aus seiner Kaffeetasse und fragte: »Also, was habt ihr beide angestellt?«

»Wieso angestellt?« wehrte sich Sina und riss dabei ihre Augen weit auf.

»Na, du machst mir hier ein zauberhaftes Frühstück, obwohl ich genau weiß, dass du die Bettdecke liebend gern erst zur Mittagszeit von deinem begnadeten Körper streifst!« Tristan sah sie tadelnd an.

»Danke für das Kompliment« antwortete Sina charmant. »Du machst aus einer Frage gleich ein poetisches Statement.«

»Sina?!«

»Der Wisse Ohm hatte eine Idee«, begann sie zu erzählen. »Mann, Tristan, den alten Mann unterschätzt man wirklich schnell. Der hat echt noch was drauf.«

»Du schweifst ab«, bemerkte der Detektiv.

»Na ja, wir haben uns in ein paar Netzwerke gehackt«, murmelte sie und biss in ihr Brötchen.

»Netzwerke? Gehackt?« stöhnte Tristan. »Netzwerke, wie sie der Verfassungsschutz und die Polizei benutzen?«

»Hm«, nickte Sina und nippte an ihrer Kaffeetasse.

»Also, so was richtig Illegales!« brummte Tristan.

»Hm«, nickte Sina erneut und sagte: »Diese Brötchen sind echt klasse.«

»Was habt ihr herausbekommen?« Tristan gab sich geschlagen. Empörung war völlig nutzlos.

»Also beim Verfassungsschutz hat man das Foto von diesem Mustafa als negativ eingestuft. Die haben wohl bei der ersten Beurteilung Mist gebaut. Bei der Polizei gab es nichts Wesentliches.« Sie biss erneut ins Brötchen. »Aber beim Einwohnermeldeamt wurden wir fündig.«

»Einwohnermeldeamt?« Tristan schüttelte den Kopf. »Was habt ihr gefunden?«

»Habe ich dir ausgedruckt.« Sie deutete auf den Wohnzimmertisch.

»Und wie wär's mit der Kurzform?« fragte Tristan.

Sina legte das Brötchen beiseite. »Wir konnten vier Personen ausfindig machen, die unmittelbar mit den von dir überführten Mördern verwandt sind und als mögliche Täter in Frage kommen.« Sie strahlte und rief: »Ist das nicht klasse?!«

»Vier also!« sagte Tristan.

»Ja, und der Wisse Ohm ist losgezogen, um den vieren geheimdienstmäßig auf den Zahn zu fühlen.«

2

Pfeiffer und Holzbaum standen entspannt an einem Fenster des Verbindungsstückes zwischen Neu- und Altbau des Kreispolizeigebäudes und beobachteten, wie ihre Kollegen in Mannschaftsbusse verfrachtet wurden. Die Busse parkten hinter dem Polizeigebäude auf dem oberen Parkdeck.

»Was für ein Aufwand!« staunte der Hauptkommissar.

»Das kann man wohl sagen«, nickte Holzbaum. »Dabei wird es die meisten Menschen in NRW überhaupt nicht interessieren, was wir in Siegen für ein Spektakel veranstalten.«

»Wahrscheinlich.« Pfeiffer steckte sich eine Zigarette an. »Aber dennoch werden wir wohl heute bei diesem schönen Wetter eine Menge Menschen in Siegen zu Gast haben.«

»Davon ist auszugehen«, antwortete Holzbaum.

»Die gesamte Polizeimannschaft ist heute im Dienst«, sagte Pfeiffer. »Was gibt das an Überstunden.«

»Die keiner abfeiern kann, weil ohnehin zu wenig Leute da sind«, stöhnte Holzbaum.

»Haben wir alles den dummen Bankern zu verdanken«, zischte Pfeiffer und blies eine dicke blaue Rauchwolke in den Flur.

»Äh, Chef, hier ist eigentlich Rauchverbot!«

»Oh, dann werde ich jetzt wohl verhaftet«, grinste Pfeiffer. »Holzbaum, entspanne dich, heute wird sich keiner um diesen blauen Dunst kümmern. Die haben andere Sorgen.« Ohne den Hauch eines schlechten Gewissens inhalierte er weiter.

Die beiden verfolgten, wie der letzte Mannschaftsbus das Parkdeck verließ, und salutierten, als Polizeiinspektor von Hufstein zusammen mit Polizeidirektor Flender ihre Wagen bestiegen.

»Hat Hufstein das gesehen?« fragte Pfeiffer grinsend.

»Ich glaube nicht«, antwortete Holzbaum, »aber Flender hat es gesehen.«

»Gut«, nickte Pfeiffer, »hat sich die Bombenexpertin gemeldet?«

»Bei mir noch nicht«, Holzbaum wandte sich vom Fenster ab.

»Dann sollten wir zu ihr rübergehen«, meinte der Hauptkommissar.

Holzbaum zögerte: »Das ist jetzt nicht dein Ernst – gehen?«

»Natürlich nicht!« Pfeiffer klopfte seinem Kollegen auf die Schulter. »Lass uns losfahren!«

Auch auf der ein paar Meter entfernten Feuerwehrwache war die Hölle los. Die erst frisch in Betrieb genommene Wache bildete mit ihrer Leitstelle einen Kommunikationsknotenpunkt. Als Pfeiffer mit seinem Dienstwagen in den Hof fuhr, standen die Tore der Fahrzeughallen alle weit offen und die Hallen waren leer.

»Wenn jetzt ein Feuer ausbräche«, dachte Pfeiffer laut, »das nicht in der Innenstadt liegt, dann wären die Feuerwehrleute echt angeschissen.«

Doch da irrte sich Pfeiffer.

Für den schrecklichen Fall, dass außerhalb des Festgebietes ein Feuer ausbrechen sollte, hatte man die umliegenden freiwilligen Feuerwehren in die Pflicht genommen. Sollte es einen Brand im Festgebiet geben, wären die Feuerwehrleute gleich vor Ort. Man hatte sogenannte Rettungsinseln in der Innenstadt angelegt. Dort stand ein Feuerwehrwagen mit Besatzung. Die Polizei sowie der Rettungsdienst waren ebenfalls anwesend.

Es mochten Fehler wie in Duisburg geschehen, aber man war immer noch in Deutschland – was bedeutete, dass man selbst für den Fall, eine Katze aus einem Kastanienbaum retten zu müssen, einen Plan hatte.

Was man bei der ganzen Vorbereitung und der Szenariensimulation nicht bedachte, war die perfide Tat eines Raubes.

Und so sicher, wie die Sonne langsam hinter dem Rothaargebirge aufstieg, so reibungslos liefen die Vorbereitungen für dieses Szenario an.

Pfeiffers Gefühl sollte ihn nicht täuschen, und als er Tatjana vom Bombenkommando endlich fand, hatte die eine schlechte Nachricht für den Hauptkommissar.

»Morgen, die Herren«, grüßte sie müde.

»Morgen«, wiederholte Holzbaum.

»Eine schlechte Nacht gehabt?« fragte unterdessen Pfeiffer.

Tatjanas dunkle Augenringe verrieten sie.

»Es gab bessere«, nickte die Expertin. »Ich habe etwas gefunden. Dieser Hans-Jürgen ist ein Sprengmeister und nach seinen Ausbildungsunterlagen zu urteilen, ein ganz guter!«

»Irle hatte wieder recht!« schnaufte Pfeiffer missbilligend.

»Aber es kommt noch dicker«, stöhnte Tatjana. »Ich hatte Ihnen doch berichtet, wo das Semtex gestohlen wurde.«

Die Beamten erinnerten sich: Gotha.

»Vom dortigen Kommandanten habe ich vor einer halben Stunde die Mitteilung bekommen, dass auch noch sieben hochmoderne, elektronisch ferngesteuerte Zünder entwendet wurden.«

»Was hat das zu bedeuten?« fragte Pfeiffer.

»Sie erinnern sich an die Kofferbombe?«

»Ja«, nickte der Hauptkommissar.

»Die war mit einem Zünder ausgestattet, den ein Handy aktivierte«, erklärte sie. »Bei den Massen an Besuchern kann man heute davon ausgehen, dass das Handy-Netz in die Knie geht, was eine Fernzündung mit einem Handy-Zünder unkalkulierbar macht. Diese modernen Zünder werden aber funktionieren. Sie können nicht einmal von einem Störsignal unterbrochen werden, da eine etwa schuhkartongroße Zündbox die Signale verschlüsselt.«

»Diese Zündbox kann man also nicht in der Tasche tragen?« fragte Pfeiffer.

»Nein, dafür ist sie zu groß«, erklärte Tatjana. »Allerdings ließe sich ein kleiner Empfänger anschließen, der dann die Zündbox scharf macht. Aber es gibt dann nur AN oder AUS. Also sollte man alle Zünder an die Zündbox anschließen, dann muss man sie auch alle gleichzeitig zünden, wenn man eine weitere Fernsteuerung einsetzen will.«

»Das ist nicht gut!« flüsterte Holzbaum.

»Haben Sie das schon weitergegeben?« hakte Pfeiffer nach.

»War gerade auf dem Weg in die Leitzentrale«, antwortete Tatjana.

»Informieren Sie den Polizeiinspektor«, sagte Pfeiffer, »wir haben einen Mann zu verhaften.«

3

Geiger stand vor der Hauptbühne im Schlosspark und war zufrieden. Die Menschen strömten langsam und geordnet durch das große Tor. Das Wetter konnte nicht besser sein und alles sah danach aus, dass es ein großartiger Tag werden könnte. Links neben der Bühne drehte sich bereits das große Karussell, von dessen höchstem Punkt man einen fantastischen Blick über die Anlage haben würde.

Eine kleine Schlange von Kindern mit ihren Eltern erregte seine Aufmerksamkeit. Sie entwickelte sich langsam vor dem Karussell. Da zu erwarten war, dass dieses Karussell stark frequentiert werden würde, hatte er bei der Planung kurzfristig die Hauptbühne um zwei Meter nach vorne versetzt. Dadurch sollte der Besucherstrom hinter der Bühne zum Karussell geführt werden. Ein hüfthoher Zaun hätte die Menschen dann zu einem Stück Rasenfläche des Schlossparks gelenkt, das als Pufferfläche für die Wartenden genutzt werden sollte. Wie er jetzt feststellte, gingen die Menschen aber vor der Bühne zum Karussell. Der Zaun sperrte nun diese Pufferfläche ab und es entstand diese Schlange, die er eigentlich verhindern wollte.

Geiger ging um die Bühne und sah, dass sie genau dort stand, wo er sie nicht haben wollte.

»Guten Morgen, Herr Geiger«, grüßte ihn plötzlich eine Männerstimme.

Er drehte sich um und erkannte den Illusionisten Brant.

»Morgen, Herr Brant«, antwortete Geiger, noch abgelenkt von der neuen Situation.

»Alles in Ordnung?« fragte Brant freundlich.

»Ja, ja«, log Geiger.

»Das ist gut«, nickte der Illusionist. »Es wird heute ein großer Tag werden. Sehen Sie sich die Menschenmassen an und wir haben noch nicht einmal 11 Uhr.«

Geiger hakte innerlich das Malheur ab, ändern konnte er jetzt ohnehin nichts mehr, und wandte sich dem Künstler zu.

»Bei Ihrer Show alles klar?«

»Wir sind startbereit«, nickte Brant und sah ihn dann unruhig an.

»Ist etwas?« Geiger spürte, dass sich Brant nicht traute, etwas zu fragen.

»Wissen Sie«, begann der Illusionist zögerlich, »wir fragen uns alle, ob das Fest auch sicher ist?«

»Verstehe«, murmelte Geiger. »So wie es aussieht, hat die Polizei alles im Griff. Man hat sogar schon einen Verdächtigen«, beruhigte der Organisationsleiter.

»So?!« stieß Brant erleichtert aus. »Das ist gut zu hören. Hoffentlich ist es kein Künstler, sonst gerät der Plan ja wieder durcheinander.« Ein leichtes Lächeln zog durch Brants Gesicht.

»Nein, zum Glück nicht«, nickte Geiger. »So wie es aussieht, ist es einer von meinen Leuten.«

»Doch nicht Ihre bezaubernde Marktmeisterin Juliane«, entsetzte sich Brant, »die hat uns allen nach dem tragischen Tod von Bach sehr geholfen.«

»Juliane, nein, die ist nicht verdächtig«, schüttelte Geiger den Kopf. »Mehr kann ich Ihnen nicht sagen. Sie verstehen, streng vertraulich!«

»Werden Sie bei meiner Show anwesend sein?« fragte Brant daraufhin.

»Wenn es sich einrichten lässt«, nickte er, »ganz sicher.«

»Das sollten Sie, jetzt, da ich nur einmal auftreten werde«, grinste der Illusionist.

Geiger verabschiedete sich von Brant und schlenderte in Richtung Hauptquartier. Im unteren Teil des Parks hatte man einen Märchenpark aufgebaut. Unterschiedlich kostümierte Gestalten kamen dem Organisationsleiter entgegen. Gaukler in bunten Kostümen und Musikanten mit altertümlichen Instrumenten gaben ihr Bestes. Trotz der Musik und des Kindergeschreis nahm er ein dumpfes Motorengeräusch wahr, das sich über seinem Kopf ausbreitete. Der Helikopter des Vortages kreiste wieder über dem Oberen Schloss. Statt im Tiefflug hielt er sich jetzt jedoch in sicherer Höhe auf.

»Matthias!« rief ihn plötzlich Betty.

Seine Assistentin bahnte sich einen Weg durch die Menge direkt auf ihn zu.

»Du musst sofort kommen«, stieß sie schwer atmend aus. »Die Polizei hat eine Mail geschickt. Sie hat jetzt die Bestätigung, dass Hans-Jürgen ein Sprengmeister ist.«

»Hat Hans-Jürgen bereits einen Verdacht?« fragte Geiger aufgeregt.

»Soviel ich weiß, nein!« antwortete Betty.

»Dann lass uns sofort zum Unteren-Schloss-Platz aufbrechen«, befahl Geiger.

Sie eilten den Weg zurück zum großen Eingangstor. Als sie den Schlosspark verließen, blickte er nochmals kurz zum Karussell, wo sich jetzt eine fette Traube von Menschen gesammelt hatte.

»Betty« fragte er nachdenklich, »sind alle meine Änderungen rechtzeitig an die Marktmeister weitergegeben worden?«

Betty stutzte, sie verstand nicht, was ihr Chef genau meinte.

»Ich denke da speziell an die Verschiebung der Schlossparkbühne um zwei Meter nach vorn.«

»Das denke ich schon«, antwortete sie.

»Du weißt es aber nicht genau, oder?« erwiderte Geiger.

»So aus dem Stegreif, nein«, gab Betty zu.

»Denk bitte darüber nach«, bat Geiger. »Es ist wichtig.«

Betty dachte nach, während sie die Burgstraße hinunter in Richtung Nikolaikirche gingen.

4

Obwohl die Bühne hinter der Marienkirche jetzt nur noch aus ein paar Bühnenpodesten bestand, schafften die Akteure es dennoch, einen gehörigen Lärm zu veranstalten. Erich genoss das Spektakel. Es erinnerte ihn an Feste in Schwarzafrika. Allerdings hätte man in der Wiege der Menschheit nicht gleich verstanden, warum ein Feuerlöscher in der Nähe sein musste, wenn man Feuerakrobatik betrieb.

Der Diakon lehnte an der offenen Tür seiner Kirche und erfreute sich am Anblick der vielen jungen Menschen, die friedlich durch den Hof strömten. Zuerst hatte sich der Hof mit den Anwohnern gefüllt. Jetzt erschienen immer mehr junge Familien. Die Kinder kreischten, lachten oder quengelten. Ihre mehr oder weniger genervten Eltern waren voll damit beschäftigt, die kleinen Racker bei Laune zu halten. Der Tag hatte erst angefangen und Erich fragte sich, wie die lieben Eltern wohl in ein paar Stunden reagieren würden.

»Das ist doch der helle Wahnsinn!« sagte Sina plötzlich neben ihm.

»So?!« erwiderte Erich überrascht.

»Sieh dir doch mal die Familie da an«, maulte Sina weiter, »einen Wurm im Kinderwagen, den anderen auf der Schulter und das kleine Mädchen wird in fünf Minuten nur noch nach Hause wollen, wetten?«

»Aber hast du ihre jungen Augen gesehen, als der Feuerspucker loslegte?« schwärmte Erich. »So können nur unschuldige Kinder schauen, die gerade dabei sind, die wunderbare Welt zu entdecken.«

»Erich, du bist ein hoffnungsloser Romantiker«, stöhnte Sina.

»Danke, das nehme ich als Kompliment«, nickte der Diakon. »Wo ist Tristan?«

»Er ist in seiner Hütte«, antwortete Sina. »Er geht eine Liste durch, die ich ihm heute Nacht ausgedruckt habe.«

Sie erklärte Erich, was sie zusammen mit dem Ohm aus dem Netz gesogen hatten.

»Apropos Wisse Ohm«, fragte Sina. »Hast du ihn irgendwo gesehen?«

»Nein, seit gestern Abend bin ich ihm nicht mehr begegnet.« Erich blickte wieder in die Menschenmenge.

»Sieh mal, wer da zu Fuß unterwegs ist«, grinste Sina und deutete auf Pfeiffer, dem Holzbaum folgte.

Die beiden Beamten steuerten direkt auf Tristans Haustür zu.

»So wie Pfeiffer dreinschaut«, bemerkte Erich, »ist etwas passiert.«

»Hab keine Explosion gehört«, meinte Sina. »Bei dem Krach hier wohl auch nicht möglich!«

»Darüber scherzt man nicht«, mahnte Erich. »Komm, lass uns rübergehen. Mal hören, was der Hauptkommissar will.«

Tristan öffnete den Beamten gerade die Haustür, als Sina und Erich die beiden Kommissare erreichten.

»Na, alle wieder beisammen«, stöhnte Pfeiffer und drängte an Tristan vorbei ins Haus.

»Sie haben es aber eilig«, brummte Tristan.

»Bin den verdammten Berg hinaufgelaufen«, japste Pfeiffer auf dem Weg ins Wohnzimmer. »Die verdammten Straßensperren funktionieren.«

Tristan und die anderen folgten dem Hauptkommissar.

»Irle, wir haben die Bestätigung, dass Hans-Jürgen ein Sprengmeister mit besonderen Qualifikationen ist«, stieß Pfeiffer schwer atmend heraus.

Der Hauptkommissar machte den Eindruck, jeden Moment vor Sauerstoffmangel zusammenzuklappen.

»Möchten Sie etwas trinken?« fragte Tristan und sah sich nach Holzbaum um, der den Gewaltmarsch den Berg hinauf erstaunlich gut überstanden hatte.

»Nein, danke«, wehrte Pfeiffer ab. »Wir versuchen diesen Geiger ausfindig zu machen, damit er uns den Typ zeigt.«

»Es gibt auch Telefone«, bemerkte Sina sarkastisch.

»Frau Santes«, Pfeiffer holte tief Luft, »haben Sie mal versucht zu telefonieren?«

Sina griff nach ihrem Handy.

»Lassen Sie es sein«, sagte Holzbaum. »Das Netz ist früher zusammengebrochen als vermutet wurde.«

»Wir haben noch nicht einmal Mittag!« wunderte sich Sina.

»Ja«, nickte Pfeiffer, der langsam begann, wieder normal zu atmen.

»Wir verständigen uns momentan mit den Kollegen nur noch über Funkgeräte.« Holzbaum hielt ein kleines Gerät mit Antenne hoch.

»Das ist aber nicht gut«, meinte Erich.

»Das können Sie laut sagen«, nickte Pfeiffer. »Also, Irle, haben Sie eine Ahnung, wo wir diesen Geiger finden?«

»Den brauchen Sie nicht, ich habe Hans-Jürgen kennengelernt«, antwortete Tristan.

»Noch besser«, stieß der Hauptkommissar aus. »Dann los!«

»Moment mal!« rief Sina.

»Was ist jetzt?« knurrte Pfeiffer.

»Das ist doch nicht normal! Das Handynetz verkraftet auch in Siegen einige hunderttausend Menschen.« erklärte Sina. »Die müssten alle gleichzeitig anrufen, um das Funknetz einbrechen zu lassen.«

»Vielleicht machen die das gerade«, erwiderte Pfeiffer spitz.

»Wir haben nicht Silvester!« konterte Sina.

»Das ist jetzt nicht mein Problem«, antwortete Pfeiffer genervt. »Können wir jetzt diesen Kerl verhaften?«

»Er ist an der Hauptbühne des Unteren Schlosses zu finden«, sagte Tristan und zog sich eine Strickjacke über.

»Da ist etwas oberfaul«, zischte Sina, »ich bleibe hier.«

»Wie die junge Dame wünscht!« Pfeiffer bewegte sich Richtung Haustür.

»Bis später«, sagte Tristan zu Sina. »Erich, bleibst du bei ihr?«

»Kein Problem«, nickte der Diakon.

»Ich brauche keinen Babysitter«, fauchte Sina leise und startete ihren Computer.

Zum Glück verlief der Weg von Tristans Haus zum Unteren-Schloss-Platz fast ebenerdig. Was sie jetzt aufhielt, waren die Menschenmassen, die sich durch die Alte Poststraße drückten, obwohl die Straße keiner besonderen „Meile" zugesprochen war. Die Idee mit den sogenannten „Meilen" stammte von Geiger. Er dachte sich, wenn man gewisse Themenbereiche zusammenfasste, dann ließe sich das Fest einfacher organisieren. So entstanden die Sport-, Blaulicht- und Tourismusmeile in der Unterstadt, während in der Oberstadt die Heimat & Traditionsmeile neben der Internationalen Meile zu finden waren.

Die Alte Poststraße, durch die sich Holzbaum, Pfeiffer und Tristan jetzt pressten, fiel aus diesem Konzept heraus, was die Geschäftsleute vor Ort nicht daran hinderte, ihre eigene Meile auszurufen. Die Idee schien so gut anzukommen, dass Pfeiffer nach einigen Metern nur noch mit massivem Körpereinsatz weiterkam.

»Holzbaum, geh vor!« befahl er schließlich entnervt.

Der gewichtige Kommissar drängte an Pfeiffer vorbei in Richtung Schlossplatz. Ohne dass sich Holzbaum groß anstrengen musste, teilte sich die Menschenmasse vor dem bulligen Kommissar. Pfeiffer und Tristan hielten sich direkt hinter ihm.

Jetzt kamen sie verhältnismäßig gut voran. Irgendwann tauchten der Hirte und seine Kühe zwischen den Menschen auf. Das alte Postamt, in dem jetzt das Museum für Gegenwartskunst eingerichtet war, kam immer näher. Nach weiteren zehn langen Minuten verließen sie die

Alte Poststraße und befanden sich jetzt auf der Zufahrt zum Unteren-Schloss-Platz. Wie durch Zauberhand lösten sich die Menschenmassen plötzlich auf. Die Menge folgte der Einkaufsstraße vorbei an Karstadt die Kölner Straße hinunter.

Jetzt, wo sie wieder normal nebeneinander hergehen konnten, berichtete Pfeiffer: »Irle, man hat nicht nur das Semtex gestohlen, sondern auch noch sieben hochmoderne Zünder, die über eine Zündbox von der Größe eines Schuhkartons gesteuert werden.«

»Das heißt, ohne diese Box passiert auch nichts!«

»Ja, aber sie kann problemlos alle Zünder gleichzeitig zünden!«

Plötzlich dröhnte laute Musik durch die Luft.

»Was ist das?« schrie Pfeiffer, der nun neben Holzbaum ging.

»Blasmusik«, erwiderte Holzbaum. »Klingt doch gut!«

»Laut, das ist nur laut«, rief Tristan und deutete auf die große Bühne. »Da müssen wir hin!«

»Da kommt der Krach aber her«, fluchte Pfeiffer.

Tristan nickte.

Sie eilten direkt auf die Bühne zu.

»Da ist Geiger«, rief Tristan und deutete auf den Organisationsleiter, der zusammen mit der Pressesprecherin etwas abseits an einem Stehtisch stand.

»Nein, das muss jetzt nicht sein!« stöhnte Pfeiffer.

»Chef, ganz ruhig«, mahnte Holzbaum.

»Keine Angst«, nickte Pfeiffer und biss die Zähne zusammen.

»Hallo, Herr Geiger«, rief Tristan dem Mann zu.

»Sie sind zu spät«, antwortete Geiger, als er Tristan erkannte. »Die Ministerpräsidentin hat eben das Fest eröffnet.«

»Was, eben erst!« klagte Pfeiffer. »Das hat die vielen Menschen in der Einkaufsstraße wohl nicht interessiert.«

»Doch, das hat es«, zischte Katrin, ohne ihren Ex mit einem Blick zu würdigen. »Die waren eben noch alle hier.«

»Dann sind wir voll in die abwandernde Menschenwalze geraten«, bemerkte Tristan.

»Aber das ist nicht wichtig«, sagte Pfeiffer, »wir suchen Hans-Jürgen!«

»Wir wissen das. Ihre Mail ist angekommen. Er ist hinter der großen Bühne«, antwortete Geiger. »Kommen Sie, ich führe Sie.«

Katrin rührte sich nicht.

»Kommst du nicht mit?« fragte Geiger.

»Nein, das macht ihr Männer mal allein«, antwortete sie kurz angebunden.

Geiger zuckte mit den Schultern und führte die Männer durch die Sicherheitsabsperrung. Nach weiteren zehn Metern bogen sie hinter die Bühne ab. Eine Menge Kabel bedeckten den Pflasterboden des Schlossplatzes.

»Passen Sie auf, dass Sie nicht stolpern«, warnte Geiger.

Der Organisationsleiter steuerte eine kleine Baracke an. Sie war mit dem gleichen schwarzen Stoff umhüllt, der auch für die Bühne benutzt wurde.

»Da drin dürften Sie Hans-Jürgen finden«, sagte Geiger zu Tristan. »Hat sich unser Verdacht jetzt bestätigt?«

»So wie es aussieht, ja«. Tristan folgte Pfeiffer, der die Barackentür aufriss.

Auf einem alten Bürostuhl saß Hans-Jürgen und starrte auf einen kleinen Schreibtisch.

»Herr Mühlenbach, Sie sind verhaftet«, schrie Pfeiffer gegen den Lärm der Blaskapelle, doch Hans-Jürgen konnte ihn nicht mehr hören.

Pfeiffer berührte den Stuhl, da kippte der Marktmeister nach vorn.

»Ach du Scheiße!« stieß Pfeiffer aus.

Eine blutige Wunde klaffte an Hans-Jürgens Hinterkopf.

5

»Es wird Zeit, den Countdown einzuleiten«, lächelte der Mann, der sich van Veen nannte.

»Boss, es ist noch zu früh«, erwiderte sein Partner. »Billy ist noch nicht so weit.«

»Wer ist Billy?« Van Veens Kopf drehte sich reptilienartig um.

»Mister Klopfer«, erklärte der Partner schnell. »Ich nenne ihn beim Vornamen.«

»Wir halten uns strikt an den Zeitplan, klar!« Van Veen fixierte den Partner, und sein Blick ließ keinen Zweifel daran, dass Ungehorsam böse bestraft werden würde. »Um 14 Hundert beginnt der Umzug, dann will ich, dass alle Polizisten und jeder verdammte Feuerwehrmann mindestens zwei Kilometer vom Schloss entfernt sind. – Alle Sprengladungen angebracht?«

»Alles erledigt«, nickte der Partner.

»Spuren ebenfalls verwischt?« hakte van Veen nach.

»Ja, Boss, wir sind sauber«, nickte der Partner.

»Gut, unser kleines Ablenkmanöver kann dann beginnen.« Ein diabolisches Grinsen lag in seinem Gesicht. »Die Computer arbeiten einwandfrei?«

»Ja, wir generieren im Moment jede Sekunde Hunderte von Anrufen.«

»Damit dürfte das Funknetz glühen.« Van Veen klopfte seinem Partner auf die Schulter. »Die Menschen strömen zu Tausenden in die Stadt. Es läuft alles perfekt!«

Sina Santes hasste die Borniertheit gewisser Herren. Das führte dazu, dass sie es gerade diesen Herren zeigen wollte. Als sie feststellte, dass das Funknetz wegen Überlastung seinen Dienst weitgehend eingestellt hatte, signalisierte ihr Unterbewusstsein sofort die Lösung. Es brauchte allerdings eine halbe Stunde, bis ihre Wut so weit abgeklungen war, dass die Neurotransmitter in ihrem Gehirn wieder störungsfrei arbeiten konnten.

Erich sah Sina die ganze Zeit zu, wie sie mit ihren Gerätschaften hantierte. Der Kirchenmann hatte nicht im Entferntesten eine Ahnung, was seine Schutzbefohlene da trieb. Erst als Sina ein Headset aus dem Koffer wühlte und es aufsetzte, fragte er:

»Was ist denn das?«

»Ich muss ein paar Freunde anrufen«, antwortete sie kalt. Dann sah sie nachdenklich den Diakon an und fragte: »Kennst du Tristans Übertragungsrate?«

»Äh, meinst du, wie schnell er spricht?« Erich sah Sina mit der Hilflosigkeit eines Lateinschülers an, der instinktiv ahnte, dass die Antwort keine Begeisterung beim Lehrer auslöste.

»Okay.« Sina schüttelte den Kopf. Da lebte man auf dem gleichen Planeten und doch hatte sie das Gefühl, Erich tanzte auf den Saturnringen Walzer. »Vielleicht habe ich mich etwas ungenau ausgedrückt. Ich wollte eigentlich wissen, ob du weißt, wie viele Daten ich problemlos durch diese Leitung jagen kann.« Sie deutete auf das DSL-Kabel.

»Nein, das kann ich dir nicht sagen«, schüttelte der Diakon den Kopf. Er wagte es nicht nachzufragen, warum das wichtig sei.

Doch Sina spürte, dass Erich völlig ahnungslos war und klärte ihn auf.

»Ich werde mich jetzt über das Internet mit einigen Freunden kurzschließen.« Sie tippte an ihr Headset. »Mit dem Ding kann ich mich mit ihnen unterhalten. Das geht natürlich nur, wenn die Datenleitung breit genug ist, sodass alle Daten, die von den Computern meiner Freunde gesendet werden, auch durch das Kabel passen. Wenn die steckenbleiben, dann kommt hier nur Datensalat heraus.«

»Keine Ahnung!« sagte Erich.

»Dann müssen wir es eben selbst herausfinden«, stöhnte sie und begann auf dem Rechner rumzuhacken.

Der Diakon beobachtete, wie sich nacheinander kleine Fenster auf dem Bildschirm öffneten. Darin erschienen die Gesichter von Sinas Freunden. Sie trugen ebenfalls so ein Headset. Sina begann ihnen zu erklären, was in Siegen mit dem Handynetz passiert war und bat um Hilfe. Nach und nach schlossen sich die Fenster wieder und Sina nahm das Headset ab.

»So, jetzt müssen wir einen Moment warten«, sagte sie. »Haben wir noch Kaffee?«

»In der Küche.« Erich stand auf. »Ich hole dir einen.«

»Danke«, lächelte Sina. »Wenn wir Glück haben, bekommen wir heraus, wer das Handynetz stört.«

»Das Handynetz wird gestört?« wunderte sich Erich. »Wie soll das denn gehen?«

Der Diakon kam mit einer Tasse Kaffee zurück.

»Oh, das ist eigentlich ganz einfach.« Sina nahm den Kaffee entgegen. »Du hast doch sicher schon einmal von diesen lästigen Werbeanrufen gehört.«

»Gehört, ich hatte letzten Monat ständig solche Anrufe«, schnaufte Erich. »Ich weiß gar nicht, woher die meine Nummer haben.«

»Wahrscheinlich aus einem elektronischen Telefonverzeichnis«, erklärte ihm Sina. »Früher musste ein Mensch diese Nummern aus dem Telefonbuch suchen und dann wählen. Heute macht das ein Computer. Der kann in Indien stehen, das ist dank des Netzes völlig belanglos. Der Computer kann Dutzende von Nummern in Sekundenschnelle anrufen. Der erste Anrufer, der abnimmt, wird dann automatisch zu diesen schrecklichen Verkäufern durchgeschaltet.«

»Was hat das mit Siegens Handynetz zu tun?«

»Die Technik kann man auch dazu nutzen, Handys anzurufen.«

»Aber Handynummern werden nur selten in Telefonbüchern angegeben«, erwiderte Erich.

»Ja, das ist wahr. Aber die Technik ist mittlerweile so fortschrittlich, dass ein Computer Handynummern generieren kann. Man gibt eine 0170 als Vorwahl ein und lässt dann den Computer die restliche Nummer wählen. Da das unheimlich schnell geht, kommt irgendwann eine Nummer, die es gibt.«

»Ja, aber der Anrufer weiß dann nicht, wen er am anderen Ende dran hat.«

»Richtig, deshalb eignet sich diese Methode nicht für einen Werbeanrufer«, grinste Sina. »Aber sie eignet sich dazu, ein Funknetz zu überlasten.«

»Moment mal«, unterbrach er Sina. »So dumm bin ich jetzt auch nicht. Um hier in Siegen das Netz zu überlasten, muss man sich auch hier in Siegen über die Funkmasten einwählen.«

»Wow«, staunte Sina, »du lebst ja doch auf dem Planeten Erde.«

Erich sah sie verwirrt an.

»Du hast ins Schwarze getroffen. Wer immer das Funknetz stört, der muss einen Sendemast im Stadtgebiet anfunken.«

»Jetzt verstehe ich!« Sein klassisches Römerprofil strahlte. »Van Veen!«

»Ja!« nickte Sina. »Der Typ ist schlau, aber er hat nicht mit mir und meinen Freunden gerechnet. Um einen völligen Zusammenbruch zu erzwingen, muss er mehrere Sendemasten ansteuern, da er wohl kaum Tausende von Handys besitzt. Die Sender kann er aber nur über das Internet ansteuern. Und da kriegen wir ihn.«

6

Der Bürgermeister hatte sich im Kameralicht gesonnt, das der Ministerpräsidentin galt. Seit ihrem

Eintreffen war er ihr nicht von der Seite gewichen. Das hatte zum einen den Vorteil, ständig von irgendeiner Kameralinse erfasst zu werden, und zum zweiten konnte er auf unliebsame Fragen gleich die passenden Antworten liefern. Die kleine Eröffnungsfeier war reibungslos über die Bühne gegangen, und sie waren gerade auf dem Weg zur Haupttribüne, als die Ministerpräsidentin von Polizeiinspektor von Hufstein darüber informiert wurde, was sich hinter der Hauptbühne ereignet hatte. Damit wurde der Mord zur Chefsache.

Eine Leiche, das war nicht gerade der Auftakt, den sich der Bürgermeister für das Fest gewünscht hatte. Zum Glück lag die Baracke so versteckt, dass noch niemand etwas bemerkt hatte.

Momentan saßen Polizei und Veranstalter, also die NRW-Regierung, gehörig in der Patsche. Theoretisch war alles im Umkreis der Baracke jetzt Tatort und hätte von der Polizei sofort wegen der Spurensicherung abgesperrt werden müssen. Damit wäre das Fest dann zu Ende gewesen.

Die Ministerpräsidentin, der Polizeiinspektor sowie die Beamten Pfeiffer, Holzbaum und Flender standen abgeschirmt von einem Haufen Sicherheitsleuten vor der Baracke. Etwas weiter entfernt beobachteten Katrin Becker, Matthias Geiger und Tristan Irle die Situation.

»Was bequatschen die da nur«, fauchte Katrin, die liebend gerne bei dem Gespräch dabei gewesen wäre, doch von ihrem Chef aus Angst, einen weiteren Wutausbruch Pfeiffers auszulösen, fortgeschickt worden war.

»Sicher, ob das Fest weitergehen soll oder nicht«, antwortete Geiger nervös. »Was meinen Sie, Herr Irle?«

»Wenn alle einen klaren Kopf behalten«, meinte Tristan, »dann geht das Fest weiter. Hans-Jürgen wurde mit einem schweren Schraubenschlüssel erschlagen, der neben der Baracke auf dem Boden lag. Das Werkzeug gehört einem der Bühnenarbeiter und wurde für die schweren Bolzen benutzt, die die Bühne zusammenhalten. Man wird das Mordwerkzeug untersuchen und eine Menge Fingerabdrücke finden, aber sicher nicht die des Mörders.«

»Weiß Pfeiffer das auch?« fragte Katrin spöttisch.

»Holzbaum wird ihm das schon sagen«, antwortete Tristan mit einem schwachen Lächeln. »Was mich viel mehr beunruhigt, ist, dass man jetzt anscheinend auf die Dienste des Sprengmeisters verzichten kann.«

»Das ist doch gut«, meinte Geiger, »dann dürfte es keine Sprengung mehr geben.«

»Oder Hans-Jürgen hat seine Arbeit getan und alle Sprengladungen da angebracht, wo sich van Veen das vorstellte, danach war er überflüssig«, merkte Tristan an.

»Das wäre aber nicht gut«, sagte Geiger.

In die Gruppe um die Ministerpräsidentin kam Bewegung. Pfeiffer und Holzbaum verließen die Gruppe und kamen auf Tristan zu.

»Was ist jetzt passiert?« fragte der Detektiv beunruhigt.

»Van Veen hat sich in der Zentrale gemeldet«, knurrte Pfeiffer. »Er hat Angaben gemacht, wo er fünf weitere Bomben versteckt hat.«

»Das ist gut«, sagte Geiger.

»Nicht ganz so gut.« Pfeiffer steckte sich eine Zigarette an. »Seine Angaben sind eher vage. Der Polizeiinspektor trommelt gerade alle Männer zusammen, die er kriegen kann.«

»Was für Angaben hat van Veen gemacht?« hakte Tristan nach.

»Er hat angedeutet, dass man das Hochhaus gegenüber der Kreuzung Kirchweg – Koblenzer Straße, das Kreishaus, die Landschaftsbehörde, das Kongresszentrum sowie die gesamte Festzugstrecke gründlich absuchen sollte.«

»Dazu brauchen die Männer Stunden«, stöhnte Katrin.

»Die haben wir aber nicht«, seufzte Pfeiffer. »Die erste Bombe soll um 14.00 Uhr hochgehen.«

»Das bedeutet, der Inspektor ruft alle Polizisten in die Unterstadt«, sagte Tristan nachdenklich.

»Nicht nur Polizisten«, merkte Holzbaum an, »auch Feuerwehrleute und Ordner.«

»Und was sagt die Ministerpräsidentin dazu?« wollte Katrin wissen.

»Wenn die Bomben nicht bis 13.45 Uhr gefunden werden«, erklärte Holzbaum, »werden die besagten Bereiche geräumt.«

»In 15 Minuten?« wunderte sich Geiger. »Das ist nicht zu schaffen.«

»Flender und der Inspektor halten es für machbar, wenn man die Seitenstraßen als Fluchtwege nimmt«, schnaufte Pfeiffer, dann sah er Tristan an. »Irle, glauben Sie immer noch an einen Raubzug?»

»Mehr denn je«, nickte der Detektiv. »Und ich weiß jetzt auch, wo der Raubzug stattfinden wird.«

8

Van Veens Plan schien aufzugehen. Immer mehr Sicherheitsleute verließen ihren Bereich.

»Es ist etwas Wunderbares, wenn die Zahnräder ineinandergreifen«, philosophierte er. »Man kann es förmlich sehen.«

»Noch haben wir unser Ziel nicht erreicht«, warnte sein Partner.

»Du machst dir viel zu viel Sorgen«, lächelte van Veen mild. »Sind die Rahmen bereit?«

»Ja, sie liegen unter der Bühne«, antwortete der Mann.

»Kennst du den Weg?«

»Fünf Minuten, dann bin ich am Ziel. Nochmals vier Minuten und die Rahmen sind gespannt.«

»Gut«, nickte van Veen. »Dann kannst du Klopfer Bescheid geben.«

Marlowe kauerte in seinem Versteck und hörte jedes Wort mit. Er mochte keinen der beiden Männer und hätte sie liebend gern in die Ohrläppchen gezwickt, doch im Augenblick knabberte er an der Verriegelung seines Verlieses. Seit ein paar Stunden hatten sich die Männer nicht mehr um den Kakadu gekümmert. Die Zeit hatte Marlowe genutzt, um dem Käfigriegel mächtig zuzusetzen.

Nun machte er eine Pause und brabbelte leise vor sich hin:

»Weg von hier nach Trarbach-Traben, / In dem Land voll Sonnenschein / Will ich – wenn auch nicht begraben – / So doch niemals nüchtern sein.«

6. Der Hauptkommissar blickte ...

Samstagmittag

Der Hauptkommissar blickte verwirrt zum Detektiv.

»Irle, Sie machen mich noch ganz kirre«, schimpfte Pfeiffer. »Die gesamte Polizei sammelt sich in der Unterstadt und Sie glauben immer noch an einen Raubzug, obwohl eine klare Bombenwarnung ausgesprochen wurde!«

Tristan nickte und fragte: »Was hat van Veen eigentlich als Forderung gestellt?«

»Wie, Forderung?« bellte Pfeiffer.

»Na, wie laufen solche Bombendrohungen denn im Allgemeinen so ab?« fragte Tristan und gab gleich auch schon die Antwort. »Werden nicht Forderungen gestellt, so was wie: Wenn nicht bis um soundsoviel Uhr das und das erfüllt ist, dann macht es boom! Bei Terroranschlägen rufen eigentlich nur ETA- und IRA-Leute vorher die Polizei an. Wir befinden uns aber weder im Baskenland noch in Nordirland. Von den religiösen Fanatikern habe ich noch nicht gehört, dass vorher jemand bei der Polizei angerufen hat. Die Irren melden sich erst hinterher.«

»Von einer Forderung wissen wir nichts«, sagte Holzbaum nachdenklich.

»Sehen Sie!« stöhnte Tristan. »Das Ganze ist eine Ablenkung.«

»Das heißt aber nicht«, warf Katrin besorgt ein, »dass diese Bomben nicht gefährlich werden können.«

»Das kann man nicht ausschließen«, stöhnte Tristan. »Doch meine Intuition sagt mir, dass van Veen nicht vorhat, ein Blutbad anzurichten.«

»Mensch, Irle«, knurrte der Hauptkommissar. »Ihr Bauchgefühl in allen Ehren, aber hier geht es um Menschenleben!«

»Ich weiß«, antwortete Tristan müde. »Leute, ich gehe nach Haus! Ich spüre, dass Marlowes Zeit abläuft. Ich muss nachdenken.«

»Und was sollen wir jetzt unternehmen?« fragte Pfeiffer hilflos.

»Bleiben Sie in meiner Nähe«, antwortete Tristan, während er den Ausgang des Schlossplatzes ansteuerte. »Ich werde Sie sicherlich brauchen können.«

»Warten Sie, Herr Irle«, rief Geiger und rannte ihm nach. »Vielleicht kann ich Ihnen auch noch helfen.«

»Danke, Herr Geiger«, sagte Tristan nachdenklich, als der Organisationsleiter den Detektiv eingeholt hatte.

»Glauben Sie wirklich, dass das alles nur ein großer Bluff ist?« Geiger blickte besorgt zu Tristan.

»Ich bin davon überzeugt«, antwortete Tristan. »Wissen Sie, es wurden sieben Zünder gestohlen. Einer wurde zur Sprengung der Bühne vor meiner Haustür benutzt und fünf weitere sollen jetzt ein Feuerwerk auslösen. Da bleibt einer übrig. Und ich frage mich, wofür der benutzt werden soll!«

Die beiden gingen über die Alte Poststraße zurück. Statt Menschenmassen hielten sich jetzt nur einige hundert Menschen in der Einkaufsstraße auf. Problemlos gelangten sie nach einigen Minuten auf den Platz hinter der Marienkirche.

»Ihr Programm kommt an«, stellte Tristan fest, als er den mit Menschen gefüllten kleinen Hof betrachtete.

»Ja, das Heimatprogramm hat mir nie große Sorgen bereitet«, antwortete Geiger.

Die beiden Männer drängelten sich durch die Menge bis zu Tristans Haus.

»Kommen Sie mit rein«, bat der Detektiv.

Drinnen fand er Sina hinter ihrem Computer sitzen. Sie trug ihr Headset und unterhielt sich mit irgendjemandem. Der Diakon saß neben ihr und freute sich, dass Tristan wieder zurück war.

»Erich, was macht sie da?« fragte der Detektiv.

Erich informierte ihn, was Sina in der letzten Stunde getrieben hatte. »Sie bekommt gerade die Antworten«, schloss er.

»Wir haben leider keine guten Nachrichten«, seufzte Tristan und berichtete dem Diakon, dass Hans-Jürgen ermordet worden war.

»Das ist schrecklich«, sagte Erich und seine Stimme klang traurig.

»Aber es ist noch nicht vorbei«, mahnte der Detektiv.

Tristan hörte die Kaffeemaschine in der Küche brodeln.

»Du hast frischen Kaffee aufgesetzt«, lächelte der Detektiv. »Das ist eine gute Idee.«

Er zog sich die Strickjacke aus und schlenderte in die Küche.

»Herr Geiger, möchten Sie auch eine Tasse?«

»Gerne«, nickte der Organisationsleiter und folgte Tristan in die Küche. »Wissen Sie, als Sie mir eben sagten, dass es noch einen Zünder gibt, da habe ich mich gefragt, warum die Bühne da draußen so wichtig war, dass man sie sprengte.«

»Sie hat Hans-Jürgen wohl nicht in den Zeitplan gepasst«, antwortete Tristan und reichte ihm eine volle Kaffeetasse.

»Ja, das haben wir herausbekommen«, nickte Geiger und nahm die Tasse entgegen. »Doch wir haben jetzt kurz nach 11.00 Uhr. Hans-Jürgen hätte aber seine freie Stunde erst um 12.00 Uhr gehabt.«

Tristan sah den Mann über den Rand seiner Halbbrille an und ihm wurde schlagartig klar, worauf Geiger hinaus wollte.

»Wenn Hans-Jürgen für van Veen jetzt schon nicht mehr von Nutzen ist«, sagte Geiger weiter, »dann hat es doch keinen Sinn gemacht, die Bühne wegen dieser freien Stunde zu sprengen.«

»Geiger, damit haben Sie völlig recht«, antwortete Tristan nachdenklich. »Dann hätte die

Bühnensprengung einen ganz anderen Grund gehabt.

Erinnern Sie sich noch daran, wer sonst noch von der fehlenden Bühne betroffen war?«

»Ich grüble schon, seit Sie das mit den Zündern erwähnt haben, darüber nach«, stöhnte Geiger, »aber mir fällt es nicht mehr ein. Es ist so viel, was ich in den letzten Tagen bedenken musste.«

»Wenn Sie auf Ihren Plan schauten«, fragte Tristan, »dann müsste es Ihnen doch wieder auffallen, oder?«

»Sicher«, nickte Geiger.

»Also, worauf warten Sie noch«, forderte Tristan. »Gehen Sie nachschauen!«

2

Der Wisse Ohm sah sich die Vorstellung eines heimischen Komikerpaares an. Die beiden stellten gerade eine typische Siegerländer Szene nach. Der Mann kam mit verschmiertem Blaumann und nicht weniger sauberen Händen in die Küche. Er hatte den ganzen Morgen an seinem neuen Traktor geschraubt, der neben dem Mercedes in der Einfahrt stand. Der neue Traktor war jedoch nicht fabrikneu, sondern schon mindestens 40 Jahre alt. Die Frau beschwerte sich nun in breitem Siegerländer Platt, dass er sich nur noch um den alten Traktor kümmere. Darauf antwortete der Mann, er tue das doch nur für sie.

Worauf die Frau verdutzt nachfragte, was der Mann denn für sie tue, wenn er an dem Traktor schraube. Der Mann erklärte ihr nun, der Traktor sei für den Hauberg nützlich, und sie könnten so mit dem geschlagenen Holz die Heizrechnung minimieren. Die Frau freute sich und meinte, man könne mit dem gesparten Geld endlich einmal eine Kreuzfahrt machen. Der Mann räusperte sich und wandte sich zum Publikum. »Ade, du Häckselmaschine!«

Der Wisse Ohm schmunzelte und dachte einen Moment an die Zeit zurück, als er mit seinem Vater im Hauberg Holz geschlagen hatte. Das war mehr als fünfzig Jahre her. Seitdem hatte sich die Welt gehörig verändert, was ihn wieder in die Gegenwart katapultierte. Auf der Heimatbühne wurde jetzt Pause gemacht. Die Menschen zogen weiter durch die Altstadt. Der Ohm hätte sich gerne den Besuchern angeschlossen, doch die Pflicht hielt ihn zurück.

Mit schnellen Schritten eilte er zu Tristans Haus, klopfte zweimal fest an und öffnete dann die Haustür.

»Bin wieder da!« rief er zur Begrüßung.

Im Wohnzimmer hatte Sina gerade begonnen, die Ergebnisse ihrer Recherche vorzutragen.

»Gut, dass du kommst«, unterbrach sie und grinste den Wissen Ohm herausfordernd an. »Ich habe herausgefunden, was das Funknetz stört.«

»Und ich kann euch sagen«, erwiderte der Ohm, »wer von den vier Verdächtigen und einsitzenden Mördern regen Datenverkehr hatte.«

»Hey, Freunde, das ist kein Wettbewerb«, mahnte der Diakon.

»Wer zuerst?« fragte Sina und sah zu Tristan.

»Also Sina, mach du weiter«, sagte Tristan. »Ohm, wir haben frischen Kaffee, nimm dir eine Tasse.«

Der Wisse Ohm nickte und schlich in die Küche.

»Also, meine Freunde haben sich ins Netz gehackt und herausbekommen, dass Sendemasten am Giersberg und an der Koblenzer Straße missbraucht werden. Davon betroffen sind alle großen Telefonanbieter. Was aber viel wichtiger war«, Sina blickte zu Tristan, »zu wissen, wo sich van Veen ins Internet einwählt.«

»Du meinst, wo sein Computer steht?« wollte Erich wissen.

»Ja, genau«, nickte Sina. »Es handelt sich um einen Zugang, der von der Stadt betrieben wird.«

»Was?!« Der Detektiv wirkte geschockt. »Die Stadt?!«

»Langsam, Tristan.« Sina sprach ruhig weiter. »So wie meine Freunde und ich das einschätzen, gibt es eine Serviceleistung der Stadt, bei denen sich verschiedene Nutzer einklinken können. Ich nehme an, dass dieser Geiger mehr dazu sagen kann.«

»Ich dachte, du hättest einen Namen herausgefunden«, stöhnte Tristan.

»Jetzt warte doch mal«, schüttelte Sina beleidigt den Kopf. »Als wir den Server fanden, den von der Stadt, haben wir eine Attacke gestartet. Wir konnten den Computer van Veens isolieren und ihn knacken.«

»Und was bedeutet das nun?« Tristan wirkte ungeduldig.

»Das bedeutet«, mischte sich der Wisse Ohm ein, »dass Sina einen Namen hat.«

»Richtig«, strahlte Sina.

»Nun, ich nehme einmal an, der Name, den du gefunden hast, lautet Noah Krämer«, sagte der Wisse Ohm.

Sinas Gesichtsausdruck entgleiste. Das war nicht oft der Fall, da sie in den meisten Fällen immer Herr der Lage war. »Wie zum Teufel hast du das erraten!«

»Mädchen, ich rate nicht«, gluckste der Wisse Ohm über Sinas Reaktion. »Tristan, erinnerst du dich?«

»Krämer, mein erster Mordfall«, stöhnte der Detektiv.

»Ja, der gute Mann hat einen Bruder, Noah Krämer«, erklärte der Wisse Ohm. »Und die beiden standen in den letzten Wochen in ständigem Kontakt.« Er sah zu Sina. »Du hattest übrigens recht, was deine Einschätzung der Haftbedingungen betraf. Krämer ist ein Mustergefangener und genießt besondere Vergünstigungen. Unter anderem hat er einen Internetzugang. Zwar beschränkt, aber anscheinend ausreichend, um noch hinter Gittern aktiv zu werden.«

»Soll das heißen, dass der Gefangene hinter allem steckt?« fragte Erich entsetzt.

»Gewisse Behörden sind gerade dabei, das herauszufinden«, antwortete der Wisse Ohm. »Sina, konntest du den Standort des Computers ausfindig machen?«

»Es muss irgendwo am Oberen Schloss einen Zugang geben.«

»Könnt ihr den Rechner nicht einfach abschalten?« fragte Erich.

»Können wir«, nickte Sina, »aber das verrät uns und wir hätten van Veen immer noch nicht.«

»Sina hat recht. Wir müssen ihn leibhaftig festnehmen«, sagte Tristan.

»Nun Sina, was hältst du davon, wenn wir uns auf die Suche danach machen?« schmunzelte der Wisse Ohm.

»Gute Idee«, Sina sprang auf, »ich muss mir sowieso mal die Beine vertreten.«

»Ist das nicht zu gefährlich?« warnte Erich.

»Wir passen auf«, sagte der Wisse Ohm.

»Freunde, habt ihr nicht etwas Wesentliches übersehen?« fragte Tristan.

»Was?« brummte Sina.

»Wir haben bis jetzt von einem Noah Krämer nichts gehört«, warf der Detektiv ein.

»Deshalb wirst du zu Geiger gehen und herausfinden, ob es bei den vielen Akteuren einen Noah Krämer gibt«, grinste der Wisse Ohm.

3

Norbert Pfeiffer war kurz vor einem hysterischen Anfall. Seine ganze Energie jagte in seinen Kreislauf und trieb den Blutdruck hoch, statt sie sinnvollerweise für die Mörderjagd zu nutzen. Dies war im Augenblick nicht möglich, da Polizeiinspektor Dr. Herbert von Hufstein sozusagen wie ein Pfropfen wirkte. Holzbaum hatte sich besser im Griff. Aber auch der Kommissar spürte, dass wichtige Zeit verloren ging.

Nachdem die Bombendrohung in der Kreispolizeibehörde eingegangen war, hatte von Hufstein das Heft an sich gerissen. Alle vorherigen Abmachungen mit Polizeidirektor Flender waren widerrufen worden, und so fanden sich die beiden Beamten inmitten ihrer Kollegen auf der Koblenzer Straße wieder.

»Holzbaum, wir müssen hier weg!« jammerte Pfeiffer, »sonst werde ich noch verrückt!«

»Bin dabei!« nickte Holzbaum. »Eine Idee, wie wir hier wegkommen?«

»Rüber auf die andere Straßenseite«, überlegte Pfeiffer laut, »dann direkt zu Reichwalds Ecke, wo unser Wagen steht.«

»Wenn die uns erwischen«, überlegte Holzbaum, »haben wir ein Problem.«

»Darüber machen wir uns Sorgen, wenn es so weit ist, okay.«

»Okay«, wiederholte Holzbaum.

Pfeiffer und Holzbaum ließen sich ans Ende der Polizeigruppe fallen.

»So, jetzt!« gab Pfeiffer den Befehl.

Auf der Koblenzer Straße stellten bis zur Volksbank das Technische Hilfswerk, die Feuerwehr und die Bundeswehr ihre Gerätschaften aus. Die meisten der Betreuer waren ebenfalls zur Suche rekrutiert worden. Die schweren Einsatzwagen und eine stetig ansteigende Besuchermenge bildeten jedoch genügend Deckung, um sich abzusetzen. Die beiden Beamten marschierten zur Sieg und folgten ihr in Richtung Reichwalds Ecke. Auf der Siegplatte stellte sich das Land NRW vor, doch die Kommissare interessierten sich nicht für die Aussteller. Zielstrebig näherten sie sich dem Standort des Dienstwagens. Nach weiteren fünf Minuten hatten sie den Wagen erreicht.

»Jetzt nichts wie los«, schnaufte Pfeiffer und startete den Motor.

Mit Blaulicht, aber ohne Sirene, steuerte der Hauptkommissar den Dienstwagen über die Sandstraße in Richtung Behörde.

»Schon eine Idee, was wir als Erstes machen?« fragte Pfeiffer, dem es jetzt sichtlich besser ging.

»Tatjana vom Bombenkommando hat doch davon gesprochen, dass der Sprengstoff in Gotha gestohlen wurde«, sagte Holzbaum.

»Ja!» nickte Pfeiffer.

»Wir versuchen herauszubekommen, ob dieser Hans-Jürgen dort gewesen ist.«

»Gute Idee«, grinste Pfeiffer.

Ohne das übliche Reifenquietschen rollte der Hauptkommissar in die Polizeieinfahrt und stellte den Wagen etwas abseits ab.

Die Behörde wirkte wie ausgestorben, dennoch achteten die Beamten darauf, möglichst unerkannt zu ihrem Büro zu gelangen. Als sie es endlich erreichten, steckte sich Pfeiffer als Erstes eine Zigarette an.

Holzbaum startete den Computer und hatte eine Idee.

»Chef, als Erstes sehen wir nach, ob es zum Zeitpunkt des Diebstahls einen Verkehrsverstoß von Hans-Jürgen gegeben hat«, erklärte Holzbaum.

»Gute Idee«, nickte der Hauptkommissar, und dann geschah etwas, das Holzbaum für eine Wende in Pfeiffers Berufsleben hielt.

Verdutzt beobachtete Holzbaum, wie Pfeiffer seinen Computer anschaltete.

»Du weißt, was du tust?« fragte Holzbaum vorsichtig. Schließlich wollte er seinen Chef jetzt nicht verschrecken.

»Denke schon«, murmelte Pfeiffer mit der Kippe im Mund. »Werde mir mal ansehen, ob es irgendwelche Buchungen bei der Bahn unter dem Namen gibt.«

Nach einigen Minuten warfen beide Computer ihre Ergebnisse auf den Bildschirm.

»Negativ!« schnaufte Pfeiffer, »keinen Eintrag bei der Bahn.«

»Bei mir gibt es auch keinen Eintrag«, stöhnte Holzbaum und lehnte sich gefährlich weit zurück. Der Bürostuhl ächzte unter seinem Gewicht.

»Was ist, wenn er mit einem Wagen gefahren ist, der nicht auf ihn zugelassen war?« überlegte Pfeiffer, der bereits eine weitere Zigarette anzündete.

»Ich könnte die Suche auf Zulassungen aus dem Kreisgebiet erweitern«, nickte Holzbaum und lehnte sich wieder nach vorne.

»Mach das«, nickte Pfeiffer. »Irgendetwas muss uns doch weiterhelfen!«

Dieses Mal dauerte der Suchvorgang nur einige Sekunden. Holzbaum ging die kurze Liste durch, die der Computerbildschirm anzeigte. Sein Gesichtsausdruck versteinerte, dann sagte er: »Chef, das musst du dir mal ansehen.«

4

Sina zog eine Menge Blicke auf sich. Ihr extravaganter Modestil fiel in der Masse auf. Vielleicht lag es auch nur an ihren mörderisch hohen Absätzen oder an ihrer Begleitung. Der Wisse Ohm konnte als modischer Gegenpol nicht besser beschrieben werden. Die beiden gingen darüber hinaus scheinbar so innig miteinander um, dass nur Händchenhalten die letzte Steigerung gewesen wäre. Da die meisten Zuschauer von dem hitzigen Gespräch nur Fetzen mitbekamen, das die beiden die Burgstraße hinaufführten, blieb ihnen verborgen, dass die beiden einmal wieder kultiviert stritten.

»Wir müssen in Deckung bleiben«, mahnte der Wisse Ohm. »Ein offener Angriff könnte fatal enden.«

»Und wie stellst du dir das vor?« schnaufte Sina, »sollen wir uns eine Tarnkappe ausleihen?«

»Der Schlosspark ist doch als Märchenpark ausgelegt«, grinste der Wisse Ohm. »Die Idee ist gar nicht so schlecht.«

Sina schielte ihn von der Seite an. »Hast du Goldtaler dabei? Die werden wir nämlich brauchen.«

»Ich will dich nicht beleidigen«, erklärte der Wisse Ohm, »ich meine es ernst.«

Sie bogen am Ende der Burgstraße ab und gingen auf den großen Parkeingang zu.

»Irgendein Stand wird doch bestimmt einen mittelalterlichen Umhang verkaufen?« sagte der Wisse Ohm.

»Einen Umhang mit diesen Schuhen!« entsetzte sich Sina.

»Ein Versuch wäre es doch wert, oder?«

»Ist das wirklich nötig?«

»Van Veen hat uns beobachtet«, erinnerte der Wisse Ohm, »und du bist ihm besonders aufgefallen.«

»Dann lass mich doch den Lockvogel spielen«, schlug Sina vor.

Sie blieben vor dem Eingangstor stehen.

»Ich marschiere da hinein, als ob der Park ein Modellaufsteg wäre«, erklärte Sina. »Du folgst mir – meinetwegen in einem mittelalterlichen Umhang – und achtest darauf, ob sich jemand besonders für mich interessiert.«

Der Wisse Ohm überlegte einen Moment und nuschelte: »Das könnte funktionieren.«

»Dann lass es uns so machen«, lächelte Sina tatenfreudig.

»Wollen wir nur hoffen, dass sich kein Spanner an deinen Absatz heftet«, sagte der Wisse Ohm.

»Das Risiko gehe ich ein«, antwortete sie selbstbewusst. »Da vorne ist der erste Stand, mal sehen, ob wir da deinen Umhang bekommen.«

Sie betraten den Märchenpark. Der erste Stand bot zwar keine Kleidung an, aber gleich der nebendran war ein Volltreffer. Der Wisse Ohm erstand einen aus Baumwolle gewebten Umhang und zog ihn sich über. Sina verwickelte unterdessen am Nachbarstand den Budenbesitzer in ein Gespräch. Sie hatte gesehen, wie jemand mit einer EC-Karte bezahlt hatte.

»Das ist aber gar nicht märchenhaft«, sprach sie den Budenbesitzer mit einem süßen Mädchenlächeln an.

»Holde Dame«, antwortete der Mann, »was soll nicht märchenhaft sein?«

»Ihre Art, den Bauern das Geld aus dem Beutel zu ziehen«, spielte sie mit.

»Holde Dame, selbst der König kauft bei mir ein«, erwiderte der Mann. »Als rechtschaffener Händler bin ich im Norden so auch im Süden bekannt.«

»Dann weiß der König nichts von der schwarzen Magie, rechtschaffener Händler, die Ihr benutzt.« Sie deutete auf das EC-Kartengerät.

»Oh, diese Wundermaschine«, grinste der Händler, »ist vom Magier des Hofes selbst erfunden worden.«

»Dann nehme ich an, dass der Magier im königlichen Schloss darüber wacht«, erwiderte sie.

»Eine noch größere Wundermaschine ist dort des Magiers eigen«, antwortete der Mann.

»So erklären sich dann wohl die langen bunten Seile, die allerorts als teuflische Fußangeln zu finden sind.«

»Bei solch schmuckem Schuhwerk wahrlich eine Gefahr«, nickte der Händler.

Sina verabschiedete sich und wandte sich dem Oberen Schloss zu. Der Wisse Ohm hielt sich etwas zurück, doch Sina gab ihm ein Zeichen näherzutreten.

»Der Internetanschluss muss im Schloss installiert sein«, sagte sie, ohne den im Umhang steckenden Wissen Ohm anzusehen. »Die haben hier Kartenzahlung, siehst du die Kabel?«

Der Wisse Ohm nickte.

»Denen folgen wir«, lächelte Sina.

5

Tristan verließ das Haus und sah sich erst einmal draußen auf dem Platz um. Das verkleinerte Bühnenprogramm lockte wieder Zuschauer an, sodass ein Durchkommen zur Barstewende mühsam werden könnte. Der Detektiv entschloss sich deshalb, über die Zaungasse in die Altstadt vorzudringen. Die Zaungasse führte ihn auf die Hermannstraße. Sie bildete so etwas wie den äußersten Ring der Altstadt. Der Besucherstrom ließ deutlich nach und so eilte der Detektiv zur Mauerstraße, die den Berg hinauf zum Schlosspark führte. Wie tags zuvor mit Sina, betrat er den Park am Alten Friedhof.

Der Gauklerlärm war jetzt deutlich zu hören. Tristan machte sich plötzlich Sorgen darüber, ob der junge Organisationsleiter bei so viel Hektik nicht den Überblick verlor. Statt direkt zum *Hauptquartier* zu gehen, blieb er am Rand zwischen zwei Bäumen stehen und dachte nach.

Wie der Wisse Ohm bereits anmerkte, war er seit Marlowes Verschwinden stetig unter Zeitdruck gesetzt worden. Und durch das Auftauchen von Sina hatte er praktisch keine ruhige Minute für sich gehabt. Tristan spürte, dass dies der erste Augenblick seit zwei Tagen war, an dem er mit niemandem über irgendetwas reden musste. Unter den mächtigen Ahornbäumen atmete er tief ein und beruhigte seinen Geist mit einer

Aikidoübung. Bei all den skurrilen Gestalten, die im Park umherliefen, fiel er gar nicht weiter auf. Man ließ den Mann in Ruhe und so dehnte und streckte sich der Detektiv. Tristan fühlte, wie mit jeder Bewegung ein Stück Verspannung von ihm abfiel. Nach fünf Minuten stellte sich eine innere Ruhe ein, die ihm erlaubte, das Geschehene wie aus einem Fernrohr zu betrachten. Nach und nach begann der Detektiv die Ereignisse wie in einem Kinofilm vor seinem „inneren" Auge ablaufen zu lassen. Er sah Bachs Leiche, die Kofferbombe und den Platz hinter der Marienkirche nach der Bühnensprengung. Er erkannte, dass van Veen nicht allein handeln konnte und plötzlich wurde ihm klar, dass Geiger an den neuralgischen Positionen immer zugegen war. Als ihm dann noch einfiel, dass Sina von einem Internetanschluss sprach, den die Stadt organisiert haben musste, lief es ihm kalt den Rücken hinunter.

Konnte es sein, dass Geiger mit van Veen zusammenarbeitete?

Wenn das der Fall war, dann stürzten er und seine Freunde geradewegs ins offene Messer. Ein heranfliegender Hubschrauber riss ihn aus seinen Gedanken. Tristan sah zwischen den Bäumen hindurch und er erkannte den Helikopter vom Vortag wieder. Die Ablenkung tat ihm gut. Der Detektiv wusste jetzt, was er zu unternehmen hatte. Mit ruhigen Schritten ging er auf die ehemalige Jugendherberge zu.

Tristan fand Geiger in seinem Büro, wie er gerade über ein Funkgerät mit jemandem sprach.

Als Geiger ihn erkannte, beendete er sofort das Gespräch und sagte: »Herr Irle, ich habe gefunden, wonach Sie mich gefragt haben.«

Geiger trat hinter seinem Schreibtisch hervor zur großen Tafel.

»Sehen Sie hier«, erklärte er aufgeregt. »Die alte Planung sah vor, dass der Illusionist auf der kleinen Bühne hinter der Marienkirche und auf der Hauptbühne im Schlosspark auftreten sollte.«

Tristan trat an die Tafel heran.

»Das hätte aber nicht funktioniert, da die Zeit zwischen den beiden Auftritten für den Magier nicht gereicht hätte, problemlos zur Hauptbühne zu gelangen.«

»Sonst haben Sie niemanden gefunden, dem das Gleiche passiert wäre?« fragte Tristan vorsichtig.

»Nein, es betrifft nur ihn«, antwortete Geiger. »Und noch etwas ist merkwürdig.«

Geiger machte eine Pause.

»Sprechen Sie«, forderte Tristan ihn auf.

»Ich kann das noch nicht richtig zuordnen«, druckste Geiger herum, »aber es könnte der Grund sein, warum Bach umgebracht wurde.«

»Herr Geiger, wir haben nicht viel Zeit«, mahnte der Detektiv.

Geiger ging zurück an seinen Schreibtisch und wühlte ein paar Akten durch. Schließlich schien er gefunden zu haben, was er suchte.

»Kommen Sie her«, bat der Organisationsleiter. »Das ist der Aufstellungsplan von Buden und Fahrgeschäften für den Schlosspark.«

Tristan erkannte die Umrisse des Oberen Schlosses sowie die alten Stadtmauern. In dem Plan waren zudem alle großen Bäume, die Blumenbeete und die fest installierten Parkbänke verzeichnet.

»Die schraffierten Kästchen stellen die Buden dar«, erklärte Geiger bereitwillig. »Die roten Kästchen markieren die Bühne und die Fahrgeschäfte.«

Tristan nickte.

Dann deutete Geiger auf ein rotes Kästchen, das sich direkt vor dem Oberen Schloss befand.

»Das ist die Hauptbühne«, erklärte Geiger. »Sie steht um zwei Meter näher am Schloss, als vorgesehen war.«

Tristan sah Geiger ruhig an. War dies jetzt eine Falle, um ihn in das Getümmel zu locken, oder hatte Geiger ihn wirklich auf etwas Wichtiges hingewiesen?

»Was ich allerdings nicht verstehe«, stöhnte Geiger laut, »warum jemand die Bühne nach hinten verlegt. Jetzt staut sich der Besucherstrom für das Karussell vor der Bühne, was niemandem gefallen wird.«

»Für irgendjemanden muss es aber Sinn machen«, antwortete Tristan, »sonst hätte er Bach nicht umgebracht.«

»Ja, da haben Sie recht«, nickte Geiger unschuldig, »aber welchen?«

6

Unterdessen folgten Sina und, in einigem Abstand, der Wisse Ohm, den Kabelsträngen, die zum Schloss führten. Die Sonne stand mittlerweile im Zenit ihrer Bahn und schien aus einem blauen Himmel auf die Erde hinab. Wohlgelaunt wanderten immer neue Zuschauer aus der Unterstadt in den Schlosspark. Kinder schrien aufgeregt, wenn ihnen ein Gaukler zu nahe kam. Feuerspucker lockten Neugierige auf eine Wiese und zeigten ihr Können.

Sina sah auf die Uhr und wunderte sich, dass die Menschen nicht zur Unterstadt gingen, wo der Festumzug in einer knappen Stunde beginnen sollte. Der Festzug schien keine große Anziehungskraft zu haben, was Sina wegen der Bombendrohung nur begrüßte.

Der Schlosspark teilte sich in zwei große Flächen, die durch eine alte Mauer und den Hexenturm getrennt waren. Der untere Bereich des Parks, der zur ehemaligen Jugendherberge führte, war zum Flanieren und Ausruhen angelegt. In dem anderen Bereich stand das Schlossgebäude.

Großzügige Grünflächen erlaubten es den Besuchern, rund um das Schloss zu wandern.

Sina verließ jetzt den unteren Parkbereich und näherte sich dem Schloss, das seit Jahren als Museum genutzt wurde und eine bedeutende Sammlung von Rubensbildern beherbergte. Sie bildeten sozusagen die Kronjuwelen der Stadt Siegen, doch im öffentlichen Bewusstsein wurden die Bilder so gut wie gar nicht wahrgenommen. Neben den Museumsräumen gab es im Schloss noch einige Zimmer, die eine Zeit lang als Atelier eines bekannten Siegener Künstlers genutzt wurden. Sie besaßen einen eigenen Zugang, der sich an der Seite des Hauptgebäudes befand.

Die Kabel führten direkt auf diesen Eingang zu.

Der Wisse Ohm behielt Sina im Auge, ohne zu nahe aufzurücken. Eine kleine Treppe führte vom Park in den Schlosshof. Sie war mit Absperrband gesichert, da links über der Treppe die Kabel verlegt waren. Sina ignorierte das Absperrband und schlüpfte darunter durch. Dann eilte sie die Treppe hinauf auf den Eingang zu. Wie sie erwartet hatte, führten die Kabelstränge durch den Eingang ins Gebäude. Da man die Tür wegen der Kabel nicht hatte verriegeln können, hatte man ein Absperrgitter vor der Tür aufgebaut. Ohne viel Mühe schob sie das Gitter beiseite und zwängte sich durch die Tür ins Gebäude.

Das war der Moment, in dem der Wisse Ohm Sina aus den Augen verlor. Eine Gruppe von Kindern kreiste den Wissen Ohm ein und forderte ihn auf, ein Zauberkunststück darzubieten. Es dauerte eine Weile, bis der Ohm die Kleinen davon überzeugt hatte, dass auch er trotz Umhang nur ein Besucher war.

Unterdessen schlich Sina eine schmale Treppe hinauf und gelangte in den provisorischen Serverraum.

»Bingo!« flüsterte sie und hörte dem leisen Rauschen der aufgestellten Computerserver zu.

Zu ihrem Entsetzen fand sie eine Antenne, die durch ein Fenster nach draußen gerichtet war.

»So ein Mist«, fluchte sie. »WLAN.«

Ein drahtloses, lokales Netzwerk wurde damit betrieben. Damit konnte der gesuchte Computer überall in Reichweite der Funkantenne stehen. Sie sah sich die Server nochmals an. Alle Geräte wurden über eine Stromleitung versorgt, die man mit einem Sicherungskasten gesichert hatte. Sina öffnete ihn und entschied sich für einen radikalen Eingriff.

»Die Händler bringen mich um«, stöhnte Sina. Dann klaute sie die Sicherungen aus dem Kasten.

7

Keine dreihundert Meter entfernt begann wenige Augenblicke später Geigers Handy zu piepen.

»Oh, wir haben wieder ein Netz«, sagte er überrascht, während Dutzende von Nachrichten, die zuvor in der Warteschleife des Telefonanbieters umherkreisten, sein Handy bombardierten.

Tristan lächelte. Sina musste die Störquelle ausgeschaltet haben.

Geiger überflog die eingehenden Nachrichten und legte schließlich das Handy beiseite.

»Die können warten«, sagte er ernst. »Wie kann ich Ihnen noch weiterhelfen?«

»Wissen Sie«, begann Tristan, »wenn man alle Fakten zusammenträgt, dann kann man zu dem Schluss kommen, dass van Veen einen Insider als Helfer hatte.«

»Ja, das hat Katrin ja auch schon gemeint«, nickte Geiger unschuldig. »Das war dann wohl Hans-Jürgen.«

»Nun, ich denke, dass der Helfer mehr Entscheidungsgewalt haben müsste, um van Veen wirklich von Nutzen zu sein«, sprach Tristan ruhig und behielt Geiger im Auge.

»Ja, das ... Moment mal ... Sie denken, ich bin der Helfer?!« rief er plötzlich. »Warum sollte ich das tun?«

»Sagen Sie mir es«, antwortete der Detektiv in einem Verhörton.

»Herr Irle, das ist lächerlich«, verteidigte sich Geiger. »Überlegen Sie doch, ich hätte die Bühne ohne Bachs Zustimmung einfach die zwei Meter nach hinten setzen können. Eine Korrektur auf dem Plan da«, er deutete auf die Zeichnung, »wäre alles gewesen. Dafür hätte man keinen umbringen müssen.«

Damit hatte Geiger recht. Vielleicht, so überlegte Tristan, werde ich jetzt auch schon paranoid.

»Ich habe mit der Sache nichts zu schaffen«, sagte Geiger ein wenig beleidigt. »Wieso helfe ich Ihnen denn sonst?«

»Herr Geiger«, antwortete Tristan, »ich muss alle Informationen bewerten. Da kann einem schon mal ein Fehler unterlaufen.«

»Was für eine Ironie«, flüsterte Geiger, »der größte Detektiv hält mich für einen Mörder. Dabei wollte ich nur helfen.«

Tristan zuckte bei Geigers Worten zusammen. Sie erinnerten ihn an die letzten Worte, die er mit van Veen gewechselt hatte. Da hatte van Veen ihn mit dem größten Sohn der Stadt verglichen, Peter Paul Rubens.

»Mensch, ich Idiot!« brach es aus Tristan heraus. »Wieso bin ich nicht gleich darauf gekommen?«

Geiger erschrak über Tristans Gefühlsausbruch.

»Keine Angst«, beruhigte der Detektiv. »Sie haben hier doch Internet?«

»Ja«, nickte Geiger verunsichert.

»Kommen Sie, wir müssen einen Namen googeln.«

Geiger schlich hinter seinen Schreibtisch und setzte sich an die Tastatur. Tristan folgte ihm und stellte sich hinter Geiger.

»Ich höre!« sagte er.

»Geben Sie Nicolaas Brant ein«, befahl Tristan. »Nicolaas mit zwei a.«

Geiger tippte den Namen ein und Sekunden später zeigte der Bildschirm 12.000 Einträge an.

»Hier werden nur die Nicolas mit einem a angezeigt«, murmelte Geiger.

»Okay, dann geben Sie Peter Paul Rubens ein«, antwortete Tristan.

Geiger betätigte die Tastatur und wenig später zeigte der Bildschirm erneut eine irrsinnige Anzahl an Treffern an. Als ersten Treffer zeigte die Suchmaschine ein Internetlexikon an.

»Klicken Sie Wikipedia an!«

Geiger tat es und eine Seite über Peter Paul Rubens tat sich auf.

Tristan überflog die Seite und fragte: »Sehen Sie es?«

»Was?« Geiger fand nichts Auffallendes in dem Artikel.

»Die Namen!« antwortete Tristan und deutete mit dem Zeigefinger auf die rot unterlegten Namen. »Nicolaas Rockox und Isabella Brant.«

»Nicolaas Brant«, nickte Geiger.

»Ja, eine Mischung von Namen, die in Rubens' Leben eine bedeutende Rolle innehatten. Seine Frau Isabella Brant und ein Mäzen namens Nicolaas Rockox«, erklärte Tristan.

Geiger überflog den Text nach weiteren Namen.

»Sehen Sie – Otto van Veen.«

Der Detektiv las die Textzeile und sagte: »Rubens' Lehrer.«

»Was soll dieser krankhafte Bezug zu Rubens?!« wunderte sich Geiger.

»Oh, haben Sie das noch nicht verstanden? Nicolaas Brant versteckt sich hinter van Veen. Aber auch Nicolaas Brant ist nur ein Künstlername. Der Mann hinter diesen Namen heißt ganz bürgerlich Noah Krämer«, murmelte Tristan und dann setzten seine grauen Zellen das Puzzle zusammen. Ihm wurde plötzlich klar, wofür der ganze Aufwand betrieben wurde. »Und der will heute das Museum ausräumen!«

»Ha«, stieß Geiger aus, »jetzt verarschen Sie mich! Wissen Sie, dass die Bilder größtenteils auf Holz gemalt sind? Und dann sind sie riesig! Die trägt man nicht einfach fort! Die passen ja kaum durch die Türen.«

»Richtig, durch die Türen nicht! Aber was, wenn man ein Loch in die Wand sprengt?« Tristan sah Geiger an. »Wo haben Sie den Lageplan?«

Geiger zog ihn heran.

»Sehen Sie, wo die Bühne steht?« fragte Tristan.

»Vor dem Gebäude!« erwiderte Geiger.

»Herr Geiger, genauer! Sie steht genau unter den Fenstern, die zum Rubenssaal gehören«, stellte Tristan fest. »Die Bühne ist wie hoch?«

»Fast zehn Meter«, antwortete Geiger.

»Hoch genug, um an die Fenster zu gelangen«, sagte Tristan.

»Ja, aber sie steht nicht an der Wand«, warf Geiger ein.

»Das muss sie auch nicht«, grübelte Tristan. »Sie muss nur die Sprengladung vor neugierigen Blicken verdecken. Das würde auch erklären, warum man die Bühne keineswegs zwei Meter nach vorne rücken durfte. Niemand sollte hinter der Bühne hergehen.«

»Das ist doch verrückt!« stöhnte Geiger.

»Nein, ganz und gar nicht«, antwortete Tristan. »Wissen Sie, was passieren wird? Er sprengt eines der Fenster mitsamt der Mauer darunter weg. Dafür brauchte er Hans-Jürgen, der wusste, wie man eine Sprengung ansetzt, ohne den ganzen Saal zu ruinieren. Die Öffnung wird groß genug sein, um die Bilder aus dem Museum zu schaffen.«

»Aber dann ist er im Park und kommt auch nicht weiter«, erwiderte Geiger, »da sind Tausende von Menschen. Er müsste schon fliegen können!«

Tristan sah Geiger an und hätte ihn am liebsten gedrückt.

»Der Hubschrauber, natürlich«, rief Tristan. »Rufen Sie Pfeiffer an, schnell! Wir haben nicht mehr viel Zeit!«

»Woher wollen Sie das nun wieder wissen?« Geiger konnte bei all den Informationen keinen klaren Gedanken fassen.

»Weil Hans-Jürgen tot ist und damit die Sprengladung sicher schon angebracht worden ist.«

Das war nur die Kurzfassung. Tristan ahnte, dass van Veen alias Nicolaas Brant alias Noah Krämer die Sprengung zeitgleich mit den Bomben entlang des Festzuges auslösen würde. In dem darauffolgenden Chaos lagen die Chancen am besten, mit der Beute zu verschwinden.

Tristan verließ die ehemalige Jugendherberge, gefolgt von Geiger, der hastig sein Handy bediente.

8

Sina beobachtete, wie nach und nach die Lüfter der Server zum Stehen kamen. Zufrieden schlich sie die Treppe hinunter und wollte gerade nach draußen fliehen, als ihr ein Mann in schwarzer Jeans und schwarzem T-Shirt entgegenkam.

»Mist«, fluchte sie und sah sich hastig nach einem Versteck um.

Sina vermutete, dass der Mann nach den Servern schauen wollte. Eine Flucht in die oberen Räume kam daher nicht in Frage. Neben der Treppe führte ein schmaler Gang tiefer in das Gebäude. Sie hoffte, sich unter der Treppe verstecken zu können, doch dort standen mehrere Kartons und alte Möbel. Ihr blieb nichts anderes übrig, als weiter dem Gang zu folgen. Am Ende des Ganges befand sich eine Tür und Sina betete, dass sie nicht verschlossen war. Von der Eingangstür konnte man sie immer noch sehen.

Der Mann kam pfeifend näher und im letzten Moment öffnete Sina die Tür und verschwand dahinter. Sie atmete einmal tief durch, dann horchte sie, ob die alten Treppenstufen unter dem Gewicht des Mannes knarrten. Das Knarren blieb aus, stattdessen kam das Pfeifen näher.

»Scheiße!« zischte Sina. »Der will gar nicht in den Serverraum.«

Hastig sah sie sich um. Sie stand in einem Durchgangsraum. Auf der gegenüberliegenden Seite befand sich wieder eine Tür. Sie überlegte nicht lange und rannte darauf zu. Zum Glück war auch diese nicht abgeschlossen. Dieses Mal führte die Tür zu einem Flur.

Da es keinen Weg mehr zurück gab, ohne von dem Mann entdeckt zu werden, entschloss sich Sina, einfach dem Flur zu folgen. Irgendwo würde sie schon wieder herauskommen. Sie erreichte eine weitere Tür, die auch nicht verschlossen war und riss sie auf.

»Endlich« stöhnte sie erleichtert, als sie auf einen hellen Boden trat. Sie hatte das Museum erreicht.

Sie rannte durch einige Ausstellungsräume bis zu einer alten Steintreppe, die hinunter ins Foyer führte. Von oben konnte Sina das Dach eines kleinen Kassenhäuschens erkennen. Sie wollte gerade die Treppe hinuntergehen, als durch den Museumseingang Nicolaas Brant trat. Der Illusionist sah sich einen Augenblick im Foyer um. Als er sich sicher war, allein zu sein, verriegelte er die alte Eingangspforte. Sina duckte sich hinter einem breiten Holzgeländer.

Der Mann konnte jeden Moment hinter ihr auftauchen. Brant stieg derweil in einem leichten Wiegeschritt die Haupttreppe hinauf und verschwand. Sina riskierte einen weiteren Blick. Dann eilte sie die Treppe hinunter. Das kleine Kassenhäuschen neben dem Haupteingang war unbesetzt, was Brant erlaubte, die Pforte zu schließen. Kaum hatte sie das Kassenhäuschen erreicht, trat auch der Mann die Treppe hinunter. Sina blieb vor den Auslagen des Museumsshops stehen und tat so, als suche sie ein Andenken.

Der Mann ignorierte sie, marschierte durch das Foyer und dann die große Haupttreppe hinauf. Nichts Ungewöhnliches, wären da nicht lange Aluminiumrahmen gewesen, die der Mann ganz ungeniert auf der Schulter durchs Museum trug.

Sinas Neugier war geweckt.

Sie folgte ihm die Treppe hinauf. Sina kannte das Schlossmuseum von Schulbesuchen. Ihr war jedoch nicht mehr ganz klar, wo sich welche Räumlichkeiten befanden. So entdeckte sie zu spät, dass der Mann mit den Aluminiumrahmen auf dem Weg in den Rubenssaal war.

Sie trat gerade um die Ecke, als ihr Brant entgegenkam.

»Hier oben ist momentan alles geschlossen«, sagte der Illusionist.

»Oh, das ist aber ärgerlich«, antwortete Sina, »wegen der Rubensbilder bin ich extra aus Hagen hergefahren.«

Brant musterte Sina. Sie kam ihm bekannt vor, doch die goldfarbenen Haare irritierten ihn.

»Kenne ich Sie?« fragte er.

»Das glaube ich kaum«, erwiderte Sina und fügte aggressiv hinzu. »Wenn Sie mich anmachen wollen, dann sollten Sie einen besseren Spruch anbringen, mein Herr!«

Mit dieser Reaktion hatte Brant nicht gerechnet.

»Verzeihen Sie, wir haben eine Bombendrohung«, erklärte Brant ruhig. »Deshalb muss ich Sie bitten, das Gebäude jetzt zu verlassen.«

»Eine Bombendrohung«, wiederholte Sina, blieb aber stehen. »Wer macht denn so was?«

»Bitte, verlassen Sie das Museum!« wiederholte Brant jetzt mit einem drohenden Unterton in seiner Stimme.

»Regen Sie sich nicht auf«, meinte Sina abfällig. »Erst machen Sie zweideutige Angebote und dann rücken Sie mit einer Bombendrohung heraus. Das kann einen schon verwirren!«

»Dennoch muss ich Sie jetzt nochmals bitten, das Museum zu verlassen«, wiederholte Brant.

Sina nickte und schritt langsam die Treppe hinunter. Brant begleitete sie bis zum Ausgang. Dort öffnete er die Pforte für sie.

»Einen schönen Tag noch«, knurrte er.

»Ihnen auch«, wiederholte Sina und verließ das Museum.

Sie hörte, wie Brant erneut die Pforte verriegelte.

»Mann, wo ist der Ohm?« zischte sie und hoffte nur, dass der Wisse Ohm ihr nicht gefolgt war.

9

Von der ehemaligen Jugendherberge bis zum Schloss waren es keine fünf Minuten Fußweg. Tristan rannte den Parkweg hinauf. Geiger folgte ihm mit lauten Atemgeräuschen.

»Was wollen Sie eigentlich unternehmen?« ächzte Geiger hinter Tristan.

Der Detektiv blieb stehen.

Schwerfällig näherte sich der Organisationsleiter.

»Wir müssen die Sprengung verhindern«, erklärte Tristan.

»Wie wollen Sie das machen?« japste Geiger. »Die Zünder aus dem Sprengstoff ziehen?«

»Nein, es muss einen Fernzünder geben«, antwortete Tristan. »Geht's wieder?«

Geiger nickte.

»Dann weiter«, mahnte Tristan. »Haben Sie Pfeiffer erreicht?«

»Nein«, schüttelte Geiger den Kopf.

Die Menschenmenge war jetzt so dicht, dass ein schnelles Vorwärtskommen unmöglich wurde. Nach einigen ewig andauernden Minuten erreichten sie schließlich die Bühne. Dort spielte ganz nach Plan eine Gruppe ihre Lieder.

»Wie spät ist es?« fragte Tristan laut.

»13.20 Uhr«, antwortete Geiger.

Tristan nickte und bahnte sich einen Weg neben die Bühne. Geiger folgte ihm. Ein Gitter mit einer schwarzen Abdeckung riegelte den Bereich neben der Bühne ab.

»Wie kommen wir da hinein?« fragte Tristan unruhig.

»Kommen Sie mit«, sagte Geiger. »Wir haben hier mit den Gittern einen kleinen Bereich geschaffen, in dem sich die Künstler auf ihren Auftritt vorbereiten können. Der Eingang ist da vorne.«

Der Organisationsleiter führte ihn einige Meter entlang der Absperrung zu einem Vorhang, den ein junger Mann bewachte.

»Hallo, Matthias«, grüßte der Mann freundlich.

»Hallo, Peter«, erwiderte Geiger, »wir müssen da rein.«

Peter nickte und hielt ihnen den Vorhang auf.

Tristan und Geiger schlüpften durch den Vorhang. Der abgetrennte Platz war nicht größer als ein kleiner Wohnwagen. Eine Treppe führte auf die Bühne, die man ganz überblicken konnte. Doch das interessierte den Detektiv nicht weiter. Er ging zum hinteren Ende der Bühne und blickte an der nun sichtbaren Schlossfassade hinauf.

Die Wand bestand aus alten Bruchsteinen. Tristan suchte unterhalb der Fenster nach Sprengladungen, doch er fand nichts.

»Und, was sehen Sie?« fragte Geiger.

»Nichts«, stöhnte der Detektiv.

Geiger beugte sich ebenfalls nach vorn, um an der Bühne vorbei auf die Mauer sehen zu können.

»Wie sieht so eine Sprengladung denn aus?« fragte er.

»Na, eine graue Masse mit Drähten drin«, antwortete Tristan und dann sah er sie. »Da, unterhalb des dritten Fensters. Sehen Sie die Drähte?«

»Ja, aber keine graue Masse«, antwortete Geiger.

»Ich Dummkopf«, schimpfte sich Tristan. »Natürlich muss man den Sprengstoff in der Mauer anbringen.«

»So?!« Geiger hatte in Physik nie sonderlich achtgegeben.

»Haben Sie noch nie einen Kracher in einen Apfel gesteckt?« fragte der Detektiv.

»Mit Essen soll man nicht spielen«, antwortete Geiger.

»Jedenfalls, wenn Sie den Kracher nur neben den Apfel legen, dann reißt die Explosion höchstens die Außenhaut auf. Stecken Sie den Kracher in den Apfel, erhalten Sie Apfelmus.«

»Meinetwegen«, nickte Geiger, »aber was jetzt?«

Peter rief plötzlich nach Geiger. »Hier sind Leute für dich!«

Geiger ging zum Vorhang und spähte hindurch.

Einen Augenblick später füllten Sina, der Wisse Ohm sowie Erich und die beiden Kommissare den kleinen Platz.

Tristan ergriff sofort das Wort. Er ahnte, wenn er seinen Freunden nur eine Sekunde zum Nachdenken geben würde, dann müsste er ihnen alles haarklein erklären. Dafür reichte die Zeit nicht mehr. Deshalb rief er gegen den Lärm der Band an: »Wir haben noch zehn Minuten! Van Veen ist Nicolaas Brant und das ist der Künstlername von Noah Krämer. Er plant, das Museum auszuräumen und hat dort oben bei den Fenstern bereits die Sprengladung angebracht.«

»Brant ist mit einem Typ im Museum«, sagte Sina, »sie haben Alurahmen reingeschleppt.«

»Hatte er einen Fernauslöser bei sich?« fragte Tristan. »Die Bombenexpertin sprach von einem Kasten in der Größe eines Schuhkartons!«

»Nein, er hatte nichts bei sich«, antwortete Sina und fügte zweifelnd hinzu. »Ich habe jedenfalls nichts gesehen, das so aussieht.«

»Wir müssen ihn festnehmen«, entschied Pfeiffer. »Jetzt, auf der Stelle!«

»Wenn er gewarnt wird«, warf Tristan ein, »dann könnte er die Sprengung vorzeitig auslösen.«

»Dann müssen wir uns eben ranschleichen«, grinste Pfeiffer.

10

Marlowe hatte es fast geschafft. Der Lärm um ihn herum war unerträglich. Er wollte wieder nach Hause. Sein kräftiger Schnabel bog den Draht des Klemmschlosses noch ein Stück weiter, dann sprang die Käfigtür endlich auf. Vorsichtig lugte Marlowe mit dem Kopf aus dem Käfig, dann brabbelte er:

»Es zwitschert eine Lerche im Kamin, / Wenn du sie hörst. / Ein jeder Schutzmann in Berlin / Verhaftet dich, wenn du ihn störst.«

Mit einem Satz hüpfte er aus dem Verlies und landete zwischen zwei leuchtend blauen Kabeln. Die Kabel verbanden ein Babyfon und eine schuhkartongroße Metallbox. Trotz des Wunsches, endlich wieder von Tristan gekrault zu werden, obsiegte seine Natur und er begann, an einem der blauen Kabel herumzuknabbern.

Nur wenige Meter von ihm entfernt schmiedeten Pfeiffer und Tristan ihren Plan.

»Sina führt uns durch den Nebeneingang ins Museum«, sagte Pfeiffer.

»Okay«, nickte Sina.

»Sie werden dann den zweiten Mann nach unten locken, während Tristan, Holzbaum und ich uns im ersten Stock verstecken. Erich, der Wisse Ohm und Holzbaum werden dann den Mann überwältigen.« Pfeiffer sah den Diakon an. »Er darf nicht entkommen!«

»Wird er nicht«, nickte der Diakon.

»Gut, in dem Moment, in dem der Mann an uns vorbeigegangen ist, schleichen Irle und ich in den Rubenssaal«, führte Pfeiffer weiter aus. »Und sollte van Veen, oder wie er sich nennen mag, auch nur mit der Wimper zucken, dann verpasse ich ihm eine Kugel!«

Die anderen sahen Pfeiffer kritisch an.

»Keine Angst, erschießen werde ich ihn nicht«, maulte Pfeiffer.

»Dann los!« Tristan ging voran.

»Und was mache ich?« fragte Geiger.

»Sie passen auf, dass uns keiner stört«, antwortete Pfeiffer.

Sina führte sie in den Nebeneingang bis ins Foyer. Tristan und Pfeiffer schlichen die Haupttreppe hinauf und versteckten sich in einer Ecke. Wenig später begann Sina laut nach einer Aufsichtsperson zu rufen. Es dauerte nur einen Augenblick, da hüpfte Brants Partner die Treppe hinunter. Sobald er an Tristan und Pfeiffer vorbeigelaufen war, schlichen die beiden zum Rubenssaal.

Der Illusionist beugte sich mit dem Rücken zu ihnen über einen der Aluminiumrahmen. Pfeiffer zog seine Dienstwaffe und gab Tristan ein Zeichen – dann betraten sie den Rubenssaal. Das Knarren einer Diele verriet sie.

Augenblicklich schoss Brant hoch und griff in seine Tasche.

»Keine Bewegung!« schrie Pfeiffer. »Sie sind verhaftet!«

Brant lächelte milde und sagte: »Herr Irle und Herr Pfeiffer, was für ein Auftritt!«

»Das Spiel ist aus!« knurrte Pfeiffer, mit der Waffe auf Brant zielend.

»Wieso müssen Polizisten das immer sagen?« grinste der Illusionist.

»Geben Sie auf«, sagte Tristan ruhig. »Wir haben Ihren Plan durchschaut. Es gibt keine Fluchtmöglichkeit.«

Von draußen näherte sich das Brummen eines Hubschraubers.

»So, keine Fluchtmöglichkeit«, wiederholte Brant und seine Hand spielte mit dem Gegenstück des Babyfons, das er in seiner Tasche trug. »Wieso glauben Sie, dass es keine Fluchtmöglichkeit gibt?«

Dann drückte er auf den Sendeknopf – doch nichts geschah.

Verblüfft sah er zur Fensterreihe, hastig zog er das Babyfon aus der Tasche und drückte nochmals den Sendeknopf.

»Lassen Sie das Teil fallen«, befahl Pfeiffer und trat einen Schritt vor. »Ich wiederhole die Aufforderung nicht noch einmal!«

Brand war intelligent genug um zu erkennen, dass es aus war.

Wut stieg in ihm auf. Er dachte an seinen gefangenen Bruder und daran, dass nun auch er an Irle gescheitert war.

»Sie fühlen sich jetzt wohl als Sieger, Irle!« presste Brant leise zwischen seinen Zähnen heraus. »Da haben mein Bruder und ich uns diesen Plan ausgedacht, weil mein lieber Bruder dachte, Sie hielten nichts von moderner Technik.«

»Da lagen Sie falsch!« antwortete Tristan.

»Dieses Püppchen hat Ihnen geholfen«, fluchte Brant. »Dass Sie Hilfe bekommen könnten, hätten wir bedenken müssen.«

»Sie hätten sich auch nicht den gleichen Ort des Verbrechens aussuchen sollen, dem Ihr Bruder seinerzeit zum Opfer fiel«, erwiderte Tristan kalt.

Brant grinste: »Ein Versuch war es wert, bei all den schönen Bildern.«

»Dafür mussten Menschen sterben«, knurrte Pfeiffer, immer noch die Waffe im Anschlag.

»Dieser Hans-Jürgen hat eine Menge Geld von uns bekommen«, lachte Brant irre. »Dem sind Sie leider viel zu schnell auf die Schliche gekommen. Es war zu gefährlich, ihn leben zu lassen. Er hätte uns verraten können.«

»Und Bach?« fragte Tristan. »Er hat nur seinen Job getan.«

»Das Leben ist ungerecht«, zischte Brant und ließ das Babyfon fallen. Dann ergab er sich.

Pfeiffer legte ihm sofort Handschellen an.

Wenig später betrat Holzbaum den Rubenssaal.

»Holzbaum, geben Sie durch, dass die Gefahr vorbei ist«, sagte Tristan erleichtert darüber, dass nichts explodiert war. Dann wandte er sich zu Brant. »Wo haben Sie Marlowe versteckt?«

11

»Wo ist Marlowe?« wiederholte Tristan.

Brant schüttelte den Kopf und sagte. »Suchen Sie ihn.«

Pfeiffer hätte ihm liebend gerne eine reingehauen, doch der Mann konnte sich nicht wehren. Für einen Augenblick überlegte der Hauptkommissar, ihm die Handschellen nochmals abzunehmen.

»Holzbaum, bring ihn weg«, sagte Pfeiffer schließlich.

In dem Moment trafen der Wisse Ohm und Sina im Rubenssaal ein.

»Wer bewacht seinen Komplizen?« fragte Pfeiffer.

»Erich bewacht ihn«, antwortete der Wisse Ohm und fügte mit einem süffisanten Lächeln hinzu: »Der hat seit seiner Festnahme keinen Mucks gemacht.«

»Wow, was ist das denn?« rief Sina unterdessen und betrachtete die Alurahmen.

Die Diebe hatten spezielle Alurahmen um die Rubensbilder angebracht. An der Oberkante der Rahmen befanden sich zwei Ösen. Zudem ließ sich ein Leinenvlies wie ein Rollo aus dem Rahmen ziehen. Das schützte die Vorderseite der Bilder.

»Wozu sind die?« fragte Pfeiffer.

»Damit wollten die beiden die Bilder aus dem Schloss stehlen«, antwortete Tristan.

»Die passen ja nicht mal durch die Tür«, erwiderte Pfeiffer.

Tristan erklärte ihm, dass die Sprengladung an der Außenwand ein ausreichend großes Loch geschaffen hätte.

»Okay«, nickte der Hauptkommissar, »das ist klar, aber was will er im Schlosspark? Da wäre er nie wieder weggekommen.«

»Nun, kommen Sie mal«, sagte Tristan und ging zum Fenster. »Sehen Sie den Hubschrauber dort?«

»Der fliegt verdammt tief«, raunte Pfeiffer.

»Der Helikopter ist oder besser sollte das Fluchtfahrzeug sein«, antwortete Tristan.

»Wohl eher Fluchtflugzeug«, korrigierte Sina. Dann begriff sie, welche Funktion die Rahmen hatten. »Ah, und die Rahmen hätte er einfach an den Hubschrauber gehängt und wäre so entkommen.«

»Ich denke, so hatte er es geplant.«

Pfeiffer griff zu seinem Handy und benachrichtigte die Luftaufsicht. Sie sollten den Hubschrauber per Radar verfolgen. Ein Polizeihubschrauber würde die Verfolgung aufnehmen.

»Aber von Marlowe haben wir noch immer keine Spur«, seufzte Tristan.

Der Wisse Ohm entdeckte das fallengelassene Babyfon.

»War das seine Fernsteuerung?« sagte er abfällig.

»Wahrscheinlich«, nickte Tristan.

»Dann kann die Zündbox nicht weit weg sein«, überlegte der Wisse Ohm.

»Sie wird wohl kaum im Museum stehen«, sagte Sina. »Denk an die Antenne.«

Der Ohm nickte und schlenderte ans Fenster.

»Wo hatten die eigentlich diese Rahmen versteckt?« fragte Tristan.

»Der Partner kam mit ihnen auf der Schulter um die Ecke«, erklärte Sina.

»Er wird damit wohl kaum durch den halben Park gelaufen sein«, sagte der Wisse Ohm und sah aus dem Fenster direkt auf die Bühne.

»Ich glaube, ich weiß, wo wir mal nachsehen sollten«, grinste der Wisse Ohm.

Sie gingen die Treppe hinunter und trafen im Foyer auf eine aufgeregte Museumsdirektorin, den Polizeiinspektor und den Polizeidirektor sowie eine Menge Polizisten.

»Ihren Bildern geht es gut«, beruhigte Pfeiffer die Direktorin.

Davon wollte sich die Museumsdirektorin selbst überzeugen und eilte die Treppe hinauf.

»Was ist das eigentlich für eine Geschichte?« blökte der Polizeiinspektor und nahm Pfeiffer in Beschlag.

Die Beamten übernahmen die beiden Verhafteten und führten sie nach draußen. Holzbaum gab den Freunden ein Zeichen, über die Treppe zum Nebenausgang zu verschwinden.

Die vier warteten nicht lange und verließen das Museum über den Nebeneingang.

»Und, was ist passiert?« fragte Geiger aufgeregt, der immer noch Wache stand.

»Alles gut ausgegangen«, erklärte ihm Tristan. »Wir müssen nochmals zur Bühne.«

»Kein Problem«, nickte der Organisationsleiter.

Wieder schlüpften sie hinter den Vorhang zur Bühne. Es war erstaunlich ruhig.

»Eigentlich hätte jetzt der Illusionist auftreten sollen«, erklärte Geiger. »Aber das wird wohl nichts mehr.«

»Eine perfekte Planung«, zischte Sina. »Das Publikum hätte die Sprengung der Schlossmauern noch als einen Teil der Show gesehen und applaudiert.«

»Erst wenn der Hubschrauber ihre Frisuren durcheinandergewirbelt hätte«, ergänzte der Wisse Ohm, »dann wären sie wohl aufgewacht.«

Tristan ging zum Bühnenrand und fragte: »Wie kann man darunter sehen?«

»Warten Sie, da ist ein Klettverschluss an der Abdeckung«, Geiger zog an einem schwarzen Band und die aus Stoff bestehende Abdeckung löste sich.

Zwischen den Bühnenpfeilern saß auf dem Boden ein weißer Kakadu und sträubte seinen Kamm.

7. Der Festzug war ...

Samstagnachmittag

Der Festzug war ein großer Erfolg. Die Menschen standen zu Tausenden am Straßenrand und applaudierten den vorbeiziehenden Schauwagen. Auch die Ministerpräsidentin schien sich neben Landrat und Bürgermeister wohlzufühlen. Katrin Becker hielt sich nicht weit vom Bürgermeister auf und formulierte in Gedanken bereits eine fesselnde Pressemitteilung über den verhinderten Raub der Rubensbilder. Bis jetzt hatte sie noch keine genauen Informationen. Es war nur so viel bekannt, dass Pfeiffer und Irle den Bombenleger gefasst und die Rubensbilder gerettet hatten. Leider taugte das nicht für die Weltöffentlichkeit, aber in die 8-Uhr-Nachrichten würde sie es schaffen. Doch dazu musste sie zuvor mit Pfeiffer reden. Der Hauptkommissar und sein Kollege Holzbaum, das hatte sie von der Ministerin erfahren, befanden sich in der Kreispolizeibehörde, um ihren Bericht anzufertigen. Frau Ministerpräsidentin äußerte sich sehr nobel über den schneidigen und so agilen Hauptkommissar.

Vielleicht, dachte Katrin, sollte ich ihn gleich anrufen.

Matthias Geiger wurde ebenfalls von seinem Job eingeholt. Die Bühne am Unteren Schloss musste für den großen Auftritt eines deutschen

Popstars hergerichtet werden. Jetzt, da durch den Wegfall von Hans-Jürgen sich ein weiteres Loch in der Planung auftat, sprang Geiger persönlich ein. Mit einem Headset hinter dem Ohr und einem voll aufgeladenen Handy-Akku begann er, die Jungs und Mädels der Bühnenmannschaft anzutreiben. Betty hielt derweil im *Hauptquartier* die Stellung.

Juliane übernahm wieder die Bühne hinter der Marienkirche. Es zeigte sich, dass die Schauspieler und Akteure äußerst pflegeleicht waren. Die meisten hatten bereits Erfahrungen auf Volksfesten gesammelt und halfen sich selbst. Das erleichterte Juliane die Arbeit und sie konnte sich wieder um die Bühne vor Tristans Haus kümmern.

Pfeiffer und Holzbaum hörten sich unterdessen eine Standpauke von Polizeiinspektor Dr. Herbert von Hufstein an.

Dabei grinste Pfeiffer ununterbrochen. Kurz zuvor hatte sich Katrin bei ihm gemeldet und sie hatten die besondere Stimmung nach einem gelungenen Einsatz genutzt, um sich zu versöhnen. Dafür lieferte Pfeiffer ihr genügend Insiderinformationen, um eine wirksame Pressemitteilung zu formulieren. Katrin hatte ihm auch mitgeteilt, dass die Ministerpräsidentin ihn und Holzbaum für einen Dienstorden vorgeschlagen hatte. Der laute Rüffel, den der Polizeiinspektor nun schon eine Weile von sich gab, hatte für keinen der beiden Beamten Konsequenzen.

Leider sah das der Polizeiinspektor nicht ganz so klar und er begann vom Stock aufs Stöckchen zu springen.

Während in der Unterstadt ein Schauwagen nach dem anderen an der Ministerpräsidentin vorbeizog, saßen Tristan und sein Team im Hof hinter der Marienkirche. Marlowe hockte auf Tristans Schulter und knabberte an einem Keks.

Sina kraulte ihn an seiner Brust, was dem Kakadu besonders gut gefiel. Er flatterte kurz mit den Flügeln, hielt seinen Keks jedoch fest ihm Schnabel.

»Den Keks hat er sich dreimal verdient«, sagte Erich stolz.

»Ja, das kann man wohl sagen«, stöhnte der Wisse Ohm.

»Ohne seine Vorliebe für Schnürsenkel hätte die Sache böse ins Auge gehen können«, stellte Erich fest.

Marlowe hatte zur rechten Zeit das Babyfon von der Zündbox getrennt.

»Da hatten wir Glück«, nickte Tristan.

»Wieso wusste Pfeiffer, dass Brant der Täter war?« fragte Sina.

»Er hatte eine gute Idee«, lächelte der Wisse Ohm.

»Er oder Holzbaum?« hakte Tristan nach.

»Jedenfalls bei der Suche nach Hinweisen, ob Hans-Jürgen in Gotha war, dort wurde ja der

Sprengstoff gestohlen, stießen sie auf einen Verkehrsübertritt von Brant.«

»Was ist mit dem Gehilfen?« wollte Erich wissen.

»Er hatte Blut an seinem Ärmel«, antwortete Tristan. »Damit wird man ihn des Mordes an Hans-Jürgen überführen können.«

»Aber was ist mit Brant?« hakte Erich nach.

»Die Polizei hat sein Handy und wir haben immer noch das von Bach«, lächelte Tristan. »Nun ja, jetzt hat es die Polizei, damit kann sich Brant nicht mehr aus der Schlinge ziehen.«

Sina schien über etwas nachzugrübeln. »Tristan, wie bist du auf den Hubschrauber gekommen? Ich meine, das ist doch total verrückt!«

»Erinnert ihr euch noch an gestern?« erklärte Tristan. »Da flog der Hubschrauber das erste Mal so tief über uns weg, dass es auffiel.«

Die anderen erinnerten sich nicht.

Tristan fasste nochmals die Schlussfolgerung zusammen, die Verbindungen von Namen, die Bedeutung der Bühnen und schließlich die Anspielung auf Siegens großen Sohn.

»Zum Schluss«, sagte der Detektiv, »wäre dann nur noch eine Flucht geblieben, die eines Showmans würdig wäre. Da die Bilder nun wirklich groß sind und dazu noch auf Holz gemalt, wollte Brant sie einfach an einen Hubschrauber hängen und aus der Stadt fliegen. Das ist technisch überhaupt kein Problem, wenn man ein paar Vorbereitungen trifft.«

»Dafür brauchte er die Rahmen«, verstand nun Sina.

»Ja, aber weit wäre er mit dem Hubschrauber nicht gekommen«, meinte der Wisse Ohm. »Das Ding fällt ja kilometerweit auf.«

»Ich vermute, dass irgendwo versteckt ein LKW die Ladung aufgenommen hätte, dann wären die Bilder verloren gewesen.«

Marlowe inspirierte das ganze Gerede und er fand es an der Zeit, seinen Beitrag zu leisten:

»Oh, was hat in diesen Stunden / Knopp für Sorgen durchempfunden.«

Danksagung

Einen Roman zu schreiben, der inspiriert wurde durch ein Ereignis, das noch gar nicht stattfand, ist etwas Ungewöhnliches. Das der 20. Irle-Roman dennoch zeitig erschien, verdanke ich Martin Horne, der sich im Sommer 2010 die Zeit nahm, mich über den Stand der Planung zum NRW-Tag so weit zu informieren, dass ich mir ein fiktives Bild machen konnte.

Wie sich schließlich herausstellte, waren die Informationen so gut, dass die Romanbeschreibungen nur an einigen Stellen aus narrativen Gründen abweichen.

Anja Georg, Sabine Rottler, Rolf Engel und Ralph Rottler machten hilfreiche Anmerkungen und gehörten wieder einmal zu den Ersten, die das Manuskript lesen durften. Prof. Dr. Jürgen Kühnel nahm sich das Manuskript am Bodensee vor, gleich nach seinem USA-Aufenthalt. Marlis Klein und Rebecca Schmidt verliehen dem Manuskript den letzten Schliff. An alle ein herzliches Dankeschön für die Hilfe.

Ralf Strackbein

Mordgemetzel

Tristan Irle

Zwei Dekaden Ermittlungen im Kreisgebiet Siegen-Wittgestein

Bildband – Gebunden, 18,5 x 26 cm – 136 Seiten

Einen Sommer lang besuchte der Autor Ralf Strackbein die realen Orte, an denen der fiktive Privatdetektiv Tristan Irle aus der Siegener Altstadt seit zwei Dekaden ermittelt. Mit der Kamera bewaffnet fotografierte er die ausgewählten Schauplätze. Dabei entstand eine Bildreise, die das wunderschöne Kreisgebiet Siegen-Wittgenstein darstellt. Neben diesen zahlreichen Momentaufnahmen werden weitere Informationen und Recherchematerial zu den einzelnen Tristan-Irle-Romanen abgebildet.

ISBN: 978-3-935378-30-9

Michaela Becker / Ralf Strackbein

Das Notizbuch

Die geheimen Recherchen zum Fall:
Tristan Irle und der Grabräuber

Ergänzungsband · Taschenbuch
32 Seiten mit zahlreichen Abbildungen

Der Inhalt dieses Notizbuches dokumentiert die geheimen Recherchen zum Fall: Tristan Irle und der Grabräuber.
Die im Roman „Tristan Irle und der Grabräuber" erwähnten Schauplätze und Fundstücke werden in diesem Notizbuch mit zahlreichen Fotos und Grafiken dargestellt. Zudem sind Hintergrundinformationen, eine geschichtliche Zusammenfassung der historischen Quellen und ein Quellenverzeichnis abgedruckt.
Es wird darauf hingewiesen, dass dieses Notizbuch nur in Zusammenhang des Tristan-Irle-Romans Sinn ergibt.
Es wird ferner davor gewarnt, dieses Notizbuch vorzeitig zu öffnen.
Wer die Spannung im Roman erhalten möchte, dem sei empfohlen, sehr vorsichtig in diesem Notizbuch zu blättern und unbedingt die Anleitung als Erstes zu lesen.

ISBN: 978-3-935378-25-3

Ralf Strackbein

Der Billy-Code

Roman · Taschenbuch · 296 Seiten

Bedrohlich ziehen dunkle Schneewolken von Westen heran, während sich Raphael Olofsson, ehemaliges Mitglied der Deutschen Botschaft in Stockholm, und seine Assistentin, Miriam van Heyden, auf den Weg zu einem schwedischen Möbelhaus machen. Im Möbelhaus werden sie von einem Stromausfall überrascht. Die plötzliche Dunkelheit raubt ihnen die Sicht. Dann treten sie in eine Blutlache. Nicht weit entfernt finden sie eine Leiche, die auf mysteriöse Weise ums Leben kam.

Die anrückende Polizei und der Niederlassungsleiter gehen von einem Unfall aus, doch Olofsson findet Indizien, die auf Mord hindeuten. Unterdessen ahnt keiner der Möbelhaus-Besucher, dass sich ein katastrophaler Schneesturm über das Land ausbreitet, der ein Verlassen des Möbelhauses unmöglich macht. Als die Betroffenen ihre Situation erkennen, ist es zu spät, und Olofsson fragt sich: Konnte der Mörder fliehen oder ist er mit uns eingeschlossen?

ISBN: 978-3-935378-19-2

In dieser Reihe bereits erschienen:

Tristan Irle und der Rubensmord (1991)

Eigentlich sollen die Feierlichkeiten zum 350. Todestag von Peter Paul Rubens friedlich und ohne größeres Aufsehen in der Stadt Siegen gefeiert werden. Doch das ändert sich schlagartig, als man eine Leiche im Vorhof des Oberen Schlosses findet. Privatdetektiv Irle übernimmt den Fall und muss bald feststellen, dass mehr hinter dem Fall zu stecken scheint, als es vordergründig aussieht.

Tristan Irle – Eine Leiche auf der HTS (1992)

Friedlich bereiten sich die Bewohner des Siegerlandes auf das Weihnachtsfest vor. Doch plötzlich wird die festliche Ruhe gestört, als man eine Leiche im Schnee begraben findet. Tristan Irle übernimmt die Aufklärung des mysteriösen Mordes. Dabei verfängt er sich in einem Netz von Intrigen, Bestechungen und Lügen.

Tristan Irle – Mord Pur (1993)

KulturPur – seit Jahren ein Begriff für ein Fest der besonderen Art. Tristan Irle gönnt sich ein paar Tage Urlaub auf dem Giller und trifft dort Pensionsbesitzerin Helga Bottenberg. – Eine Frau, in die er sich verlieben könnte? Beschaulichkeit bestimmt den Tag, bis ein hinterhältiger Anschlag die Idylle zerstört.

Tristan Irle – Die Abseitsfalle (1994)

Die Damenmannschaft des SC Siegen hat es wieder geschafft. Sie steht im Endspiel um die deutsche Meisterschaft. Doch dann verunglückt auf mysteriöse Weise ein Mitglied des Vereins. War es Mord? Diese Frage soll Tristan Irle klären. Voller Tatendrang stürzt er sich ins Spiel. Doch das Spiel ist nicht fair, und er durchschaut die heimtückische Abseitsfalle.

Tristan Irle – Das sexte Gebot (1995)

Seit Tagen ziehen Regenschauer über das Siegerland. In dicke Regenjacken gehüllt, gehen die Menschen ihren Geschäften nach. Plötzlich erschüttert des Nachts eine fürchterliche Autoexplosion die Stadt. Es gibt einen Toten. Zur gleichen Zeit findet Tristan Irle ein Findelkind in der Marienkirche. Die Polizei steht vor einem Rätsel. Haben beide Ereignisse etwas miteinander zu tun?

Tristan Irle und das Rathauskomplott (1996)

Weihnachtsmarkt in Siegen. Es ist der Beginn der Adventszeit. Plötzlich erschüttert ein fürchterlicher Fund auf dem Weihnachtsmarkt die Gemüter. Schockiert schalten sich Staatsanwaltschaft und Polizei ein. Ihnen eine Nasenlänge voraus ist eine junge Journalistin. Sie vermutet Verbindungen zum Rathaus und bittet Detektiv Tristan Irle um Hilfe. Machenschaften allerorts und der kommunale Filz drohen schließlich die Ermittlungen fast zu ersticken.

Tristan Irle – Der Braumeister (1997)

Der junge Braumeister Roland Eichbaum hat die Idee seines Lebens. Er möchte Bier in Asien brauen. Die Verhandlungen sind in vollem Gange, als plötzlich ein Mord die Bierbrauer der Region erschüttert. Bis Tristan Irle durch die trübe Suppe von Verdächtigungen eine klare Spur findet, muss er so manches Glas Bier leeren, und nicht selten beginnt die Recherche mit einem lauten: Prost! Und da ist dann auch noch ein geheimnisvoller Chiffrierschlüssel, der Tristans Ermittlungen behindert.

Tristan Irle – Gegen den Strich (1998)

Die kleine Großstadt Siegen steht im Fokus der Weltöffentlichkeit. Im Medien- und Kulturzentrum laufen die letzten Vorbereitungen auf Hochtouren für eine ganz besondere Ausstellung, als ein Siegener Künstler zu Tode kommt. Tristan Irle beginnt seine Ermittlungen, was Künstlern und anderen Kreativen gegen den Strich geht. Dann muss Irle feststellen, dass die Kunstszene genauso schillernd ist wie eine Malpalette.

Tristan Irle – Tödliche Doktorspiele (1999)

Im Arzt-Gelöbnis steht: »Ich werde meinen Beruf mit Gewissenhaftigkeit und Würde ausüben. Die Erhaltung und Wiederherstellung der Gesundheit meiner Patienten soll oberstes Gebot meines Handelns sein.« Diesen Satz haben auch die Ärzte in einem Krankenhaus in Siegen gelobt. Doch eines Morgens findet man eine tote Patientin. Und wie sich herausstellt, wurde sie falsch behandelt. Chefarzt Dr. med. Killian steht plötzlich unter Mordverdacht, doch er behauptet, unschuldig zu sein. Privatdetektiv Tristan Irle wird eingeschaltet, um den mysteriösen Todesfall zu untersuchen. Ihm gegenüber eine Schar weißer Kittel, die alle etwas zu verbergen scheinen.

Tristan Irle – Siegener Maskerade (2000) gebunden

Schriftsteller Raffael Leich trifft sich im Geheimen mit dem persönlichen Referenten des Bürgermeisters. Ein mysteriöses Bild wechselt den Besitzer, dann fallen plötzlich Schüsse. Raffael kann fliehen. Tags darauf wird Privatdetektiv Tristan Irle eingeschaltet, um zu ermitteln. Zur gleichen Zeit bereitet der Anwalt Hallenberger eine Millionen-Spende für die Stadt Siegen vor, um mit dem Geld das Projekt Apollo-Theater zu finanzieren. Steht der Mord etwa mit dem Theaterprojekt in Verbindung? Welche Rolle spielen Schriftsteller Raffael Leich und der Bürgermeister? Und da ist da noch das geheimnisvolle Bild. Im Buch enthalten: ein ausklappbarer Abzug des mysteriösen Bildes.

Tristan Irle – Eisenhart (2001)

Die Stadtkasse – so ausgetrocknet wie ein afrikanisches Wadi – treibt Stadtkämmerer Goldmann den Schweiß auf die Stirn. Sein Chef, der Bürgermeister, eröffnet unterdessen ein neues Museum und weiß selbst nicht so recht, wie er die anstehenden finanziellen Probleme lösen soll. Tristan Irle, Privatdetektiv, ist an diesem Tag einer Einladung auf das Segelfluggelände nahe der Stadt gefolgt. Dort muss er einen schrecklichen Unfall mit ansehen. Der Detektiv beginnt zu ermitteln und dabei entpuppt sich die scheinbar eingeschworene Fliegergemeinschaft als lebensgefährliche Bedrohung für Tristan und seine Freunde.

Tristan Irle – Die Fürstenjagd (2002)

Es ist Jagdsaison im Wald des Fürsten zu Widerstein. Allerlei Prominenz aus dem Ausland trifft sich nahe Bad Berleburg in einem Forsthaus, um zusammen mit Fürst Siegfried dem Wild auf die Pelle zu rücken. Vom Jagdfieber gepackt, verteilen sich die Herrschaften im Wald. Schüsse fallen und plötzlich ertönen Jagdhörner. Wenig später wird die Jagd abgebrochen, denn im Wald liegt ein Toter. Tristan Irle, Privatdetektiv, als Treiber bei der Jagd dabei, übernimmt die Ermittlungen. Die stellen sich als äußerst schwierig heraus. Die Jagdgäste aus höchsten adeligen Kreisen schweigen, bis die Beweislast immer erdrückender wird.

Tristan Irle – Lokalzeit (2003)

Die Journalisten des regionalen Fernsehsenders sind ein eingespieltes Team. Erhöhter Stress gehört bei ihrem Job zum Alltag, und da bringt es den verantwortlichen Fernsehredakteur nicht sonderlich aus der Ruhe, als ein Übertragungswagen für die aktuelle Stunde liegen bleibt. Doch als vor laufender Kamera jemand stirbt, da liegen plötzlich bei allen Beteiligten die Nerven blank. Noch ahnt keiner, dass dies der Auftakt zu einer unheimlichen Mordserie ist.

Tristan Irle, Privatdetektiv, übernimmt die Ermittlungen. Und die führen ihn überraschend zu einem großen schwedischen Möbelhaus, dessen Ansiedlung zum Interessenkonflikt mächtiger Parteien geführt hat. Schließlich drängt sich dem Detektiv die Frage auf: Hat das Rathaus etwas mit dem Mord zu schaffen?

Tristan Irle – Baum fällt! (2004)

Die heimische Politprominenz ist hocherfreut. Der brasilianische Botschafter besucht anlässlich einer Fürst-Johann-Moritz-Ausstellung die Region. Eine gute Gelegenheit die Gäste aus Übersee in den Wald einzuladen, um uralte Haubergstradition zu vermitteln. Der Botschafter ist begeistert. Weniger enthusiastisch zeigen sich die Kuratoriumsmitglieder der Ausstellung sowie die verantwortlichen Historiker, allen voran die Rektorin der Universität. Und dann endet der Ausflug für einen Gast auf mysteriöse Weise tödlich.

Tristan Irle, Privatdetektiv, beginnt zu ermitteln. Bald stellt er fest, dass die feine Gesellschaft der Ausstellungsmacher ihre eigenen dubiosen Ziele verfolgt. Und schließlich gerät der Privatdetektiv ins Schussfeld, denn im Hintergrund agiert noch der Geheimdienst …

Tristan Irle – Die zitternden Tenöre (2005)

Der Männergesangverein *„Pro Patria"* steht vor einer großen Herausforderung. Zusammen mit dem engagierten Chorleiter Gottfried Kunze möchten die Mitglieder nach 100-jährigem Bestehen endlich den Status „Meisterchor" erlangen. Sie proben, bis ihre Stimmbänder zittern, doch dann geschieht während der Probenpause ein Mord. Chorleiter und Erster Vorsitzender sind sich einig, dass dieses hinterhältige Attentat nur einer aufklären kann. Sie engagieren den Privatdetektiv Tristan Irle.

Die Tenöre verfolgen misstrauisch Tristans Ermittlungen. Je mehr der Detektiv in ein klebriges Geflecht aus Intrigen dringt, desto gefährlicher wird es für ihn. Und dann stellt sich plötzlich heraus, dass das Opfer einen berühmten Verwandten hat.

Tristan Irle – Der Killersteig (2006)

An einem herrlichen Spätsommertag trifft sich eine Gruppe Polizisten, um zusammen mit Staatsanwalt und Landrat über einen Teil des berühmten „Rothaarsteigs" zu wandern. Mit Rucksack und Wanderschuhen ausgerüstet beginnt die Wanderung im Süden des Kreisgebietes Siegen-Wittgenstein. Doch schon bei der ersten

Übernachtung kommt es zu einem tragischen Zwischenfall.

Tristan Irle, Privatdetektiv, erhält kurz darauf einen geheimnisvollen Anruf, der ihn dazu bewegt, sich der Gruppe am nächsten Tag anzuschließen. Schon bald muss er feststellen, dass nicht alle in der Gruppe so freundlich sind, wie sie vordergründig vorgeben. Als es erneut zu einem Zwischenfall kommt, ahnt der Detektiv, dass ein Mörder unter ihnen weilt.

Tristan Irle – Locht ein! (2007)

Große Aufregung unter den Golfern im Kreisgebiet. Am Vorabend der Clubmeisterschaft findet man einen Toten auf dem Golfplatz und das mitten im Wasserhindernis. Keiner kann sich so richtig erklären, wie dieser scheinbare Unfall vonstatten ging, und zum Erstaunen von Privatdetektiv Tristan Irle hält sich die Trauer um das verstorbene Clubmitglied in Grenzen.

Als der Detektiv die Ermittlungen übernimmt, kommen Hinweise zutage, die auf Mord deuten. Tristan Irle beginnt Fragen zu stellen, die erheblich mehr Aufregung erzeugen als der Start der Clubmeisterschaft. Besonders der Clubpräsident und der Spielführer fühlen sich belästigt, dann findet Irle die Tatwaffe …

Tristan Irle hat Lampenfieber (2008)

Intendant Wolferl Wanderschmied hat sich für den Saisonbeginn etwas Großes ausgedacht. Eine prächtig inszenierte, romantische Komödie mit jungen Schauspieltalenten und alten Hasen soll das Publikum zum Lachen verführen. Dummerweise überlebt einer der jungen Schauspieler die Generalprobe nicht, was eine

Kette von Ereignissen auslöst, die sich Intendant Wolferl so nicht für seine Inszenierung vorgestellt hat.

Zum Glück gehört Privatdetektiv Tristan Irle zur Schauspieltruppe. Er übernimmt die Ermittlungen. Jetzt zeigt Tristan sein wahres Talent und stöbert Intrigen auf, was ihn ins Rampenlicht führt. Doch auf den Brettern, die die Welt bedeuten, ist manches nicht so, wie es scheint, und Tristan weiß, der Mörder beobachtet die Szene ganz genau.

Tristan Irle und der Grabräuber (2009)

Ein mitternächtlicher Anruf lockt Tristan Irle, Privatdetektiv, auf den städtischen Friedhof. Etwas Ungeheuerliches ist dort geschehen – Grabschändung und Mord. Das Opfer, der Grabschänder selbst. Eine verwirrende Situation, die nicht klarer wird, als sich herausstellt, dass im geschändeten Grab ein Freimaurer liegt.

Dann klopft Lena Lamberti, eine junge Historikerin, an Tristans Haustür und behauptet Unglaubliches. Sie hat Hinweise gefunden, die zu einem geheimnisvollen Artefakt führen, das im Kreisgebiet versteckt sein soll. Zusammen gehen sie einer Spur nach, die weit in die Zeit zurückreicht, immer auf der Hut vor einem Mörder, der ihnen im Nacken sitzt.

Nicht jeder der genannten Titel ist immer lieferbar. Vergriffene Titel werden in einem bestimmten Rhythmus wieder aufgelegt. Fragen Sie bitte im Einzelfall bei Ihrem Buchhändler nach, welche Titel lieferbar sind.